人造怪物

安卓雅·L·羅傑斯
Andrea L. Rogers

傑夫·艾德華茲
Jeff Edwards
插圖

葉旻臻——譯

給艾蓮娜、安娜與安琪
我的生命是一首獻給妳們的頌歌

——媽媽

給艾米莉、莉莎和我的十二條狗——我做的一切都是為了你們。
感謝我的人生中有你們，否則我將一事無成。愛你們大家。

——傑夫・艾德華茲

導讀

誰是怪物？——《人造怪物》中的群鬼亂舞

臺灣師範大學英語系優聘教授／梁一萍

鬼故事是常見的敘事類型——《聊齋誌異》中書生與倩女的愛戀穿越生死，日本江戶時期《四谷怪談》中變成厲鬼的阿岩回來復仇，美國建國初期《斷頭谷傳奇》（*The Legend of Sleepy Hollow*, 1820）中無頭騎士半夜汲汲尋找被砍斷的頭等。這些鬼怪塵緣未了，返回人間大多心酸。但也有惡名昭彰，讓人聞風喪膽，其中最恐怖的就是《德古拉》（*Dracula*, 1897），這個陰魂不散的吸血鬼，從東歐飄到英倫，幾百年來不斷尋找新的受害者，被他咬到的人也會變成吸血鬼，繼續噬血行兇，繁殖怪物家族。

這個可怕的吸血鬼故事被美國原住民作家安卓雅．L．羅傑斯（Andrea L.

Rogers）翻用，她以吸血鬼故事為主幹，串聯十八個原住民切羅基國（the Cherokee Nation）的家族故事，於二〇二二年結集出版。該書《人造怪物》（*Man Made Monsters*）於二〇二三年榮獲第八屆沃特・邁爾斯傑出青少年文學獎（Walter Dean Myers Award）、[*1]國際素養協會圖書獎（International Literacy Association Book Award）等。同時也榮獲當年《出版人週刊》、《華盛頓郵報》年度最佳圖書獎，以及號角圖書、紐約公共圖書館最佳圖書推薦名單等殊榮。

原住民的吸血鬼故事為何引起轟動？這要從作者說起。羅傑斯的祖先來自切羅基國，他們是美國東南部五個文明部落之一（the Five Civilized Tribes），於一八三〇年因為傑克森總統（Andrew Jackson, 1767-1845）簽署通過「印第安人遷移法」（The Indian Removal Act），被迫離開祖傳之地，從東南部徒步遷移到印第安領地，也就是今日奧克拉荷馬州一帶，這段被迫千里離家的歷史創傷被稱為「血淚之徑」（the Trails of Tears）。[*2]羅傑斯出生於奧克拉荷馬州的陶沙市（Tulsa, Oklahoma），[*3]大學時就讀陶沙大學（The University of Tulsa），該校前身是長老教會創立於一八八二年的印第安女子寄宿學校，[*4]現為私立的小型研究型大學，學生約三千多人。羅傑斯在該校主修英語，因為她喜歡文學與寫作，後來她在新墨西哥州聖塔菲市美國印第安藝術學院（Institute for American Indian Arts）取得文學創作碩士，現轉至阿肯色州大學（University of Arkansas at Fayetteville）的英語系攻讀英美文學博士。[*5]羅傑斯已婚，育有三個女兒。她已出版過六本童書，分為幼兒（early reader）、中年級（middle grade），以及青少年（young adult）等不

---

*1 沃特・邁爾斯（Walter Dean Myers, 1937-2014），出生於西維吉尼亞州的非裔美國作家，他青少年時期因為語言障礙，歷經許多波折，十七歲去當兵，多年之後才開始寫作。他創作了一百多本以青少年為主的兒童文學作品，畢生鼓勵閱讀創作，曾於二〇一二至二〇一三兩度擔任美國青少年文學大使。該獎乃為紀念邁爾斯而設，以為表彰呈現多元文化的青少年文學作家們。

*2 請參閱 John Ehle, *Trail of Tears: The Rise and Fall of the Cherokee Nation*, Anchor Books Doubleday, 1988.

*3 陶沙市位於今日奧克拉荷馬州的東北部，是州內第二大城，昔日以石油產業著稱。

*4 該校歷史和加拿大長老教會馬偕博士在臺灣淡水於一八八二年募款興建的牛津學堂（Oxford College）有異曲同工之妙。

*5 羅傑斯的原住民認同十分強烈，這可從她的生活地點看出，她以奧克拉荷馬州的陶沙市為中心，往西到新墨西哥州、往南到德州，往東到阿肯色州。目前她已搬到德州多年，曾在德州擔任公立高中英文老師，長達十四年。因為博士課程的緣故，她在德州、阿肯色州兩地往返。

同年齡層，內容多以切羅基族的歷史文化為主，如給學齡前兒童所寫的《瑪莉與血淚之徑》（*Mary and the Trail of Tears: A Cherokee Story of Removal and Survival*, 2020），即以一八三〇年的印第安人遷移法為主，說明切羅基部落被迫離開家鄉，步行千里來到奧克拉荷馬州，這個歷史創傷切羅基族人兩百多年來沒齒難忘。*6

由於這個歷史記憶，《人造怪物》的敘事時間從一八三〇年代開始，往前開展到二〇三〇年代結束。重要的是，這段長達兩百年的歲月不但串聯十八篇家族故事，同時也貫穿了切羅基國的部落歷史——其中第一篇故事〈老派女孩〉（An Old-Fashioned Girl）發生於一八三九年，因為切羅基國於該年重建；最後一篇〈喪屍入侵露天汽車電影院〉（The Zombies Attack the Drive-In）虛構於二〇三九年，預想末日災難。也就是說，這十八個故事從過去寫到未來，而貫穿其間兩百年歲月的是女主角阿瑪．威爾森（Ama Wilson），這個「老派女孩」是一八三九年走在「血淚之徑」上的切羅基女孩；也是未來二〇三九年喪屍瘟疫爆發時勇敢走入森林拯救族人的阿瑪阿姨。以下我解讀這兩個故事，以說明羅傑斯結合吸血鬼故事和原住民歷史的巧思。

第一個故事〈老派女孩〉說明切羅基女孩阿瑪為何變成吸血鬼。一開始第一人稱敘事者阿瑪點出主題——「身為切羅基人，絕不該仰賴人血維生，但是二八年華的少女有時就是會遭逢意外」。故事時間背景是一八三〇年代的印第安人遷移法，阿瑪一家人被迫從德州遷往印第安領地，因為弟弟生病，路上落單，被德州騎警追趕，前行受阻。更可怕的是——她們碰到一位行徑怪異、講德語的醫生，原來這位貴族打扮的醫生是吸血鬼變身，[*7]他先咬死媽媽，然後目標轉向阿瑪——

「安靜，」他悄聲說，將我的頭往後按，然後停頓了一下。「這是傳統方法。」他的牙齒咬進我的喉嚨。我感覺到皮膚、血管和肌肉被撕裂了，他剃鬍過的臉刮擦著我的皮膚。

---

*6 相關小說創作如 Diane Glancy, *Pushing the Bear: A Novel of the Trail of Tears*, 1996; Margaret Verble, *Cherokee America: A Novel*, 2019; Brandon Hobson, *The Removed: A Novel*, 2021, etc.

*7 很明顯地，這位貴族裝扮的醫生和原著中的德古拉伯爵有相似之處。

這位看起來尊貴高尚的醫生強迫原住民女孩吸他的血——阿瑪「陷入迷惑之中，血的味道起初嘗起來像鹽水，接著變得如同乳汁。儘管心中驚駭，我發覺自己仍然不住吸吮，同時飢餓給了我一股為了滿足血欲而生的力量」。阿瑪從抗拒到接受到充滿「血欲」，這個「意外」不但讓她變成吸血鬼，並且變得人獸不分，「血欲」促使她轉向一頭母鹿——「我醒了過來，與一頭母鹿好奇的雙眼對視……儘管缺乏體力，牠皮膚下溫熱血液的香氣卻給了我意志力。我擁住牠的頸項，清晰地聽見媽媽的聲音：『喝吧，阿瑪』」。切羅基女孩阿瑪就這樣變成了吸血鬼！故事結尾，敘事者溯及既往——

我的切羅基家人試圖逃往印第安領地是為了求生，為了和我們自己的族人不受打擾地活下去。然而，條約遭人毀棄，我們被人形怪物追獵，以血和傷痛為食的怪物。

那麼，誰是「人形怪物」（human monsters）呢？如故事開頭所言——「身為切羅基人，絕不該仰賴人血維生，但是二八年華的少女有時就是會遭逢意外」。這句開場白點明阿瑪為何「意外」變成吸血鬼，兩百年來她被「人形怪物」所追趕，被迫害的原住民無以投訴，只能以其人之道反制其人，以吸血鬼的變形反向控訴「人形怪物」。至此讀者了解，「人形怪物」可有兩個解釋——其一這是歐洲白人殖民者的隱喻，因為白人殖民者徒具人形，他們是「以血和傷痛為食的怪物」。另一方面，遭受百年浩劫的美國原住民變成「人造怪物」（man-made monsters）——他們被迫變成鬼怪吸血求生，而這也正是本書的題旨。

從「人形怪物」到「人造怪物」，我們瞭解羅傑斯筆下的原住民吸血鬼具有強烈的抗殖民精神，她一方面運用西方吸血鬼故事的敘事傳統，另一方面翻轉這個傳統來敘說原住民的創傷，原來真正的怪物是白人入侵者——這些「人形怪物」！因此故事中充滿恐怖誌異的元素，除了《德古拉》之外，其他經典譬如《科學怪人》（*Frankenstein*, 1819）、《愛麗絲夢遊仙境》（*Alice in Wonderland*, 1865），或鬼怪主題譬如狼人（were-wolf）、鬼屋（the haunted house）、魔法（magic）等都由作者巧妙地從原住民視角給予新的詮釋。從恐怖故事的主題與意象而言，這本書群鬼亂舞，可以作為誌異文學的教學手冊。此外故事的結構也有巧思，書中十八個故事可以單篇閱讀，也可以串連一起變成切羅基國兩百年的國族寓言，這個故事圈（story circle）的設計讓我們想起愛爾蘭現代主義作家喬伊斯（James Joyce）的《都柏林人》（*Dubliners*, 1914），藉由看似獨立的個別故事，形成社群部落的集體肖像。

最後一個故事運用喪屍主題（the zombie），往前推想到切羅基國建國兩百年的未來，西元二〇三九年切羅基國遭逢喪屍流感（the Zombie Flu），瘟疫橫行，四處獵兇。故事中威爾森家族第九代傳人夏洛特・亨利（Charlotte Henry）的媽媽被變成喪屍的妹妹咬死，爸爸早已不知去向。在這個人心惶惶的末日，傳奇中的血后阿姨阿瑪回到陶沙市，帶領失去家人的夏洛特前往「失落之城露天汽車電影院」（the Lost City Drive-In），並在千鈞一髮的時刻咬住前來尋凶的爸爸，對抗瘟疫，然後「頭也不回地走向森林……消失在黑暗中」。

故事到此進入尾聲，敘事者說道：「我的阿瑪阿姨用她唯一能做到的方式為這一切畫下句點——她拯救了我，為我們的世界帶來平衡」。她知道阿瑪阿姨可以引導她；更重要的是，她加入了一個象徵性的新家庭，原來「失落之城露天汽車電影院」是「一個由大學生、藝術家、切羅基族及其他族印第安人、還有海斯亭斯印第安醫院員工所組成的社群。喪屍流感爆發前，那些大學生就在設法重新開張汽車電影院」，夏洛特有了新的歸屬，開始重新學習原住民語言、歷史，還有「那些我的眾多祖先曾被剝奪的事物」，這個露天電影院成為原住民新世界的縮影。

整本書雖然以吸血鬼為主題，最後一個故事卻以原住民未來主義（Indigenous Futurisms）作結，[*8]為末日帶來新的方向。故事中的阿瑪阿姨，從一八三九年遭逢意外變成吸血鬼，到二〇三九年再以吸血鬼的方法結束混亂，她不但將秩序重新帶回陶沙市，也指引敘事者掌握自己的人生，原住民的未來是充滿希望的。

整體而言，這本書極有創意，從原住民抗殖民角度翻轉吸血鬼故事，讓我們對美國原住民文學有新的認識。雖然羅傑斯是為青少年而寫，但對一般讀者而言，同樣充滿吸引力！此外最後一個故事和瘟疫有關，非常具有時效性。非常謝謝燈籠出版的引薦，[*9]讓我們讀到一本引人入勝的原住民吸血鬼短篇小說集。

*8 原住民未來主義是晚近美國原住民文學的新轉向，以科幻或奇幻文類指向原住民抗殖民的另類未來想像，以原住民文化主體性與能動性為主。請參考 Grace Dillon, *Walking the Clouds: An Anthology of Indigenous Science-Fiction*（2012）等。

*9 在此特別謝謝專書編輯曹依婷小姐的協助，不但指出相關錯誤，並提供寶貴的意見。

參考書目

梁一萍，〈鬼舞美學：美洲原住民文學的批判隱喻〉，收入黃心雅、阮秀莉編，《匯勘北美原住民文學：多元文化的省思》（國立中山大學出版社，二〇〇九），頁一四三－一六七。

Brogan, Kathleen. *Cultural Haunting: Ghosts and Ethnicity in Recent American Literature.* University Press of Virginia, 1998.

Dillon, Grace, ed., *Walking the Clouds: An Anthology of Indigenous Science-Fiction* University of Arizona Press, 2012.

Ehle, John, *Trail of Tears: The Rise and Fall of the Cherokee Nation*. Anchor Books Doubleday, 1988.

Glancy, Diane. *Pushing the Bear: A Novel of the Trail of Tears.* Harcourt, 1996.

Hobson, Brandon. *The Removed: A Novel*. Ecco, 2021,

Liang, Iping. *Ghost Dances: Towards a Native American Gothic*. Bookman, 2006.

Smoak, Gregory. *Ghost Dances and Identity: Prophetic Religion and American Indian Ethnogenesis in the Nineteenth Century*. University of California Press, 2006.

Verble, Margaret. *Cherokee America: A Novel*. Mariner, 2019.

Vizenor, Gerald. "Native American Indian Literature: Critical Metaphors of the Ghost Dances." *World Literature Today*, vol. 66, no. 1, pp. 225-237.

——, ed. *Narrative Chance: Postmodern Discourse on Native American Indian Literature*. University of Oklahoma Press, 1989.

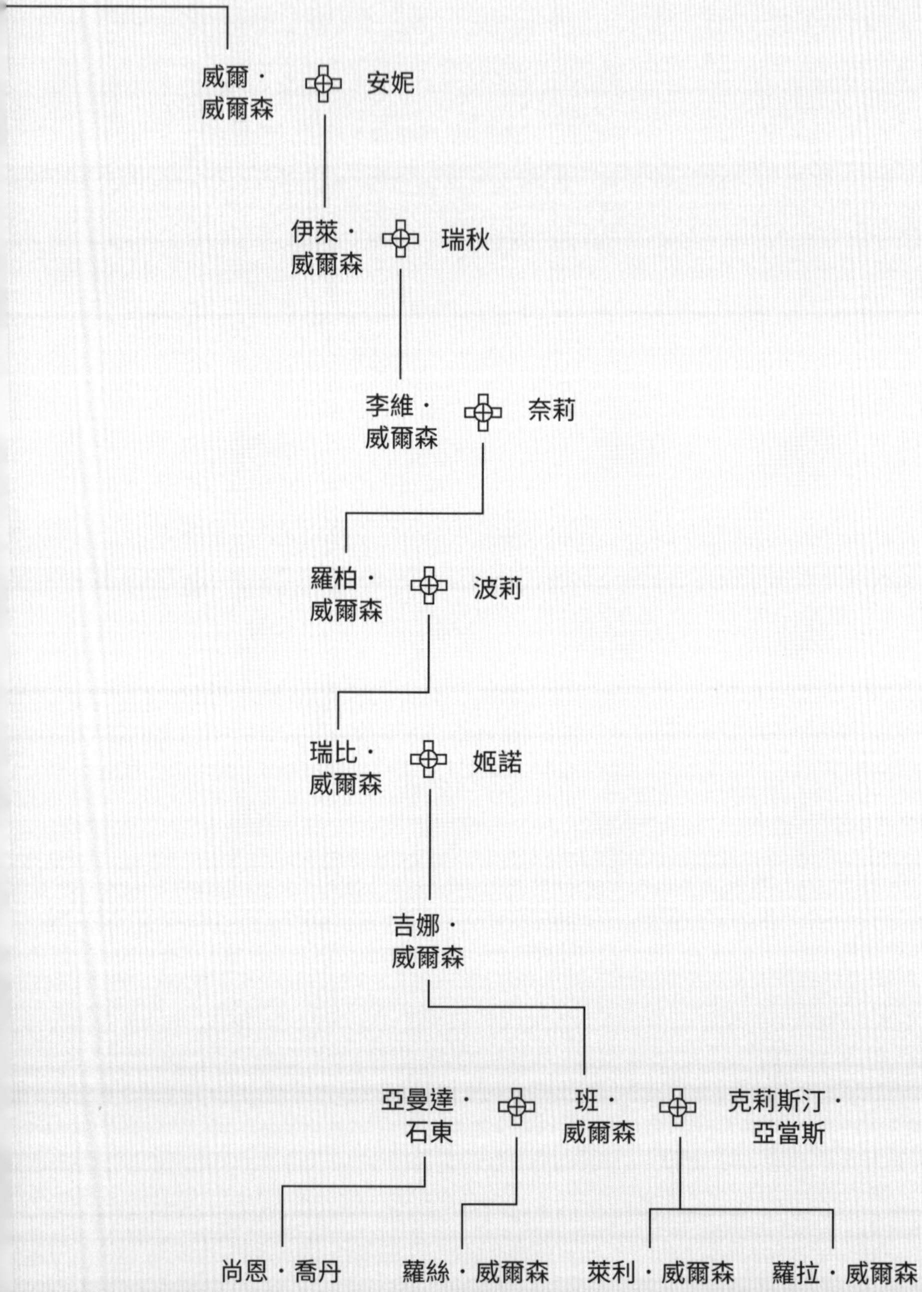
威爾·威爾森
安妮
伊萊·威爾森
瑞秋
李維·威爾森
奈莉
羅柏·威爾森
波莉
瑞比·威爾森
姬諾
吉娜·威爾森
亞曼達·石東
班·威爾森
克莉斯汀·亞當斯
尚恩·喬丹
蘿絲·威爾森
萊利·威爾森
蘿拉·威爾森

威爾森家族譜

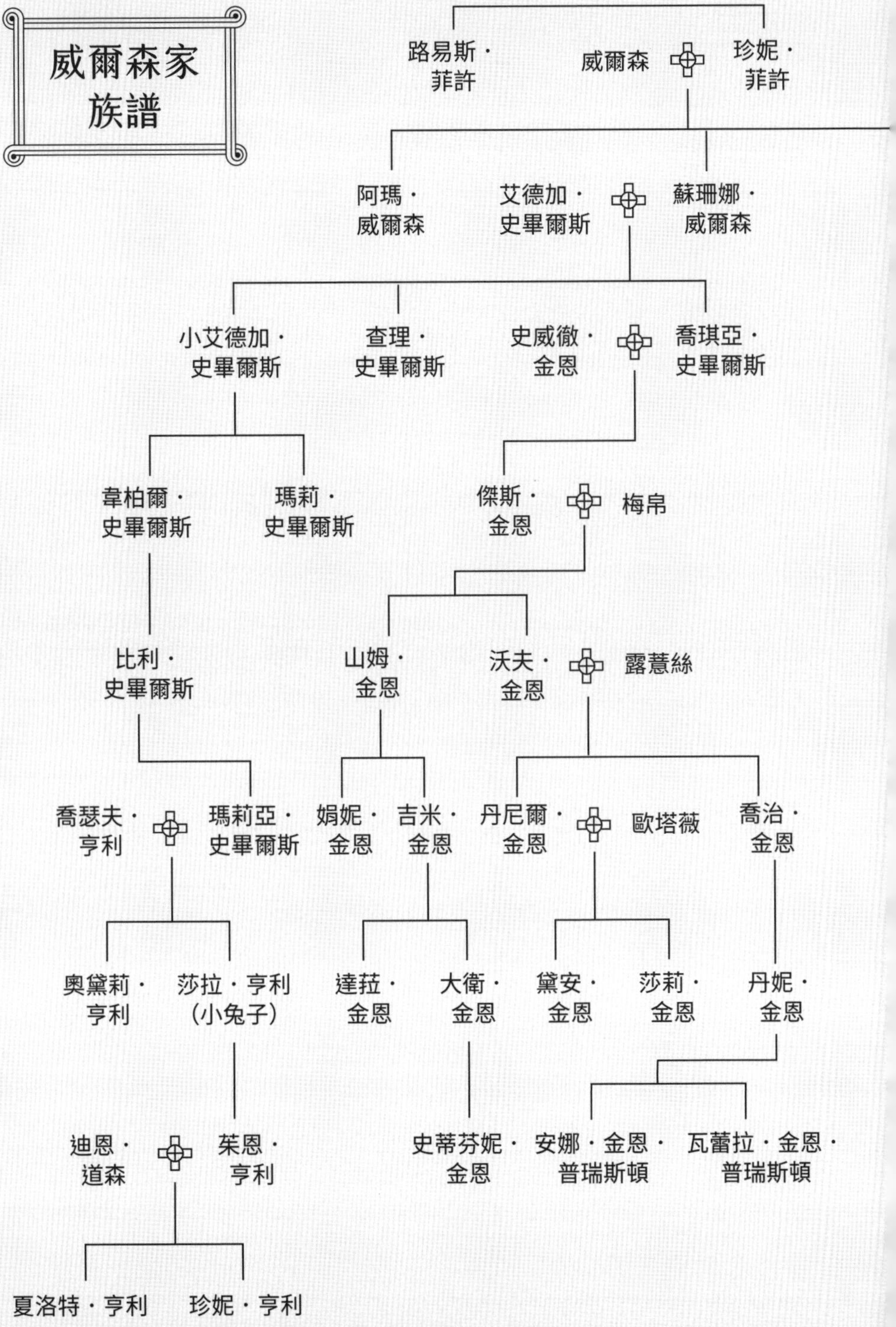
路易斯・菲許
威爾森
珍妮・菲許
阿瑪・威爾森
艾德加・史畢爾斯
蘇珊娜・威爾森
小艾德加・史畢爾斯
查理・史畢爾斯
史威徹・金恩
喬琪亞・史畢爾斯
韋柏爾・史畢爾斯
瑪莉・史畢爾斯
傑斯・金恩
梅帛
比利・史畢爾斯
山姆・金恩
沃夫・金恩
露薏絲
喬瑟夫・亨利
瑪莉亞・史畢爾斯
娟妮・金恩
吉米・金恩
丹尼爾・金恩
歐塔薇
喬治・金恩
奧黛莉・亨利
莎拉・亨利（小兔子）
達菈・金恩
大衛・金恩
黛安・金恩
莎莉・金恩
丹妮・金恩
迪恩・道森
茱恩・亨利
史蒂芬妮・金恩
安娜・金恩・普瑞斯頓
瓦蕾拉・金恩・普瑞斯頓
夏洛特・亨利
珍妮・亨利

石東家族譜

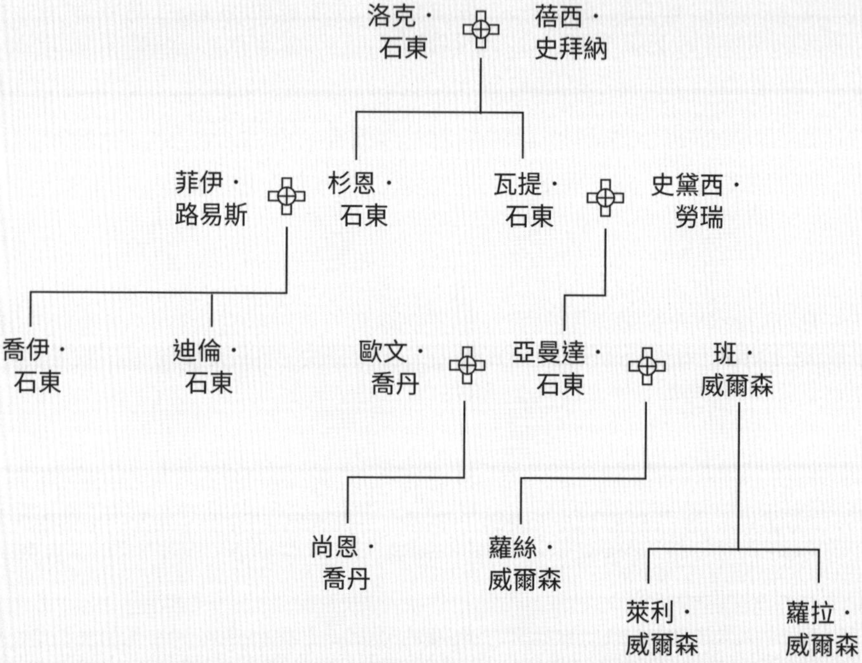
洛克·石東
蓓西·史拜納
菲伊·路易斯
杉恩·石東
瓦提·石東
史黛西·勞瑞
喬伊·石東
迪倫·石東
歐文·喬丹
亞曼達·石東
班·威爾森
尚恩·喬丹
蘿絲·威爾森
萊利·威爾森
蘿拉·威爾森

切羅基人將這個世界視作一個大房間，出生時從一扇門進來，死亡時從另一扇門離開。依據切羅基文法，所有發生過的、會發生的、或是可能發生的事都在這個房間裡……人們在這個房間裡彼此生命交錯影響著……先人見證了今人的所作所為……而那些改變先人的歷史在這個房間裡依然可見……

在切羅基人的觀點中，若是違反了萬物平衡的法則，必有後果。

——海蒂．M．歐特曼與湯瑪斯．N．貝爾特，〈閱讀歷史：切羅基視角下的切羅基歷史〉，《原民南方》，內布拉斯加大學出版社

老派女孩

1

阿瑪・威爾森

一八三九年玉米熟成月十五日[1]

1839/07/15

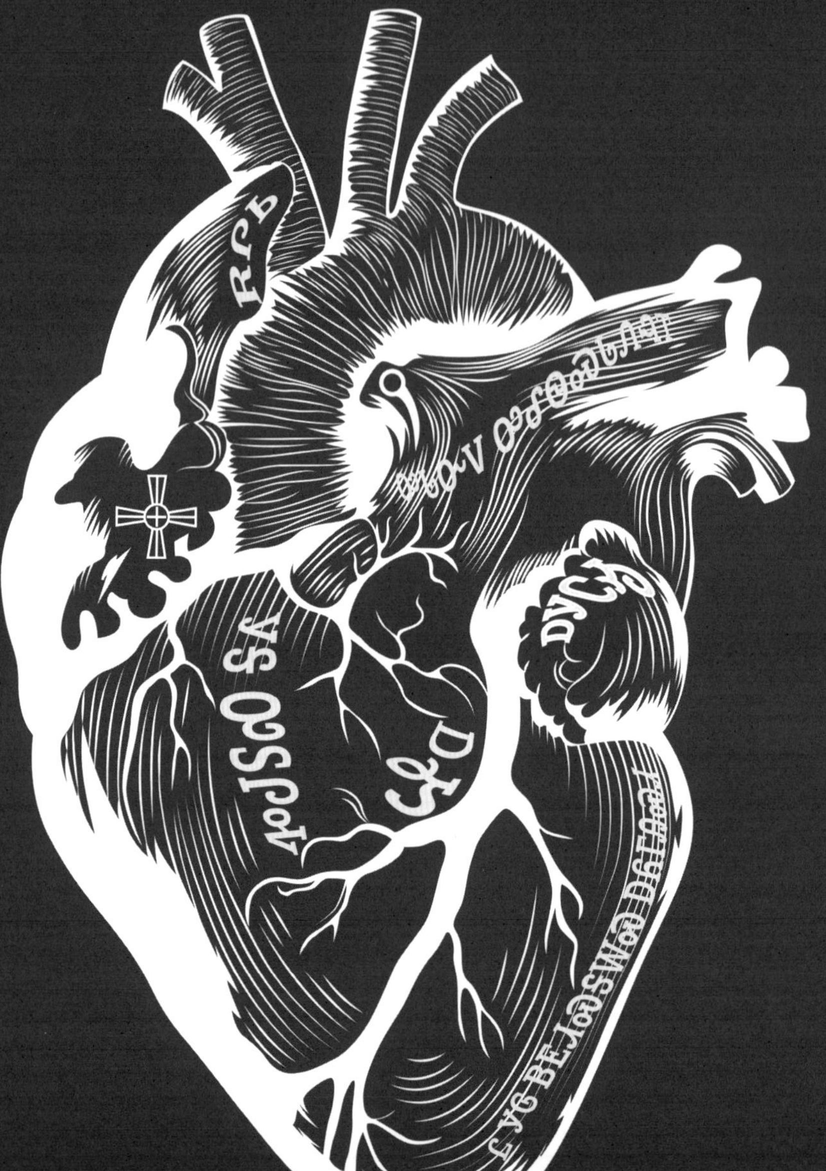

身為切羅基人，絕不該仰賴人血維生，但是二八年華的少女有時就是會遭逢意外。我的名字是阿瑪，ᎠᎹ，意思是「水」，如果你發音正確的話；念不對，就變成「鹽」。媽媽是在獵月生下我的。[2]

我們族人從德州逃往印第安領地的途中，某天我弟弟生病了。我們的切羅基族人和其他印第安人知道德州騎警緊追在後，不能耽擱，決定拋下我們繼續往北走。我抱著妹妹蘇珊娜，一同望著族人消失眼前。四周變得一片寂靜，媽媽駕

1 編註：月亮在切羅基文化中具有重要的象徵意義，影響其十三個月份的曆法計算與命名，隨著歐美文化強勢影響，切羅基曆法也漸漸調整為十二月份的陽曆。本書的切羅基曆法月份翻譯參考資料：https://theucn.com/ceremonies.html、https://en.wikipedia.org/wiki/Cherokee_calendar、https://www.aianta.org/native-american-moon-names。

2 編註：獵月（Hunting Moon）可能指每年十月第一個滿月，獵人利用滿月進行狩獵；也可能指調整成十二月份陽曆中的十一月。

著我們的篷車和兩匹馬駛離布滿凹溝的德州道路，盡其所能把我們藏在一叢茂密的矮牧豆樹後頭。我們打算在這裡紮營暫留，足夠我們蒐集到藥草並讓我弟弟威爾歇個息就好。然而計畫生變，半夜時分我們聽見德州軍隊經過，緊追我們族人後頭，僅僅相隔不到一天的路程。

爸爸一年前在墨西哥被抓走了，[3]但在那之前，媽媽年年懷胎。然而除了我們三個孩子，其他都活不久，而威爾有時候似乎也要撐不下去了。今年骨月出生的蘇珊娜，[4]倒是個健壯的寶寶。爸爸只有威爾森這個單名，但媽媽有珍妮・菲許這個全名。

隔天，媽媽和我沒說多少話；我們的心在我們這個小家庭以及身陷險境的族人之間分成了兩半。威爾雖然睡得很多，但病情看起來正在好轉。我挖了一些植物根，並採集兔子草給威爾洗退燒浴，媽媽一面餵蘇珊娜，一面看顧他。媽媽好像在蘇珊娜不滿地哭鬧起來之前，就知道她需要什麼。有些媽媽就是這樣，能養出安靜的寶寶。

天黑時，蘇珊娜睡著了，媽媽把綴著兔皮滾邊的搖籃遞給我。我把搖籃放在篷車裡我的棧板旁邊，用自織的輕薄棉布整個蓋住。我們的馬嘶鳴起來，耳朵和身體轉向道路。我的雜色小馬目光在我和道路之間來回飄移，緊張地跺著蹄。我朝牠們看向之處望去，不久就聽見馬蹄聲和車輪聲，接著眼前出現一輛罩著骨白色蓋布的小型篷車駛出路面，往我們這裡喀喀而來。

握著馬匹韁繩的是一個瘦削蒼白的年輕男子。他把馬車拉到我們營火對面。他沒有出聲招呼或是揮手，只凝視著微微發光的煤炭，從篷車後頭透出餘暉，他看起來如幅剪影。

我提著蘇珊娜的搖籃，快步走去帳篷，放進藏起。婦女遭到劫掠販運的現象十分普遍，那是我最害怕的事。德州騎警和其他匪徒策馬直闖村子，尤其針對印第安人和西班牙人的聚落，然後劫走婦女、兒童、馬匹和任何可供他們利用或轉賣的東西，這種事層出不窮。

「媽媽，我們得走了。」我彎身對著帆布帳簾悄聲地說。

媽媽皺起眉頭，威爾的眼睛微微睜開。「睡吧，小子。」她對我弟弟說。

3 編註：這裡的墨西哥可能指的是現在美國新墨西哥州。

4 編註：骨月約二月。

頭走。

媽媽拍了拍威爾，並站起來。她檢查了總是綁在腰間的小刀，然後跟著我往外

❁

太陽從天際消失，留下一道道橙色和粉色。一個穿深色西裝的男人從篷車爬出來。他修成俐落三角形的鬍子和紅棕色髭鬚看起來和頭上的大禮帽幾乎連成一體。他穿得像個時髦公子，領子和袖口都綴有褶邊。他向我們脫帽致意。「晚安，小姐們。」[5]

他用德語命令僕童去照料馬匹。

這個男人朝媽媽走近，先換成說柯曼奇語，再試了阿帕契語。我們只略懂一點，但他切換成西班牙語時，媽媽就叫我翻譯。她懂好幾種語言，但是只有切羅基語講得自在。我從族裡其他幾個人那裡學過西班牙語，也懂一點點德文，但是程度沒有好到能口語溝通。談論食物、水源和路況的話，我的西班牙文倒是足以應付。

他說他是梅伊醫生，正在前往印第安領地途中。他提議用牛肉乾交換借用我們生的

火。能夠在我媽媽煮的玉米湯裡添上一點肉，給體弱的弟弟補充營養，聽起來頗誘人的，於是她接受了。我感到不安，但無能為力。

臉上有雀班、眼珠近乎無色的年輕人把他的毯子鋪地於火堆旁。我看著他用髒汙的雙手鋪平毯子，感覺不太舒服。他伸展肢體，沉默地望進火焰。他從沒開口，似乎只接收命令。男人對他比了個手勢。「他不正常。」他解釋道。

「是啞巴？」我提示道，認為他選錯了詞。

醫生聳聳肩。

玉米湯煮好時，這個陌生人把自己的碗遞給媽媽，她幫他盛滿。「多謝。」他用德語道謝，並用銀湯匙攪拌湯。

「他不餓嗎？」我問道，朝那個少年點了一下頭。

男人的臉上慢慢綻開笑容，在他眼周稍稍擠出細紋。「一直都很餓。」他低聲用德語說，接著又說，「不，不，他不能吃玉米。」並挪到火堆旁安頓好。

「他不能吃玉米？」我用西班牙語再問一次。一時之間他面露困惑，馬上意識

5 編註：原書此處用德語。

到我聽得懂他說的德語。他微笑點頭，然而他的笑令人感到不安。

我對媽媽解釋說那名少年不能吃玉米，她聽了皺起眉頭。她在錫杯裡裝滿了給她自己和威爾的湯，然後退入帳篷。我拿著我的錫杯走向篷車，看著那男人又攪拌湯碗好一會兒。我始終沒看到他動口去嘗，但他站了起來，伸展一下，繞到他的篷車後面不見了。看來他翻翻找找一陣之後，拿著一件黑色長大衣回來，蹲在火邊。我納悶他怎麼能忍受那樣的高溫，同時不讓袖子的褶邊著火。

「妳名字叫艾瑪？」

我皺著眉。雖然他自稱不通切羅基語，他還是專心聽媽媽和我說話，能夠依稀辨識出我的名字。

「阿瑪。」我說。

「艾瑪。」他又說一次，沒聽出兩者的差別。

醫生往火堆裡丟了根樹枝，看著它燃燒。他的嘴唇揚起一抹微笑，一副搞懂我的名字似地用西班牙語複誦著。「艾瑪，艾瑪，艾瑪。」

我皺起眉頭。我不喜歡他這樣練習我的名字。

「你們是印第安人嗎？」

我在黑暗中點頭。

他微笑。「跟妳媽媽說，湯很好喝。」他邊說邊站了起來。

他從口袋拿出一本小書和一枝鉛筆，說他也是個旅行作家，想說能不能問我幾個問題。

「明天吧。」我說，打算日出前就走人。

他的臉上倏忽掠過一抹慍色，但隨後點頭微笑。

他穿上大衣，也不管周圍多熱，從口袋裡拿出一只沒點燃的菸斗，向我舉起，說：「當然，就明天。」然後便消失在黑暗的草原。我轉身，發現那個少年在監視我，模樣就像藏身森林裡窺視的一頭狼。寒意爬上我的雙臂，令我汗毛倒豎。那晚我決定守夜保持清醒。我不想增添媽媽的擔憂，我知道她已經夠操心了。我們可以一早就離開，我再趁媽媽駕車的時候補眠。

然而飯還在吃，我便開始感到疲倦。我的嘴巴像塞滿了棉花，眼睛不由自主眨得越來越頻繁。我起身去洗杯子，瀝乾後要回到篷車上時整個人失去平衡。我發覺自己從來沒有這麼疲倦過。我爬進車裡，靠著上邊的側板，眼睛盯著火堆。我從夢境飄進又飄出，抵抗著睡意，腦中思索著導致我們走到這一步的原因，驅使我們族人離開德州的暴力壓迫。山姆・休斯頓為我們爭取土地契約的努力與失敗。[6]我們的部族被驅逐，逃往印第安領地。

在我的噩夢中，德州軍隊又一次在路上策馬經過我們，一隊似乎永無止盡的武裝白人，綿延不絕的旗幟、大砲、槍枝和刺刀，展示在我們前後的道路上。

媽媽的短促一聲尖叫把我驚醒。我坐起身環顧四周。營火仍在熊熊燃燒，但是四下無人。我從篷車爬出來，差點摔倒，跌跌撞撞地往帳篷的方向去。一到門口，我就癱倒了。那個高大的男人站在媽媽上方，在她的喉嚨捅了一根針。他旁邊站著那個少年，小心翼翼地拿穩一個長形玻璃罐，連接著一支玻璃針筒的末端，注滿了我媽媽的血液。我掙扎地爬起身，並努力保持清醒。

隨著血液流入罐裡的速度減緩，我媽媽的呻吟聲也隨之變得微弱。那個男人抽出她頸上的針，任由她摔倒在地。他的襯衫釦子解開到肚臍，白色的領襟濺上血跡，胸前的毛髮刮得乾淨。他將針深深刺入他的心臟，整罐血都注了進去。我逼自己撐著手肘爬行，試著爬向媽媽身邊。

那個男人嗥叫，發出一種非人的恐怖聲音，幾乎擊垮了我的勇氣，但我看到威爾躺在媽媽身旁哭泣，他纖長漂亮的睫毛滴著淚水，嚇得顫抖不已。那禽獸對同行的少年吼了些什麼，他便朝我身側踢了一腳。我躺在原地暈了過去。等我睜開眼睛時，那男人已經拔除他胸口上的針。他用一條手帕壓著出血點，瞪視著我。媽媽沒再發出聲音，一動也不動。

我感到肋骨前所未有地疼痛，但我還是開始往弟弟爬去。

那個男人又對少年說了什麼，於是他彎身抓起了威爾，一手將他按在自己肩膀上，一手拿著與大型針筒相連的玻璃罐。

「威爾！」我尖聲喊道。

那個穿著時髦的男人彎下身，左手強行拉著我坐直，右手狠狠甩我巴掌。

我舉起雙手阻擋，試圖退開，但他在我面前蹲下來，雙臂環住我的肩頭，把我拉向他。他枯朽的氣息吹在我頸上感覺很乾燥，比一般人的呼吸更冰冷。

「安靜，」他悄聲說，將我的頭往後按，然後停頓了一下。「這是傳統方法。」

---

6 編註：山姆・休斯頓（Sam Houston; Samuel Houston, 1793-1863），美國愛爾蘭與蘇格蘭移民後代。德克薩斯共和國第一任總統（1836-1838），德克薩斯州併入美國後擔任德克薩斯州州長（1846-1859）。休斯頓幼年曾被切羅基人收養，其切羅基名 Kolana，意思是渡鴉。

他的牙齒咬進我的喉嚨。我感覺到皮膚、血管和肌肉被撕裂了，他剃鬍過的臉刮擦著我的皮膚。我的脖子右側微微鼓動。我盯著帳篷裡燈籠的光芒，似乎更加閃耀，我痛到眼前的燈籠彷彿燒了起來，像明亮的太陽。接著光線開始消逝。但願如此我們就能一家團聚了。我爸爸也死了嗎？下一個肯定輪到威爾了。突然間，我聽到蘇珊娜在哭。

那邪惡的醫生露出笑容。

沒多久，少年帶著我哭嚎不止的妹妹進到帳篷來。

「是要喝的嗎？」他問。

「要賣的。」那男人回答。

連緩解片刻的機會都沒有，對這種人求饒是無用的。「現在妳要變得跟我一樣了。」我不想要，但是已經沒了聲音和力氣。他尖利的牙齒又撕扯一陣我的喉嚨，然後將我放下。他從長褲口袋取出一把剃刀，在胸口稍早用針刺出的洞孔上割出一個十字，就在他心臟上方。他躺到我身邊，輕撫著撥開我的黑色長髮。他把我拉近他，將我的嘴靠在他的乳頭附近，粗粗的毛根戳刺著我的臉頰。

「喝吧。」他耳語道。

他將我的嘴唇壓到他的乳頭上時，我奮力抵抗，但是鹽和銅的味道仍然觸及了我的舌頭。醫生的雙手按著我的頭抵在他的胸膛，直到我開始吮飲才放鬆力道。我感覺頭暈腦脹，想著媽媽餵哺蘇珊娜的模樣。我陷入迷惑之中，血的味道起初嘗起來像鹽水，接著變得如同乳汁。儘管心中驚駭，我發覺自己仍然不住吸吮，同時飢餓給了我一股為了滿足血欲而生的力量。

那頭怪物將手指伸進我的髮辮，鬆開皮革髮繩，讓我的頭髮散在肩上。他用德語悄聲說了些我不懂的話。飲血時，一陣顫慄在我的皮膚上擴散，他觸碰到我的任何地方都又麻又刺。只有對他血液的渴求能抑制住於那股感覺。我的手伸到他背後，更用力吸吮起來，牙齒蠢蠢欲動地想咬進他的血肉。

他溫柔的撫摸停止了，抓著我的頭髮將我拉開他的胸膛。我也反手抓他，拚命想回去繼續飲血，他用超自然的力量反擊，摔得我仰倒在地，還撕破了我的襯衫前襟。

「別動，我的艾瑪。」他柔聲說，剃刀突然伸到我的耳邊。刀尖陷進我耳朵和頭髮之間的皮膚，彷彿要將我剝皮。

我靜止不動。

他在我胸上割出兩條細線，壓到我身上開始吸吮，我耳中的心跳怦怦作響。餵我之前，他已經將自己的心臟裡灌滿我媽媽的血，也喝了我的。現在感覺他像是要把餵出去的又吸回大半。我體內的緊繃鬆開了，彷彿從高處墜落，掉入一池溫水。我閉上雙眼，準備迎接死亡。這股欣快來得出乎意料，神祕莫名，如同黑暗中的暖陽。我注意到他停了下來，頭擱在我胸上歇息。

我別開頭，並再一次感受到媽媽死亡帶來的震驚。那名少年站在她身旁，手裡擺弄著一把大刀。他跪下去拉起她的裙子，雖然背對著我，但我知道他在做什麼。我聽過有些屍體被德州騎警這樣剝了皮，印第安人的頭皮有時候被當成戰利品，有時也像動物毛皮一樣拿來販賣，有時則用來紀念某場壓根沒發生過的印第安人襲擊事件。媽媽被剝皮的過程中失的血比一般人少。我正在想等等他們剝我的皮時，我是已經死去，還是處在垂死邊緣。

我的心思在帳篷裡外飄蕩。聽著蘇珊娜從醫生的篷車裡傳出的憤怒哭嚎，我的眼裡盈滿淚水。我媽媽美麗濃密的黑髮從那名少年的腰帶垂下。他拿著刀子比向我。我抬起手，摸摸耳上被那頭怪物剃掉一小塊頭髮的位置，我的手因此沾上一點點血。

衣。

醫生坐起身來，對著少年搖搖頭。他用一塊汙損的水牛皮披毯掩住我撕破的上衣。

「我們走吧。」他站起來，然後切換成德語對少年說了些我聽不懂的話。少年皺著眉頭，伸手摸向腰帶上的刀子。

接著兩人都靜止不動。

「快去啊！」那怪物發出嘶聲。

少年轉身離開帳篷。那白人輕而易舉地將裹著水牛皮的我拉起來，扔到營火邊。我時而清醒，時而昏迷，聽見他和少年翻動著我們的行李。醫生抱著蘇珊娜走來走去，想哄她別哭了。她的哭聲停止時，我放棄掙扎，沉入夢鄉。

我在火堆旁睡得很不安穩，開始覺得全身像爬滿螞蟻，咬得我痛如火燒。我勉強睜開眼睛，只看見自己的皮膚反射火光，沒有螞蟻。後來，我失禁了，弄髒了我的衣服和染血的水牛皮毯。肯定是那個醫生把血痢傳染給我了。如果真是如此，在沒人照顧的狀況下，不出幾個小時，我必定會如願一死了。我的下顎和嘴唇都在痛，全身打著寒顫。接下來的整夜，我昏迷不醒。

將近黎明時分，我醒了。火焰中油脂劈啪作響，焚燒我家人血肉產生的濃煙鑽進了我的頭髮和衣服。我瑟瑟發抖。我從沒感到如此寒冷，儘管水牛皮毯散發著穢物的惡臭，仍是我唯一的溫暖撫慰。

又過了一陣子，我再次醒來，撐著顫抖的腿站起身。這燒死我家人的氣味傷透了我的心。我們原本應該要和媽媽的族人團圓：她的家人，她的兄弟路易斯・菲許與他的妻子——而不是死在德州。看樣子，那男人和少年一搜括完所有可以利用或轉賣的東西，就把我家人的屍體裝進篷車，推到營火上。火堆旁插著一支柯曼奇長矛。

我搖晃不穩地走過去，從地上拔起長矛，用它戳撥冒煙的毯子，試著數算漸熄的火中骷髏頭的數目。全都緊挨在一起，團團焦黑的肉塊，看起來像是我弟弟和媽媽兩雙小小的、被燒毀的腳，在灰燼中幾乎不成人形。似乎沒有另一具較小的屍體。我媽媽的刀在灰燼中被燒黑了，刀柄也不見了。我把它撈了出來，從水牛皮毯上割下一條皮革包住，權作刀柄。

我倚靠長矛上，凝望著煤炭最後的火光。地平線上，太陽開始從我們來的方向燃燒，我瞇起眼睛。陽光就像帶著火的沙塵，灼痛我的雙眼。我把牛皮毯拉高護住臉。

陽光普照之際，我發現自己看不清東西，幾乎像在夜裡。最終，我會學著該如何在白天保護自己。暴露在陽光下導致我們需要更頻繁飲血。馬匹的足跡使我大惑不解，我不確定他們是繼續沿我們原本的路線前進，或是轉往墨西哥。

每個方向我都轉一轉，深深吸氣，感受風的味道。而東南方來的風，我只聞到死神的氣息。

死神搶走我們的馬匹，留下一支柯曼奇長矛，讓我們看起來像是死於柯曼奇族襲擊。死神跟隨著德州軍隊的篷車轍痕。我們的族人被德州軍隊追逐著，逃往印第安領地，逃向這個國家的另一端，而這個國家，相信只有死掉的印第安人才是好印第安人。

我開始走往東北方的那些聯邦州。

過去，我的族人會將死者的住屋燒掉。我不知道醫生是因為曉得這點而火化我的家人，或是單純想消滅他飲血的證據。我想到他搶走的小馬，那匹漂亮的斑點馬，我從小騎到大的。筋疲力盡的我想像著自己正騎在牠背上，低頭靠著牠的頸項哭泣。我沒有想到牠那奔跑時的身體流經多少豐沛的血液啊。至少現在還沒有。

我的族人已經往卡多湖周圍的灌木叢而去。樹叢中的黑暗就像歌曲般清晰地呼喚我。我想起族人，也掛念起被囚禁在墨西哥的爸爸。我想到我媽媽的家人，如果我不繼續前進，或許就永遠見不到他們了。

我走在清晨的日光中，感覺又冷又虛弱。這病讓我直打寒顫，又發著高燒。我感覺自己彷彿身處酷寒冬日。我經歷過幾次所謂的「藍色北風」風暴，當時溪水結成流冰，牲畜若沒有保護就會被冷風凍死，但是沒有任何一場風暴讓我像現在這樣凍寒入骨。發冷帶來的顫抖讓我行進的速度又更慢了。傍晚時我抵達濕地，筋疲力盡地開始在柏樹根之間踉蹌而行。我想起烏帖納，一種水中怪物，好奇像這種生著鹿角、形如巨蛇的怪物，是否曾經踏足如此內陸之地。我聽人家說過，如果你看到烏帖納，那是世界即將改變的警示。對我而言，這警示來得太遲了。

長而瘦的樹根之間藏著許多巢穴。我找到一個大型的空兔子洞，裡面算是乾燥。我爬進黑暗的中心，一個讓動物等死的獸穴。

但是死亡從未降臨。

我想起過去生病時媽媽是怎麼照顧我的。有一次我發燒了，她用錫杯裝了冷水給我，求我喝下去。「喝吧，阿瑪。」她懇求道。然而或許我太過乾燥缺水，哭不出淚水。沒水，沒眼淚，於是我等待死亡，等待著與家人相聚。直到我睡著時，鹹鹹的眼淚自己淌下我的臉頰。感覺到濕濡的臉頰上吹來溫暖潮潤的空氣，我醒了過來，與一頭母鹿好奇的雙眼對視。牠棕色的眼瞳深暗，軟軟的粉色舌頭試探地伸出來，要嘗我臉頰上的鹽分。牠口鼻周圍的軟毛觸及我的臉龐，像輕輕一吻。我保持靜止，暫停呼吸。牠的舌頭舔得更快，喝著我臉頰上的鹽分和血液。牠舔舐的樣子飢腸轆轆，但我沒有移動。

終於，牠停下動作，轉開頭，我在那一刻出擊。儘管缺乏體力，牠皮膚下溫熱血液的香氣卻給了我意志力。我擁住牠的頸項，清晰地聽見我媽媽的聲音：「喝吧，阿瑪。」

我的下顎肌肉在睡眠期間變得強健，牙齒也變尖了。我咬穿了鹿皮，就像咬煮熟的菜葉一樣輕而易舉。溫熱的血液灑到我的臉上，牠往後退，狂亂地試圖逃離，但我繼續抱緊牠的頸子。牠搖搖晃晃，現在眼中充滿恐懼，然後就往側邊倒下了。牠的腿徒勞地在空氣中踢動，我溜到了鹿腿之間。

我飲血的方式缺乏效率。在當你真的很餓的時候，所謂的「傳統方式」不適合拿來給動物放血。而我真的很餓。我躺在牠仍有餘溫的屍體上，從牠脖子的傷口吸吮。直到再也喝不下的時候，我坐起來，感覺飢餓又噁心。這頭鹿可以讓好幾個家庭飽食多日。我們有多少次在鍋壺空空如也時，亟需肉食時，感謝有人為我們帶來宰好的鹿？想到要把鹿肉留在地上腐爛，真是令我作嘔。

於是，我用尖牙咬進牠柔軟的腹部。喝飽之後，我的手更有力了，能夠輕易撕裂牠的鹿皮。我的牙齒像刀鋒般輕鬆地切穿毛皮，然後是心臟和肌肉。我分開牠一根根肋骨，抓住牠微溫的心臟，易如反掌。我咬住並吸吮著那顆心臟。不久，我就把整顆心臟撕得破碎，吞食殆盡。我向後靠，看著自己瘋狂的傑作。如果換成一群狼，肯定會吃得更乾淨，更有效率。

生理上的反悔緊隨而至。吞下的鹿心和捨不得浪費的血一起反胃湧了上來。我在林地上嘔出猩紅的肌肉組織。我的身體劇烈且徹底地排空了。我爬離一片髒亂，默默等待。有了精力之後，也許我就能哭出來了。即使在白天，森林裡也是暗的，只是不如夜裡那麼黑。我會等到能夠離開的時候，去找衣服和更好的食物。我到水邊清洗，潛入水中七次，祈求得到淨化。我忍著飢餓，洗淨了浸血的水牛皮毯，然後抖開晾乾。

當太陽淡出天空，我開始走上那條能帶我找到死神醫生的路。我的族人在遠方，被一支嗜殺的軍隊追趕著。我的妹妹也在遠方，落入一頭怪物手中。而在這條路上，還會有人想毀滅我，偷走我的心去賣。

我的切羅基家人試圖逃往印第安領地是為了求生，為了和我們自己的族人不受打擾地活下去。然而，條約遭人毀棄，我們被人形怪物追獵，以血和傷痛為食的怪物。

血是濃鹽水——是大地的生命汁液。

水，血，力量，生命。

我過去對這些事物渾然無感，但現在它們就是一切。如今許多惡人可以供我飲血，我決定就這麼做。貪欲與渴望不知慈悲為何物。

我也變得毫無慈悲。

人造怪物

蘇珊娜·菲許（本姓威爾森）

一八五六年風月三日

1856/03/03

渡鴉谷，印第安領地

親愛的喬琪亞，

回家時發現妳寄的信和書在等著我，真是太開心了！謝謝妳，好朋友。我很感激。真心感謝。

顯而易見，我回到印第安領地了。也許妳記得我說過，離這裡最近的城鎮是塔勒闊，是切羅基國的首府。[7]

爸爸繼續待在華盛頓，和我的繼母萊拉與他們的兒子查爾斯分隔兩地。他擔任切羅基國的使節，同時也是首席助理酋長。約翰．洛斯與我爸爸盡可能地多與聯邦政府官員和各州代表會面，[8]試圖要政府支付應給切羅基國的賠償。但萊

7 編註：切羅基國是切羅基人於一七九四年位於奧克拉荷馬州成立的合法主權政府。

8 編註：約翰．洛斯（John Ross, 1790-1866），當時切羅基國的首席酋長。

拉還是忍不住覺得爸爸的缺席是針對她。

政府攫取我們南方的土地之後，只支付了零星的款項，造成許多公民不應承受也無力負擔的生存困境。他們承諾我們的人民會金錢補償他們拋下的土地、家園和牲口（但沒有補償前往印第安領地血淚之路途中死去的孩童與老人）。金錢永遠彌補不了我們送走的死者。爸爸說，切羅基女子神學院今年秋天無法招生了，因為切羅基國無法繼續支付教師的薪水與負擔學生的食宿。他說送我去結果只能讀一個學期沒有意義，而且我的程度早就足以教書、結婚，或是等《切羅基倡議報》復刊時到報社辦公室工作。因為財務困難，我們的報紙在兩年前就停刊了！妳能想像我當老師嗎？我很快就會變成閣樓上的瘋女人了，就像庫瑞爾·貝爾的《簡愛》裡寫的那樣。[9]

萊拉似乎認定，嫁給一個離切羅基國酋長只有一步之遙的男人，就好比當上華盛頓的總統夫人，或至少是個參議員夫人。生活中充滿舞會、晚餐，還有豪華客廳裡的茶會。她懷念在費城時身為女繼承人的日子。五年前，當我病弱的媽媽還在世，萊拉就跟著我爸爸回到印第安領地，可真是鬧出了一樁醜聞。不過，她頗自在地在這裡安頓下來。她沒問過我爸爸，就在緊鄰他的土地之處起造了一間大房子。

房子完工時兩人吵了點架，我繼母堅持在我媽媽死後馬上合法結婚，並立刻搬進新居。她說，我要住在那裡，天主在上，踩著她那養尊處優的腳，直到他屈服。我倒是沒有埋怨，因為一年之內，他們這段異乎尋常的姻緣就產生了查爾斯這個結晶。我爸爸不太適應奢華生活。我認為他在我繼母的揮霍行徑中看到了些許罪惡。畢竟，他是個切羅基浸信會牧師的兒子。不過，他因為忙於政治事務和宗教傳道，家務事都是交給前後兩任妻子管理。他唯一的堅持是全家人每周日都得上教堂。

我們的房子相當大，就像種植園宅邸，我出身東岸的繼母聲稱厭惡的那種屋子。屋裡有些房間我們從沒進去過，到處是一碼又一碼的天鵝絨布。雖然她住在費城時對蓄奴制度頗為嘲諷，但一來到這裡，她就為我媽媽擁有的奴僕蓋了小屋。媽媽臨終前承諾要讓彼得、瑪麗和朵莉成為自由之身，但是沒能做到。只要萊拉在場，朵莉甚至完全不說話，萊拉威脅過要賣掉她，因為她會跟我說切羅基語。朵莉假裝不懂英語，迫使萊拉笨拙地嘗試講切羅基語，或是找其他人來翻譯。如果媽媽還活著，就會跟瑪麗和彼得一樣年紀。就我所知，擔任廚師的朵莉是他們的阿姨；

9 譯註：夏綠蒂．勃朗特（1816-1855）發表最初兩部小說時使用的筆名。

至少他們都喊她朵莉阿姨。周日，瑪麗會陪我們上教堂，但朵莉會去其他農場工作，掙自己的錢。

直到幾天前，老亨利醫師都還住在兩層樓高的馬車屋裡。他之前主要診治的病人是我媽媽，但是她過世後，爸爸仍覺得他的醫療知識在地方上頗具價值。這位說德語的醫師接生了查爾斯，還有其他許多嬰兒。他是個怪人，著迷於瑪麗·雪萊的《科學怪人》那本書。他聲稱該書是根據一位名叫約翰·康拉德·迪佩爾的日爾曼煉金術士的真實故事所改編。你若是跟他談論文學，不出幾分鐘，他就會將話題轉向「現代普羅米修斯」，[10]以及運用醫學讓死者復生的方法。這讓爸爸很困擾。要不是亨利醫師是我和查爾斯的德語家教，爸爸可能就會另找一名醫療人員常駐渡鴉谷了。但事實上，我覺得他的想法相當有趣。他談起科學和醫學實驗時，眼中會發出近乎瘋狂的光芒。唉，他現在從行醫生涯退休，去了德州貝斯卓普的德國殖民區，協助管理家族經營的釀酒廠。他離開前，送給我和查爾斯一隻白子兔子，又大又白、有著紅色的眼睛（並且很快就開始製造髒亂）。在我們這地區，兔子一般是食物而非寵物。亨利醫師才剛走，萊拉就建議我搬進馬車屋樓上的房間照顧牠。三月這時候天氣還有點冷，但是我喜歡這裡的隱私。比起待在萊拉的房子裡，我寧願半夜醒來自己撥火。

我和弟弟查爾斯一切都好。我繼母大半時間不理會我們，爸爸不在時她都睡到很晚。她起床時，我們已經吃完早餐，帶好中午的野餐出去探險了。現在正值紫荊花季，紫紅色的花苞讓光禿禿的樹枝亮了起來。查爾斯很會給自己找樂子，我就躺在陽光下讀艾利斯．貝爾的《咆嘯山莊》，[11]我實在好愛他的小說啊。和妳的家人在大西洋城一起度過的暑假真是美好回憶。渡鴉谷完全比不上大西洋城，但這是我們的家。

我很慶幸能在爸爸要我回國幫忙照顧查爾斯之前在曼荷蓮學院認識妳。真是懷念跟妳當室友的時光。

隨信附上一張查爾斯畫的兔子。妳不覺得他的畫技超越任何妳見過的五歲孩子嗎？

後會有期，我的好朋友。

蘇珊娜．菲許　上

10 譯註：《科學怪人》的副書名。

11 譯註：艾蜜莉．勃朗特的筆名。

一八五六年三月十七日
渡鴉谷，印第安領地

親愛的喬琪亞，

我搬進馬車屋了。春天帶來這個季節特有的磨難，我過去幾天大半時間都待在室內，因為鼻水和眼淚流個不停。我的內心和外在都悲慘不堪，但倒是沒發燒。像查爾斯這麼好心腸的男孩子，妳一定見都沒見過。他每天都來照顧我，直到他媽媽發現他不見蹤影。我不太好意思告訴妳他長得多麼漂亮，因為他就像膚色較淺、男生版的我；雖然我也一直是英氣多過於漂亮，長得像爸爸。查爾斯跟著為我送熱茶與奶油蜂蜜吐司的瑪麗一起過來，我試過要把他打發走。我小睡時，他就蜷縮在我旁邊。我醒來時會見到他幫我撥開頭髮，或是用長長的睫毛掃過我的臉頰。今天早上，他媽媽突襲跑來，命令他離我遠一點，否則就得挨打。瑪麗告訴我，萊拉會在他精力旺盛到她應付不來、或是她自己犯頭痛時，餵他幾滴鴉片酊。

所幸，今天收到我爸爸說會提前回家的訊息，她便忘了查爾斯，於是他又回來跟我作伴了。他假裝唸幾本亨利醫師留下來的書給我聽。他的眾多藏書中有幾本古老的德國鬼故事，如果查爾斯真的讀得懂，他恐怕永遠睡不著了。這裡塞在一口大木箱裡的科學論文、書籍、藥品和工具可真是一座寶山。我希望能精進自己在醫學方面的研讀。如妳所知，我一向對科學有興趣，儘管爸爸鼓勵我為報紙撰稿、或是教書。普遍而言，切羅基人沒有我在美國社會上常見的那種對女性智識成就的貶低。只不過，締建國家是如此重要的任務，而文字是建國之基。

下次再見。

蘇珊娜 上

一八五六年三月二十日

可愛的喬琪亞，

上一封信寫完後幾天，我就好起來了。還有一件好事，我們的兔子生寶寶了！總共生了四隻，但是其中一隻死了，我得趁查理看到之前把牠藏起來。還有一隻被母兔踢開了，真高興牠不是被吃掉！要顧著查理別讓他去打擾兔媽媽，也是件苦差事。

查理午睡時，我溜去翻亨利醫師的箱子。裡面有些倫敦皇家外科醫學院的科學論文挺有趣的。有一篇探討的是「溺斃、吊死、毒氣窒息、昏厥、酒醉、閃電擊中、低溫暴露之死亡徵象觀察，以及有助於復原之正確療法描述」，由詹姆斯．柯利發表於一八一五年。亨利醫生在文章的幾頁邊欄寫滿了筆記、配上繪圖。此外還有一罐罐奇怪的液體，和一隻保存良好的大蟾蜍！牠漂浮在液體中，是隻綠銀兩色、體表多疣的生物。罐子外面標示著數字「十三」和其他我在檯燈下讀不清楚的註記。我把那罐子放在房間裡朝向日落的那一面窗戶。其他奇怪的藥品，我就放在樓下房間裡的鐵製澡缸旁。房間裡有個小爐子。彼得都要來回水井許多趟，才能把澡缸裝滿。

自從讀到關於女人生產時要挨刀子，我相信照顧查理將會是我最接近當媽媽的經驗了。女人為了給她們的丈夫生育子嗣，竟然要經歷那種恐怖驚魂！後代的延續伴隨著如此痛苦與悲傷。若妳看到我可憐的媽媽在過世前一年又失去一個男嬰時的苦痛，妳一定會為之落淚。對於我許多手足的夭亡，她心懷歉疚。她失去第一個孩子——是個女兒——時年僅十七歲，只比我現在大幾個月，是他們從喬治亞州過來之後的那年。當時瑪麗幫忙亨利醫師接生，看著媽媽伴著那孩子的遺體一周，然後那孩子成了第一個埋進墓園的菲許家成員；那個墓園就在道路對面那邊我媽媽的家族土地上。瑪麗說，打從離開喬治亞州，我媽媽的身子就沒有好過。生下如此脆弱的孩子是多麼殘酷啊！查爾斯還是嬰兒時，我總是為他擔憂，掛心他細如絲線的呼吸、他跳動著的小巧心臟。有了孩子，更加經不起世間的無常，一次又一次經歷著珍愛的逝去……孩子還活著時就已如此。我不知道我到底會不會生兒育女，但假如我生了個女兒，我會以妳的名字為她命名。

請保重，我摯愛的好友。

除妳以外，沒有人能分擔我的憂愁了。

蘇珊娜　上

一八五六年三月二十五日

渡鴉谷，印第安領地

親愛的喬琪亞，

我簡直不知道該怎麼解釋我昨天看見了什麼。昨天，我拿蟾蜍標本嚇了查爾斯，然後我們把它放回朝西的大窗臺上。下午，他跟我去斯巴維諾溪散了很久的步。涼涼的空氣使人神清氣爽。接近晚餐時，天色看起來像是有風暴要從山丘滾滾襲來，於是我們匆匆回家。我們出門時，我請瑪麗在我房間生火，所以我房裡非常溫暖。太陽正在下山，光線照進了裝著蟾蜍的罐子，一道道陽光穿過金黃色的液體。

我朝罐子伸出手時，我發誓那生物正慢慢地轉動。我姑且推定那是罐內液體加溫與壓力變化所致，細節我不了解，但是當我把罐子拿給查爾斯看，蟾蜍的雙眼同時眨了一下，先睜再閉，然後再度睜大，眼珠轉動。牠瞪著我的眼睛，然後腿一踢，彷彿想要游走。

我失手掉了罐子，它在地上砸碎了。那隻蟾蜍一刻也沒有僵住，反倒是我和查理嚇到動彈不得。牠身上的黏液閃閃發光，綠銀色的腿以異常的速度跳向查理。查理目瞪口呆地站著，卻動也不動，蟾蜍快碰到他時調轉了方向，讓我有足夠的時間解下披巾，丟到那隻亂跳的兩棲動物身上。

查理恢復過來，大笑出聲，跑過去要抓起披巾下的蟾蜍。我叫他別去。我對他鮮少疾言厲色，但我深怕他碰到牠，我不知道為什麼。他問我原因時，我謊稱是怕蟾蜍身上的疣。我抓起披巾，跑去從亨利醫師的箱子裡拿個空罐。我盲目地伸手進箱子裡找東西蓋住罐口，拉出了一本薄薄的皮面精裝書，是日爾曼煉金術士迪佩爾的著作。我把蟾蜍丟進罐子裡，用破舊的本子蓋上。如今回顧，我發覺到自己是多麼愚蠢又缺乏邏輯地想要把那隻蟾蜍弄出家裡、弄出院子，遠離查理和我。

我拿著它下樓時，查理跟在後面。蟾蜍在罐子裡安定下來，看看周圍。我試圖自我解釋它的存在。如果這是亨利醫師的惡作劇，那可真是殘忍至極。他怎麼知道我會在蟾蜍還活著時發現牠？牠又怎麼在看似沒有空氣的罐子裡，泡著奇怪的液體活了將近兩周？我不是兩棲動物方面的專家，但是這個狀況似乎不太合乎自然。然而，牠就在這裡瞪著我瞧，眼睛顏色黯淡，看起來像是蒙了一層紗布。然後蟾蜍跳了起來，撞到蓋著罐子的書，導致書移開了罐口。我伸開手指罩住罐口，拚命想固定住書的位置，用玻璃罐的邊緣支撐，同時繼續往溪邊走。蟾蜍不停撞擊罐口。我的心跳加速，耳裡如潮浪拍打。

突然間，書本劇烈地移位，我弄掉了罐子。蟾蜍高高一跳，消失在野草間，大聲地穿過樹叢。我們在後面呆望著，直到再也聽不見聲響。我彎腰拾起玻璃罐，查理撿起了書開始翻閱。

可憐的查理，他不認得那漂亮的字跡是德文。我告訴他那本子是誰的，並且笨拙地嘗試解釋何謂煉金術。印象中我當時跟他說，煉金術的目標是將不純淨的物質變得純粹。也許我的天職真的不是為人師表。

我翻閱那本日記，前三分之一的篇幅寫滿了優美而熟悉的字跡和複雜的等式。漸漸地，筆跡變得幾乎無法辨識，某些地方抹糊了，筆尖用力刮劃，墨水耗盡。我發現最後一頁上是完全不同的另一種字跡，整齊多了，而且是用英文寫的。日記的最後一段話寫著：「約翰．康拉德．迪佩爾在我的船上離開人世，卒於一七三四年四月二十五日。羅柏．瓦頓船長筆。」

當下我愣住了，慢慢消化著這項訊息。在我寫信給妳的同時，我意識到自己對這項證據如此驚駭。看起來，原本裝蟾蜍的罐子上的標籤和那本日記，是出自同一人的手筆。難道那隻超乎自然的蟾蜍，是在一百二十多年前被捕獲的嗎？

我們匆匆趕回屋裡，我用一張羊皮紙小心蒐集起仍然沾滿油脂的玻璃碎片，放進一個容器裝好。蟾蜍罐子的標籤的確是用迪佩爾的筆跡寫的，上面的日期證實了我的恐懼，採集的年分標示為一七三二年。喬琪亞，等我的腦子冷靜下來，我會再寫信給妳。拜託，別把這件事說出去，否則別人會以為我瘋了。

永遠屬於妳的，

蘇珊娜

一八五六年三月二十八日

渡鴉谷

親愛的喬琪亞，

若是有妳在這裡陪我耙梳這些筆記、報告和藏書該有多好。這裡的資料真是太多了，包括迪佩爾在自學期間、以及後來到基森大學寫的所有筆記。亨利醫師較近期複印的皇家學會報告，尤其是關於復甦溺死者的文章。礦物和藥草的列表。玻璃罐裡的腐朽植物和礦物樣本。我的自學不過是我爸爸善意忽視而成的副產品。過去幾個月，我都沒能得到真正的指導，現在更明顯感到我的學習有所欠缺。我盲目摸索，囫圇吞棗地讀過所有資料，根本不知道它們是否有價值可言。

當我如飢似渴地求知，查理若是來找我玩，我發覺自己變得煩躁了起來。最後，我整理了幾篇論文，一起去通往湖泊的溪流探險。我買通他去找小龍蝦和那隻奇特的蟾蜍，真後悔讓牠跑了。但是在保持警戒盯著查理的同時，很難深入閱讀。

今天，我為了回家謊稱頭痛。查理試著照顧我，提走我的籃子，省得我還要忍痛提籃。籃子對他而言太大了，但是不管怎麼勸他都不肯改變心意，真是個貼心的小紳士。我感到非常內疚。

我們發現屋裡一片忙亂。有消息傳來，說我爸爸跌倒摔斷了一邊腳踝。萊拉正準備長途趕路，前往他身旁。她哄誘查理坐到她腿上，跟他說他爸爸多麼愛他。她輕撫著他的捲髮，她不准任何人剪那頭捲髮。她問他想不想跟她一起去，但是他搖搖頭看著我。她以為我沒在看的時候，偷偷地從口袋裡拿糖果給他，好像那是兩人間的祕密，可是查理馬上就主動分了我一顆。

我突然想到既然現在查理的媽媽想要他同行，我就有機會安靜讀書了，於是我婉拒糖果，偷偷溜走。我會想念查理，也希望我爸爸早日康復，但是我期待享受一點獨處時光。

我迫不及待回到我的房間。喬琪亞，迪佩爾是在追尋不死之方！他原本能為全人類帶來多麼大的助益呢。根據他的筆記，那金黃色的油有一部分正是智者之油：沒藥。他寫到他將蟾蜍浸在鹽、血和骨粉的溶液中，表示這種液體能讓蟾蜍在動作停止的狀態下休眠。如果迪佩爾的假說是正確的，一旦加熱恢復體溫，這隻兩棲動物就會從漫長的睡眠中醒來，沒有變老也沒有衰弱。

他是這樣寫的，「**我給了這隻蟾蜍劑量足以致死的鴉片酊。但是在牠嚥下最後**

一口氣之前，我將牠裝罐泡入液體。感覺到牠痛苦扭動、即使在鎮靜狀態下也如所有生物一樣畏懼死亡，著實恐怖。最後，我只把罐子塞上，放在暗處的冷鹽水裡，再也無法忍受繼續看著牠死去。過了一個鐘頭，我去檢查，牠已經變冷且靜止，不再扭動。保險起見，我等了一個星期，然後讓牠慢慢回到室溫。我得小心別燙熟了這可憐的東西。最終，我在日出時將罐子放到窗邊。看樣子，蟾蜍慢悠悠地動了起來。我取出牠，進一步加溫，用溫暖的布料裹起來放在火前。不到一個小時，牠便開始跳來跳去，看起來已經從為期一周的死亡中復原了。」

喬琪亞，妳能想像嗎？復活並非毫無先例。如果這不是真正發生的事，他為什麼要這樣寫？妳覺得他瘋了嗎？如果我沒有親眼見到那隻蟾蜍跳走，我就會這樣想。

喬琪亞，我先在此擱筆。

我還有許多事需要學習和思考。

愛妳的，

蘇珊娜

一八五六年四月
渡鴉谷，印第安領地

親愛的喬琪亞，

我的信和妳的包裹似乎是在郵寄途中錯身而過了。首先，我得謝謝妳寄來霍桑的書。萊拉的家雖然沒有七角樓，[12]但是我偷得片刻看閒書時，讀得很是愉快。

從上次寫信至今，我又更進一步理解迪佩爾的實驗。我把實驗模型以及成功和失敗的繪製成圖表。繼蟾蜍之後，他做了一件恐怖的事。他開始用其他人的身體部位製造出一個人。男人對女人創造生命的能力是如此羨嫉！他投入的這些精力本可以用在醫學領域，為那些遭逢意外或病痛的不幸之人保全性命。我嘗試過製作出更多的那種油，用我從蟾蜍罐子保存下來的溶液做分離。那是個很困難的配方。我有幾罐可能成功的溶液，但是無法試驗。我用了儲藏室裡好多的鹽，還有廚房的沒藥，真怕朵莉察覺短少。

萊拉和查理回來了。看到小兔子已經長大到幾乎可以離乳，查理與奮得很。萊拉前一天對查理百般關注，拿禮物獎賞他。後一天則帶著午餐來到馬車屋，沒多久就把他留在這兒，好讓她獨自享用晚餐。

他們出門在外時，她買了一隻小品種狗來陪他玩。我真討厭那隻畜牲。牠亂追院子裡的雞，還咬了彼得和瑪麗。不過牠遠遠躲著朵莉，我真希望知道她的祕訣。我人不在馬車屋裡時得栓上門，否則回來就會發現那條狗大肆搗亂。查理根本控制不了牠，只能追著牠尖叫。但他對那隻嚇人的東西可是愛得很。

爸爸來了一封信，告訴我們他沒事，並且決定要我們全家人下個學年跟他一起赴任。這樣我就可以去麻州再跟妳當同學了，希望我沒有落後太多。請給我些建議，也繼續寄書給我，好朋友。我要專程去鎮上把這封信寄給妳了。

蘇珊娜

---

12 編註：納撒尼爾·霍桑（Nathaniel Hawthorne, 1804-1864），美國小說家。喬琪亞寄來的書應該是《七角樓》（*The House of the Seven Gables*），於一八五一年出版的一部哥特小說，講述一座老房子的歷史和詛咒，前人的侵占惡行如何禍及後代，直到血債血償。

一八五六年五月

印第安領地

喬琪亞，

我懷疑自己能否再見到妳，這有可能是我寫給妳的最後一封信了，而我不知道我是否有足夠的勇氣，或夠瘋狂到寄出這封信。即使已過數周，要向妳傾訴時這件事時，我的手還是顫抖不已。

有一天早上，我回到房間，發現查理趴在我床上，在迪佩爾的日記上亂塗鴉。他的那隻小畜牲不見蹤影，但是我聽到樓梯傳來尖叫和怒吠。我發現那條狗正在甩弄小兔子，每一隻都被弄死了。我把牠踢到房間另一頭，牠哀鳴一聲撞上牆。查理跑了進來，抓住他的小狗，衝著我大喊，叫我別傷害牠。我把地上的死兔子全撿了起來，牠們仍有餘溫，不至於血淋淋，但確實是死透了。我罵了查理一頓，他跑出門去，衝下樓梯，而我冷血地任由他去。我對著那幾隻兔子的屍體哭了幾分鐘，但是，願上帝饒恕我，接下來我就想到了實驗。

我帶著那幾隻小動物到澡缸所在的房間，先把水加熱。我把罐子一一放入盆中慢慢升溫，沒藥的香味滿溢室內。我往兔子的嘴裡抹了一些油。總共三隻兔子，所以我只能測試最可能有效的三種溶液。我逐一將兔子頭下腳上放進這些圓筒狀容器，並且非常小心不要忘記哪個裝的是哪種溶液。不出一個鐘頭，就有一隻兔子的眼睛好像抽動了一下。我用全副精力注意那隻兔子，將手伸進容器，以油膏抹熱牠的頭、耳朵和肚子。我忙得正來勁時，把油濺到了自己的眼睛。我緊閉起灼痛的雙眼，帶著鹽味的淚水觸及我的嘴唇，我嘗到了海洋的味道。

最後，我從罐內移出兔子，放在鑄鐵燃木爐上的一張被子上，加溫更快。牠睜開了眼睛。不久，兔媽媽就餵哺起這隻原本已經死去的兔子，激動地幫牠把身上舔乾淨。但我開心沒多久，那隻可憐的兔子，脖子仍是斷掉的狀態，而我沒有外科醫生的本領，治好那樣的重傷超出我的能力範圍。然而，那可憐的小東西還是活了下來。牠現在也還活著，因為事發後這幾個月，我一直沒能狠下心為牠做個了斷。那一晚過後不久，兔媽媽就拋棄了牠。我隔開牠們，惟恐兔媽媽會吃掉弱小無力的幼崽。我親手給牠餵奶，希望牠的骨頭能自癒。

我相信我的行為會令妳震驚。

但願後頭沒有更糟的事要告訴妳。

當晚稍後，我去大房子的廚房吃東西。那時都快要早上了，朵莉忙著生火和做早餐，見了我就皺起眉頭。我問她查理睡在哪裡，她說他自個兒睡在他房間。我很訝異，因為我們太寵他了，他不是跟我、就是跟他媽媽一起睡。她接著告訴我，早些時候他大哭著回到房子裡，哄都哄不聽，所以他媽媽給了他大劑量的鴉片酊，然後送他上床了。

我氣憤地衝上樓找他。他大聲打鼾，我試著叫醒他，但他就是不醒。我一再搖晃他，鼾聲停了。我把他抱下樓，叫瑪麗和他媽媽來。他媽媽非得著裝完整才肯下樓，她跟瑪麗說我反應過度了。我們把查理放在壁爐前的毯子上，他的呼吸緩慢，心臟也跳得似乎不如正常速度快。彼得被派去找離家最近的醫生。瑪麗開始在房子裡找阿摩尼亞或是嗅鹽。我確定馬車屋的浴室裡有阿摩尼亞，但實驗的東西還沒收拾乾淨，我自己跑去拿。

我經過那隻斷了脖子、裹在毯裡的兔寶寶時，彷彿聽見牠悲慘堪憐的哭叫，那哭聲令我滿心驚恐。我回到大房子裡，只見我繼母對著查理掉淚，她淺色的眼睛布滿血絲。他們兩人的頭髮糾纏在一起，我分也分不清。

我對她嘶聲怒斥，指責她的自私。我把阿摩尼亞遞給她，叫她脫掉他的上衣，在他胸前抹一些阿摩尼亞。我拿著沾過阿摩尼亞的布放在他鼻子下，但他沒有反應。瑪莉把爐火戳旺，我們用溫暖的毯子裹住他，持續跟他說話。過了好久，醫生終於來了。我回到我的房間，清理失敗的實驗品。我還有一大個原木桶的油、一桶鹽，且查理的個子很小。我當時還不知道自己會做出什麼事。

我一進廚房就看見醫生臉上的神情。他說如果查理撐過這一夜，也許就有希望。他看起來不太樂觀。整天我們都輪流坐在他身邊陪伴。我實在不願意把他留給他的親生媽媽看顧，不過假如最不幸的狀況發生，我想確定我需要的材料都準備好了。我把那桶成功的溶液放在燃木爐上加熱，份量足夠倒滿澡缸底部。

我回到廚房時，發現我繼母睡著了。

查理已經沒有呼吸。他的眼睛睜開，帶著驚恐的眼神，盲瞪著天花板。我摟住查理小小的身子，無聲落淚。我要救我弟弟，如果我有辦法，就絕不會讓這個無辜的孩子喪命。我把他帶到我的小屋，幫他脫了衣服，用羊毛毯包住他。我移動迪佩爾的日記時，看到查理在後面的空白頁寫了「蘇珊娜＝EFGT（我愛妳）」。我聲淚俱下，心痛如絞，哭著祈求上帝讓查理活下來。我願意拿我的命跟他換。如果我難得盛怒的氣話成了對他說的最後一句話，我要怎麼活得下去？

我回到澡缸旁，在裡面注滿水，加入鹽，再把加熱過的油攪拌進去。我把查理臉朝下放進澡缸，並將溫熱的油抹到他身體上。我按壓他的背，排空他肺裡的空氣並吸氣。我幫他翻身，並繼續在他身上抹油，試著讓他溫暖起來，也把少量的油灌進他的口鼻，流進他眼睛裡。我先是看到他的眼瞼後頭有些動靜，然後聽到嗆咳聲。我把他從盆裡拉起來，帶到火邊，用水牛皮毯和毛毯為他裹身。我盤坐著讓他躺在我腿上，為他按摩，用我們爸爸的語言跟他說話，對造物主祈禱，也貼著他的肌膚悄聲細語，輕柔地哼著曲調。

終於，他似乎動了。天啊，他的表情真是迷惑又狂亂。我對他說話，但他沒有回應。他的淚水流下臉頰，而且閃避我的碰觸。我幫他穿了衣服，告訴自己他的狀況只是暫時的，他從鬼門關前走了一遭，最後他一定會復原的。他倦怠無力，眼神難以聚焦。我對他說我多麼愛他，又多麼高興他活下來了。我把他抱起來，他沒有抵抗。我回到廚房把他放在毯子上，親了親他。

隔天早上，醫生過來複查。他恭喜我們對查理的照顧有了效果。之後他每天過來診察，為期一個月。查理看起來長壯了，但不會說話。我嘗試重新教他我們語言的拼音。但是，他一不高興，就只會哭叫，哪怕只是因為沒有甜食吃，或是被他的狗咬了這種小事。他的叫聲十分吵鬧，而且越來越激烈。診察最後一天，醫生將我繼母拉到一旁，表示查理的突發疾病傷害到了腦部，如果短期內沒有改善，最終可能就需要交給看護或是療養院了。我已經察覺查理的媽媽對他表現得越來越煩躁了。醫生離開之後，我趁她單獨在房裡時緊逼她，跟她說這全是她的錯，她應該好好當他的媽媽，否則我就把她做的事告訴大家。我繼母漸漸滿臉通紅，把我趕了出去。

我在樓下找到查理，他呆望著爐火。我拍拍他的頭，他抬頭看我。查理跟我進到廚房去，我著手做起了個蘋果派，弄得一團亂，想逗他開心。我把麵粉倒在檯面上，示範給他看怎麼寫他的名字，但是他只畫出雜亂的符號，並且用力捶著檯面，讓麵粉像雲般飛起。他越來越有力氣——比任何五歲小孩該有的力氣還大——我得一匙匙舀糖轉移他的注意力，好讓他別再捶了。我把蘋果派送進烤爐，給他玩多餘的麵團，教他如何捏出小動物。之後，我暫時離開廚房，去找掃帚清理我們弄出的混亂場面。我不在的時候，查理跑到烤爐邊，赤手要把派拿出來。我在走廊上聽見他痛苦的尖叫，但是他媽媽比我更快趕去找他。他哭嚎著跑向她，鹹鹹的淚水流下蒼白的臉頰，沾滿麵粉和麵團的手朝她伸過去。她揮手打了他。查理用大到不可思議的手勁推了她一把，她往後倒在石板地上，頭部撞擊的力道製造出駭人至極的聲響，然後又發出一聲帶點濕潤、令人作嘔的反彈，終結了一切。朵莉和瑪麗跑進廚房時，查理立刻狂奔出去。我說了謊，告訴她們萊拉是滑倒的。我靠向她，撐開她的眼皮，尋找生命跡象。我手捧她摔破的頭顱，感到指間冒出鮮血。我的解釋很簡單：查理跑過去要抱她，她踩到麵粉滑倒，撞到了頭。當時，彼得進到房子裡來了，我請他去找醫生。在醫生抵達、宣布萊拉死亡之前，我都沒有去找查理。他躲在馬車屋的澡缸裡，抱著依然活著的斷頸兔子。我覺得他們一人一兔都不會好起來了。

無助的，

蘇珊娜

一八五六年七月，印第安領地

親愛的……

一八五六年八月

一八五六年九月

一八五七年二月

渡鴉谷，印第安領地

親愛的喬琪亞，

終於有些好消息了。前幾天，那隻兔子被撫摸的時候，尾巴有了抽動的反應。我觀察那是否僅僅出自反射動作；如果是的話，牠開心時就會出現這種動作，新鮮的草莓也會激起同樣的反應。小兔子和查理的進步也許會一直這麼緩慢，我能給予我弟弟的就只有愛與保護。

我爸爸在六月份回家一趟，把萊拉的遺體接回去東部和她的家人安葬在一起。自此之後他沒有再回來。我們很少通信，因為令人高興的消息少之又少。偶爾，我會轉達彼得的訊息，告訴他農場上的情形。我們星期天都不再上教堂了。毫無疑問，現在這種情況下我們也無法與天父同在了。我不知道查理究竟還會不會繼續長大，長到超過他被我放進澡缸時的年紀。事發過後的這幾個月，就我觀察所及，他幾乎毫無改變。

我每天都教他拼音，也試著教他周遭物品的名稱。我從不遠離他，因為我不相信他能控制自己的脾氣，況且我也怕其他人會怎樣對待他。我搬進了大房子，我們同睡一張大床，房間有月光照亮。幾分鐘前，我醒過來，聽到他的第一句話。他在黑暗裡對著小小的兔子耳語，「兔子我愛你蘇珊娜我愛妳兔子我愛你蘇珊娜我愛……」

愛妳的，

蘇珊娜

一則非童話故事

小艾德加·史畢爾斯

一八六六年花月一日

1866/04/01

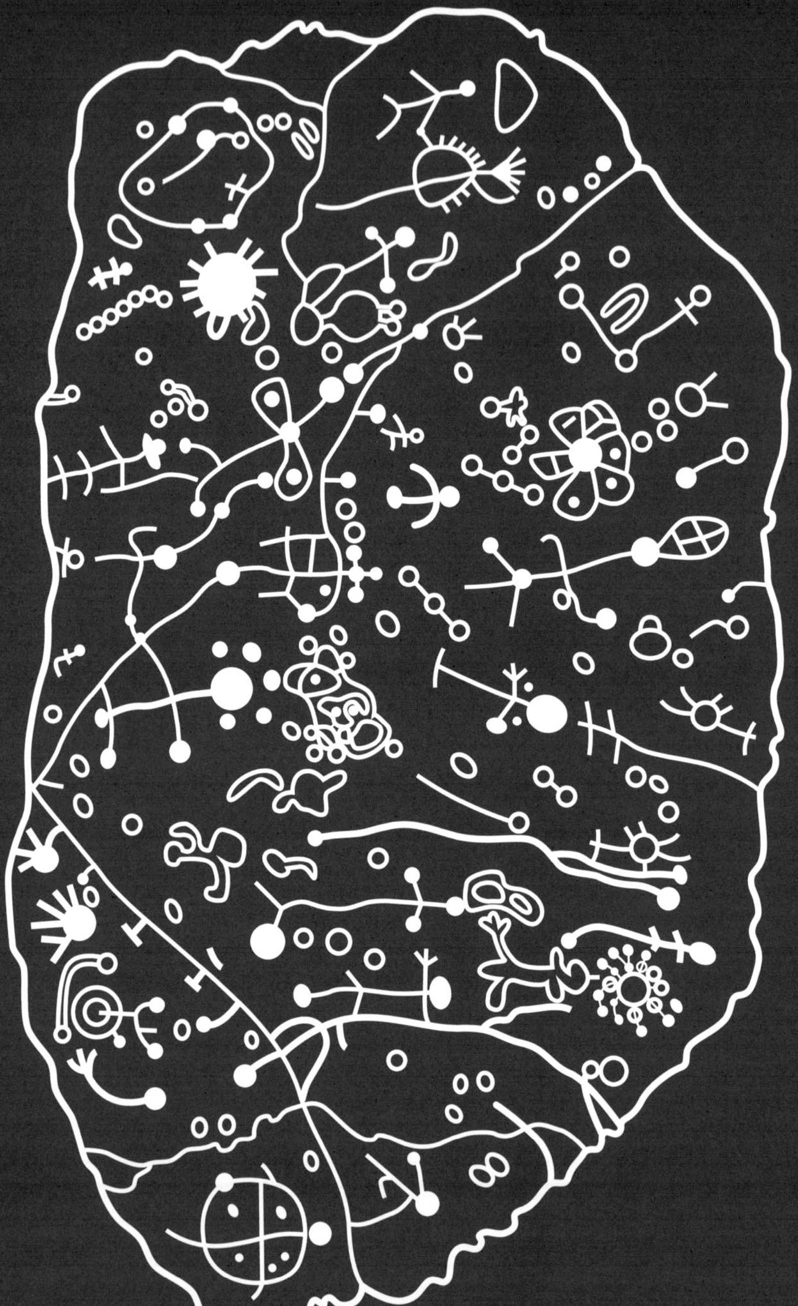

十年前，我媽媽死於肺結核，那年我五歲。

這個故事是她死前不久發生的，我和我弟弟當時由我奶奶照顧。我爺爺——史畢爾斯牧師——請他太太從東部回來，在我媽媽臨終的幾個月期間照顧我和弟弟妹妹。奶奶是個出身北方的白人女性，跟我爺爺在康乃迪克州的一所神學院相識，結婚時可真是鬧得驚世駭俗。

我們的族人被逐出家園時，他們便來到印第安領地居住。但最後，她帶著我爸爸北上，跟她的家人一起撫養他，讓他上白人的學校。時隔多年，我祖母回到切羅基國之後不久，我先前素未謀面的阿瑪阿姨就現身了，她把我媽媽帶去溫泉鄉，傳說礦泉能夠治癒危及我媽媽性命的結核病。我妹妹喬琪亞年紀還太小，沒辦法離開媽媽，所以她們帶她同行。

我弟弟查爾斯是以我媽媽的弟弟的名字命名的。他當時三歲，我奶奶很疼他。他的膚色比我白，據說他長得跟死在南北戰爭中的爸爸一模一樣。最近我奶奶把他送進了北方一所寄宿學校，我不知道何時才能再見到他。我們時不時會通信。也許有一天我會把這個故事告訴他。

那是一個陽光耀眼的早晨，我們一行四人從教堂回家，發現前門門廊上有一隻貓頭鷹。我和爺爺愣了一下，但奶奶出聲把牠趕走了。我很確定牠代表了我媽媽的死亡即將來臨。奶奶不太看重印第安人的信仰，她跟我爺爺說過要寫信到溫泉鄉給我媽媽和阿姨，告訴她們說她認為最好把我和查爾斯帶回東部，接受她所謂的「良好」教育。

她的兒子，亦即我的爸爸，就受過良好的北方教育，但是他一點也不中意那一套。他一有機會就回印第安領地。聽她講那些話，我的心情糟透了，過沒多久我就惹毛了她，被她趕出屋子。我帶著吹箭，跑進我們家土地和教堂中間的森林。我射擊松鼠、鳥類和任何會動的東西，直到整個森林的動物好像都知道了我的存在，全都跑去躲起來。

我因此更加生氣；說出來有點不好意思，但我哭了起來。我好想念媽媽，而且我不想離開家，也不想離開爺爺。我不想去什麼寄宿學校學技術，那樣的話我唯一見得到的家人可能就只有奶奶了。我哭得很慘，我當時還是小孩子，而小孩一旦產生了龐大到無法胃納的情緒，往往就是會哭的。我終於停止哭泣時，抬起頭，一隻白兔坐在我面前。我慢慢裝好吹箭，但是箭筒還沒碰到嘴唇，那隻兔子就跑了，奔竄森林暗處。我跳起來追牠，但牠的速度很快。我跑個不停，根本不知道為什麼我要跟著牠。兔子跑得太快，有時候甚至看不見牠的蹤影。有時我眨了眨眼，會把牠看成一個兩呎高的小矮人，腦後飄逸著黑長髮，但下一刻我就只看到一隻白兔；但其實牠應該要是棕色的才對，就像這附近的其他兔子一樣。

嗯，那隻兔子鑽進了森林後方的一個洞穴，我一路跟著牠。雖然我知道我不應該跑進洞穴裡。我爺爺有一次告訴過我，那種空間是不能隨意進入的。他講事情一向只講一次，如果不是重要的事，他壓根不會費事開口。

洞穴變得越來越窄小，那隻兔子在盡頭的洞口消失了，我彎下來四肢並用地跟著牠爬了出去。我從另一頭出來時，看見眼前一處小村莊，裡面的房子看起來是以我這樣體型的人蓋的。我沒看見兔子，倒是一個矮小的男人蹲在一塊突出地面、布滿刻紋的圓形巨石旁。我從來沒看過那樣的石頭，或那種矮人，但倒是聽說過。那個人說的是切羅基語，但是講得和我習慣聽到的有點不一樣。

他把我叫過去，給了我一點放在編織袋裡的食物。直到他遞給我一顆桃子，我才發覺自己餓了。我蹲在他旁邊，他問我遇到了什麼困難。他說他聽到我哭，想說能否幫上我的忙。我還沒吃完那顆桃子，就把事情原原本本跟他說完了。他一面聽，一面抽起一根雕刻精緻的小菸斗。

「你的族人不是自己選擇離開這片土地的，」他說。「如果你們過不了這一關，那就太令人難過了。」他又吸了一口菸斗。

「今晚在這裡紮營，讓我們好好想想吧。我們有場舞會，你可以來跟我們一起用餐，聽一些你的族人恐怕要遺忘的故事。」

於是我照做了。我留下來，參加了舞會。那一晚，我聽了他們在爐火邊說的故事，看清了自己如果去東部上白人的學校會失去什麼。我想與我的族人相伴，在我們的聚落裡，用我們的方式過生活。即便我爺爺是牧師，他也依然相信古老的傳統。而奶奶寧願離開印第安領地，也不願看著我爺爺一天比一天更像切羅基人。

那一晚我睡得開開心心。

你可以想像看看，隔天早上那個矮人來叫醒我，送我回家時，我多傷心。他要我記得前一晚聽到的所有故事，但也要我承諾七年內都不能跟別人說出這次的拜訪。我懂他的意思，打破這樣的承諾必將帶來死亡。然後他交給我一條厚毯子，叫我好好保暖，我露出笑容，但沒有開口笑出聲。昨天我爬著穿過那個洞穴時正值濕熱的夏季，但我還是將毯子緊緊裹在肩上。我穿過洞口，爬回小洞穴裡，從另一頭出來。一夜之間，家那邊的天氣變了。

我的嘴唇發顫，盡可能加快腳步走。

昨晚沒得到奶奶准許就在外過夜，我現在可不期待見到她。我聽到劈柴的聲音，和嬰兒的哭聲。我走近教堂旁的林地時，劈柴聲停了，嬰兒也停止了哭泣。我遠遠看見一個男人抱著嬰兒，輕聲唱著歌，一名黑髮女子則拿著斧頭站在一堆木柴邊。

「爺爺！」我一面喊，一面跑了起來，我爺爺轉過身來看著我。阿瑪阿姨將斧頭靠在一棵樹的殘根上。

我朝他跑去，他摟住我的腰。「我不想離開，爺爺，」我哭道。「我想待在這裡。我想跟你在一起。」

阿姨把我妹妹從爺爺手中抱過去。他跪下來，看著我的臉。「艾德加？」

「是，爺爺，我不想離開這裡去上學。」

我爺爺緊緊抱住我。

「我們找你找了四個月。你奶奶放棄了，上周她帶查爾斯走了。你的阿瑪阿姨今天早上才剛回來。」

之後，我很長一段時間都不說話。如果別人問起我那時去了哪裡，我只是聳肩。但爺爺和阿瑪什麼也沒問我。我們到家之後，爺爺拿過我身上披的毯子，看了良久。此後那條毯子就一直放在我的床上。

事發至今已有十年，這是我第一次說出這個故事，我希望我能活得夠長，能再把它說一遍。現在天暗了，已經不是適合說這些事的時候了。

無人區的地獄犬

韋柏爾・史畢爾斯、傑斯・金恩

一九一九年豐收月三十一日

1919/10/31

《芝加哥每日新聞》戰史

第一次世界大戰期間之步槍與刺刀

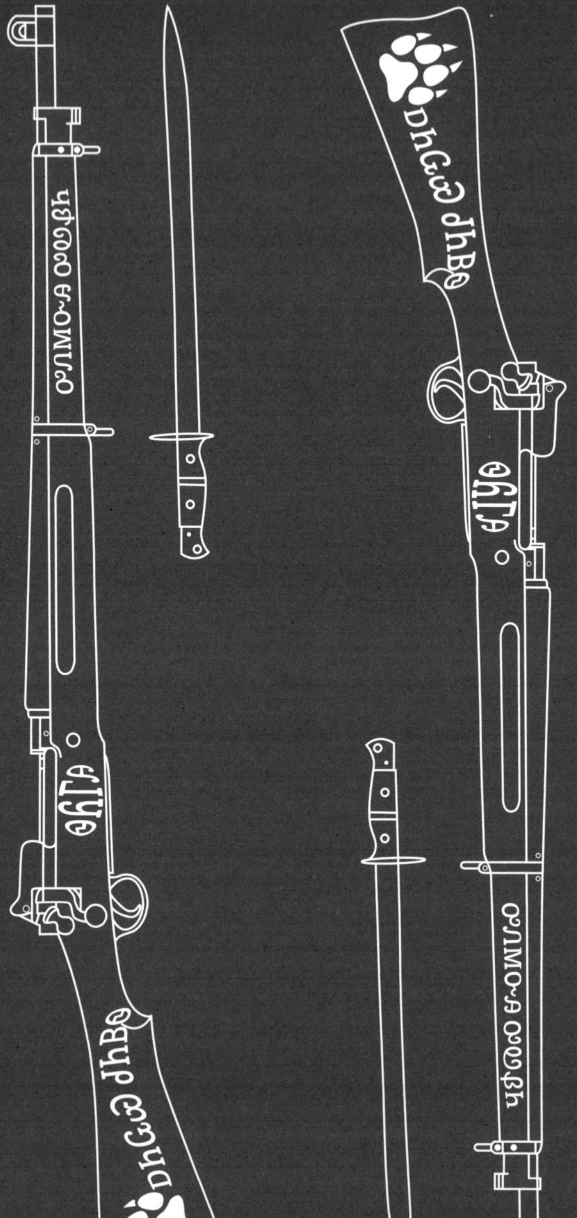

美國步槍，點三〇口徑，一九一七年型號

美國步槍，點三〇口徑，一九一七年型號

奧克拉荷馬州渡鴉谷特派新聞服務隊致《陶沙異聞報》之特別報導——一九一九年十月三十一日

根據鎮上傳言，更多證據顯示「蒙斯獵犬」不是無稽之談，而是無人區的真實恐怖事件。韋柏爾・史畢爾斯——切羅基牧師小艾德加・史畢爾斯之子——近期帶著一個非比尋常的戰爭故事歸來，他的表親兼同袍傑斯・金恩（當地牧場主比利與喬琪亞・金恩的兒子）也證實這個故事。

消息來源指出，這兩名只通印第安語的男子，在謬司－阿恭恩之戰中於第十三步兵團負責照料馬匹。[13]兩人抵達法國的派駐地之後不久，同樣出身奧克拉荷馬州，備受愛戴的瓊斯中士不幸捐軀。很快地，一位名叫懷特的中士取代了

13 編註：謬司－阿恭恩之戰（Meuse-Argonne offensive）第一次世界大戰的重要戰役，發生於一九一八年九月至十一月，盟軍與德軍在法國展開激烈戰鬥。盟軍最終突破德軍防線，迫使德國政府求和，結束戰爭。

他。他現身於一場戰役當中，戰況的血腥程度在這兩個切羅基少年平生所見中是數一數二。

在那個黑暗且風暴肆虐的夜晚，一輪滿月正在升起。二等兵史畢爾斯與金恩送了幾匹馬回到一處遠離戰場的馬房，此時，一陣砲火讓他們跟壕溝裡的軍隊走散了。他們盡忠職守，照料馬匹的多處傷勢，然後就地過夜。才剛躺下，他們就聽見一聲狼嚎，馬匹驚恐地躁動起來。他們守好馬房，栓上滑門時恰好聽見動物的指爪抓在木頭上的聲音。

聽著那龐大的生物繞著馬房，用爪子猛抓木材的聲音，兩人和所有馬匹都無法安頓下來。金恩與史畢爾斯背對背坐著，手中備好了槍。那隻生物最後開始刮抓門下的泥土，著魔似地狂挖。金恩把刺刀拔出鞘，對著那巨大的獸掌捅，直到將它釘在地上。牠大聲哀嚎，拚命把前掌拉回去，幾乎被刀刃切成了兩半。接著牠全身向馬房的門撞去。兩人考慮隔著門射擊，但還是覺得等到看清楚那頭野獸時再開槍比較明智。暴雨和前線的戰火聲之下，如此對峙持續了好幾個小時。攻勢不定時地開始和結束，兩人片刻不得休息。終於，太陽逐漸升起，前線的機關槍聲減弱，那隻生物也停止攻擊。當馬匹不再焦躁，他們就知道危機已經結束。兩人繼續守在崗位上，直到來跟他們交班的另兩名士兵出現。

馬房外面布滿了血淋淋的巨大掌印。筋疲力盡的史畢爾斯與金恩兩位二等兵回到營裡。經過軍醫帳篷時，他們看到懷特中士，他一副狼狽的樣子，而且右手正在接受包紮。他跟其他傷兵被送上救護車，載去一間設備更可靠的醫院。

紀錄中從來沒有哪位懷特中士被轉調進出第十三步兵團。

歸鄉

瑞比·威爾森

一九四五年種植月二十六日

1945/05/26

被培根和咖啡的香味喚醒，是瑞比．威爾森最喜歡的起床方式。這樣總好過被他弟弟帕格當頭澆下冰水，也好過他大哥喬瑟夫說過的寄宿學校裡充斥的麥片粥濕臭味。鍋子上燉煮著明天慶祝用的豆子和葡萄麵疙瘩，[14]要準備一場大宴迎接他大哥從戰場歸來。

喬瑟夫入伍的這兩年裡，瑞比的媽媽都在憂心操煩。一個月前，她從茶葉裡看出他正在回家路上。在《大奧普里》廣播音樂節目中間穿插的公告宣布之前，[15]威爾森家就已經曉得喬瑟夫要回來了。不久後有一封信寄來，說喬瑟夫即將退伍，會跟其他生還、負傷的切羅基少年一起回家。

14　譯註：切羅基人的傳統甜點，調理方式一般是將擀薄如水餃皮的麵團和葡萄汁共煮。

15　編註：《大奧普里》（The Grand Ole Opry）是美國著名的鄉村音樂廣播節目，自一九二五年始於田納西州納什維爾。是鄉村音樂文化的象徵，吸引眾多音樂家和聽眾參與，播放各種風格的音樂表演。

在奧克拉荷馬州的這個地區，大部分合乎徵召條件的印第安人都入伍上戰場了。有些人甚至為此謊報年齡。自他的爺爺羅柏・威爾森之後，[16]喬瑟夫是威爾森家族第一個參戰的人。喬瑟夫為了參軍，還中斷了小聯盟棒球隊的訓練。

那天上午稍後，朵莉阿姨帶著她的兩個兒子烏捷和尤納過來。叫作烏捷的那個是因為他老是像負鼠一樣咧嘴笑，[17]他弟弟尤納的名字則是代表「熊」，很適合這個強壯粗獷的男孩。朵莉阿姨的大兒子傑基・李永遠都會是十二歲，一年前的聖誕節前夕，他在懷安多特的寄宿學校宿舍外面上吊走了。喬瑟夫和傑基・李不在，十三歲的瑞比就是家中最大的孩子。

朵莉阿姨和他媽媽整天都要煮東西。四個男孩被趕出屋外不准進去，不然她們煮的速度永遠趕不上男孩們的胃口。整個周末都會有更多阿姨姑姑、叔伯舅舅和堂表親陸續過來。

瑞比和另外三個男孩一整個白天忙著跑腿辦雜事。他們去種滿胡桃木的森林砍柴並拖了回來，追蛇並弄死蛇，捕小龍蝦並生火燙熟了當午餐吃。瑞比的漁獵知識全都是跟喬瑟夫學來的，他現在也努力好好訓練年紀較小的這幾個男孩。

兩年前，喬瑟夫在家的最後那天晚上，他帶傑基・李和瑞比出門，抓了整夜的青蛙、小龍蝦和魚。當時下起了雨，喬瑟夫正在打包他們的戰利品，滿滿一個麻布袋的大鯉魚和鯰魚。輪到傑基．李用光照射水中、踢動水草，把魚蝦驚動出來好一網打盡。喬瑟夫用魚叉往水裡刺，魚叉的木柄長度跟他們兩個小男孩的身高加起來一樣。他們正打算放棄時，傑基．李大喊他看到一條鰻魚。他和瑞比往上游追去，喬瑟夫在他們後面喊著：「停！」

突然間，那隻生物直直從水面游了出來鑽進一處樹叢。傑基．李不假思索伸手進去抓。所幸，他的手正好抓在那條水蝮蛇的頭後方。蛇張大了嘴，露出準備攻擊的毒牙。兩個男孩失聲尖叫，嘴張得跟那條蛇一樣大。傑基．李死命把毒蛇丟得離他們越遠越好。他們轉頭跑回去，喬瑟夫站在原地搖頭。「可惡，」他用英語說，「你們把那條蛇像小烏帖納似地丟出去了。」

16 譯註：原文作者此處用的是edudu，意思是爺爺，然而從族譜看來羅柏應是瑞比的父輩而非爺爺。第七篇〈我和我的怪物〉中的吉娜（瑞比的女兒）亦提及羅柏是她的爺爺。

17 譯註：Ujets，切羅基語 ujetsdi 的簡稱，意思是負鼠。

他們的奶奶奈莉在切羅基國被迫接受保留地分割時，配得了一百六十英畝的土地。保留地分割意味著這些印第安人組成的各個自治國必須捨棄更多土地，交由聯邦政府低價出售或是贈送給墾民。他們分配到的土地算是面積相對完整，儘管兩側與白人鄰居相接的放牧地都被賤價的租約削走了。

後院的正後方，就是一座小小的家族墓園，裡面的砂岩墓碑上刻的是切羅基文字。這裡葬的主要是稚齡孩童、嬰兒和沒活過三歲的幼兒。有些死於天花疫情，另一些命喪一九一八年的流感。這些原本會當他們的阿姨和叔叔們，沒能撐過在農場上成長所帶來的意外和疾病。誰都不准進去墓園裡玩。

瑞比、帕格、尤納和烏捷那天剩下的時間都在亂晃。雞舍和屋子相隔的空間寬到夠拿來打棒球了。以前喬瑟夫在家的時候，從不會讓這幾個男生有靜靜坐著的機會。喬瑟夫可以把球打得比郡裡任何人都遠。那天下午，四個男孩打棒球打到黃昏時分，一顆內野高飛球擊中了帕格左眼上方。他跌跌撞撞跑進屋裡，留下另外三個人。

瑞比宣布把前門門廊當作基地，並且喊道，「玩鬼抓人！」男孩們躍過岩石，繞著胡桃樹，閃躲彼此。瑞比躲在一棵枝條低垂的合歡樹下，他的表弟烏捷從後面偷襲他，然後迅速衝走，讓他整個撲倒在地。尤納從旁邊跑了過去，接著身影便消失在屋內。

從瑞比躺著的地方，他看到一個男孩奔出墓園，距離太遠辨認不出是誰。應該是帕格的傷恢復到可以再出來玩了吧，雖然那顆球把他的腦袋都打傻了。如果他在墓園裡玩被他媽媽抓到，腦袋會再挨上一記。她的反應絕不只是喊一聲：「停！」

瑞比跳了起來，往他跑過去。那個男孩轉身就消失在圍繞著墓地的高草之間。瑞比沒有追上去，而是跑回屋子。當他跑到前門門廊的安全處，差點跟他表弟烏捷錯身而過。他們倆彼此對看，彎著身子，手扶在膝蓋上，氣喘吁吁。瑞比的媽媽從後門喊著說晚餐煮好了。烏捷對他咧嘴而笑，然後進到屋裡不見人影。

後院的一聲異響吸引了瑞比的注意，他循聲跑過去。他繞過屋角時，一個黑影正往前院移動。瑞比追著那個男孩，放慢奔跑速度。那個男孩在他前方調頭，又往墓園的方向去了。瑞比伸出了手，他發誓他碰到了男孩的肩膀，可是手裡只抓到空氣。

瑞比慢下來改用走的。現在真的天黑了，廚房裡煤油燈的黃光在草地上投射出亮亮的方塊。瑞比的媽媽步出後門，命令他把身上清理乾淨，進來吃飯。他踏到陰暗的井棚下時，她就轉身進屋了。瑞比打了些冰冷的泉水上來，倒水進錫杯喝，如此喝完又倒，倒完又喝共兩次，然後用冰寒的水洗臉。

他感覺到那個人影從井棚的門邊跑過去，他置之不理，覺得受夠了。豆子和炸豬排呼喚著他。他沒有去追那個影子，而是爬上石階進了廚房。爬到最上面一階時他喊道，「傻瓜，快點。我們去吃飯吧。」

小麵包和臘腸的香味迎接著瑞比，他裝滿餐盤，跟他的媽媽和阿姨說：「他還在外面。」整個廚房頓時鴉雀無聲。

「誰還在外面？」他媽媽逼問道。

瑞比環顧四周。烏捷和尤納正在補滿餐盤。瑞比探頭到前廳。他受了傷的弟弟帕格坐在椅子上，拿一條濕布摀著頭。瑞比回到廚房。

「外面有另外一個男孩子，他在外面跑給我追。」

他媽媽笑了。「傻瓜，」她說，「我叫你天黑就別再去外面玩了。你追的是個狡猾的小鬼。」

瑞比在餐桌前坐下來。他在盤子上方低頭，感謝造物主賜下這餐食物。他想起那些再也沒有機會長大的堂表親和叔伯。他的哥哥喬瑟夫又長成了什麼樣的大人呢？瑞比決定，等到他得去上寄宿學校的時間到來，他就要離家出走。他會去他爺爺以前蓋在山丘上的小木屋裡住。他會獵鹿、種玉米和養雞。等輪到帕格得去上學，他就可以過去跟瑞比一起住。

瑞比拿小麵包浸在肉湯裡，他慢慢咀嚼，品嘗著麵包和攙有臘腸碎末的肉湯。他還沒吃完，他媽媽就又幫他盛滿餐盤。活著的滋味真美好。那個夜晚比平常更冷，他們搬了木柴進屋裡，地上到處鋪了被子毯子。瑞比的媽媽進來坐在壁爐前面，手裡拿著根撥火鉗，凝視著火苗。瑞比的毯子就在她爐火前的椅子正後方。烏捷在他後面「咚」一聲倒下，很快就打起鼾來。他看著她椅子另一側的爐火燃燒。正當他神遊之際，第一條蛇從高高的煙囪掉進了火焰裡。

「唰。」他媽媽站起來，一把飛快打下去。

瑞比坐起身。那是一條尺寸頗大的蛇，火焰中的蛇皮呈現深紅銅色。她又打了一次，然後從火裡撈出蛇。空氣中充滿了燃燒潮濕物的氣味。她把牠扔進壁爐旁的集灰桶裡。她默默殺蛇的期間，其他幾個男孩從頭睡到尾。瑞比現在清醒得很，留心聽著蛇掉進火裡的聲音。他還聽見一段距離外的路邊，兩隻烏鴉在拌嘴。

「唰。」

瑞比又坐起來。

「有一就有二，」他媽媽說。「至少啦。」

瑞比又盯著爐火看了幾分鐘。

「小子，快睡覺吧。」

瑞比轉開身去，緊緊閉上眼睛。他覺得自己聽到門廊上傳來腳步聲。

「媽媽。」

「睡吧，兒子。」

「我聽到聲音。」

他們一起聆聽，聽見了紗門那頭一陣輕輕啜泣聲。

他媽媽起身到屋前的窗戶邊，拉開了窗簾。

「是誰啊，媽？」

瑞比的媽媽打開門到外面去，把門在背後關上。瑞比站起來，不確定應該看著爐火還是前門。

他到窗邊往外窺看。一名高個子的男人站在門廊，手插口袋。他媽媽在對那人小聲說著話。那人彎下身，拿起一個大行李袋，然後他們倆一起轉身進屋。

瑞比手忙腳亂地開門。

那人踏進屋中，頭上戴著一頂軍綠色帽子，比起瑞比記得的模樣更高也更瘦削。

「嗨，喬瑟夫。」

喬瑟夫點了一下頭，默默把袋子放在門邊。帽簷遮住了他的眼睛，跳躍的火光掠過他露出的半張臉。

時值午夜，整個世界都在沉睡。

喬瑟夫舉起手摘掉帽子摺起來，但他的眼睛似乎仍蒙著陰影。

他們的媽媽領著喬瑟夫到爐火前的椅子。他坐了下來，她把撥火鉗遞給他，用切羅基語叫他留意蛇。瑞比經過喬瑟夫身邊時，注意到他聞起來有灰塵與汗水的味道，好像走了一整天的路。瑞比躺進椅子後面的被窩，看著他哥哥動也不動的雙腿，以及爐火。

在廚房裡，他媽媽加熱了餐點，裝了滿滿一盤。豆子的香味很快就蓋過了喬瑟夫長途步行返家的風塵僕僕。他把撥火鉗放在爐火旁，從他媽媽手上接過那盤食物。她從廚房拿了另外一把椅子，過來坐在他旁邊。

她在喬瑟夫動也不動的身影旁坐了許久。她站起來，把裝了蛇的集灰桶提到外面。她出去之前隨手抓了他們放在壁爐邊的斧頭。瑞比聽到幾次「唰」聲，然後她又回來坐著守夜。

「兒子，快吃。」她命令道。

其他人都等待著。她往火裡又放了一截柴薪，用撥火鉗推向壁爐後方。點點火花飛了出來，飄到爐臺上。

瑞比睡眼惺忪地看著他哥哥靜止的身影，聽見湯匙刮磨碗底的聲音之後，終於安穩入睡。

瑪莉亞的無限可能

1

瑪莉／瑪莉亞・史畢爾斯・亨利

一九六八年綠色玉米月十一日

1968/06/11

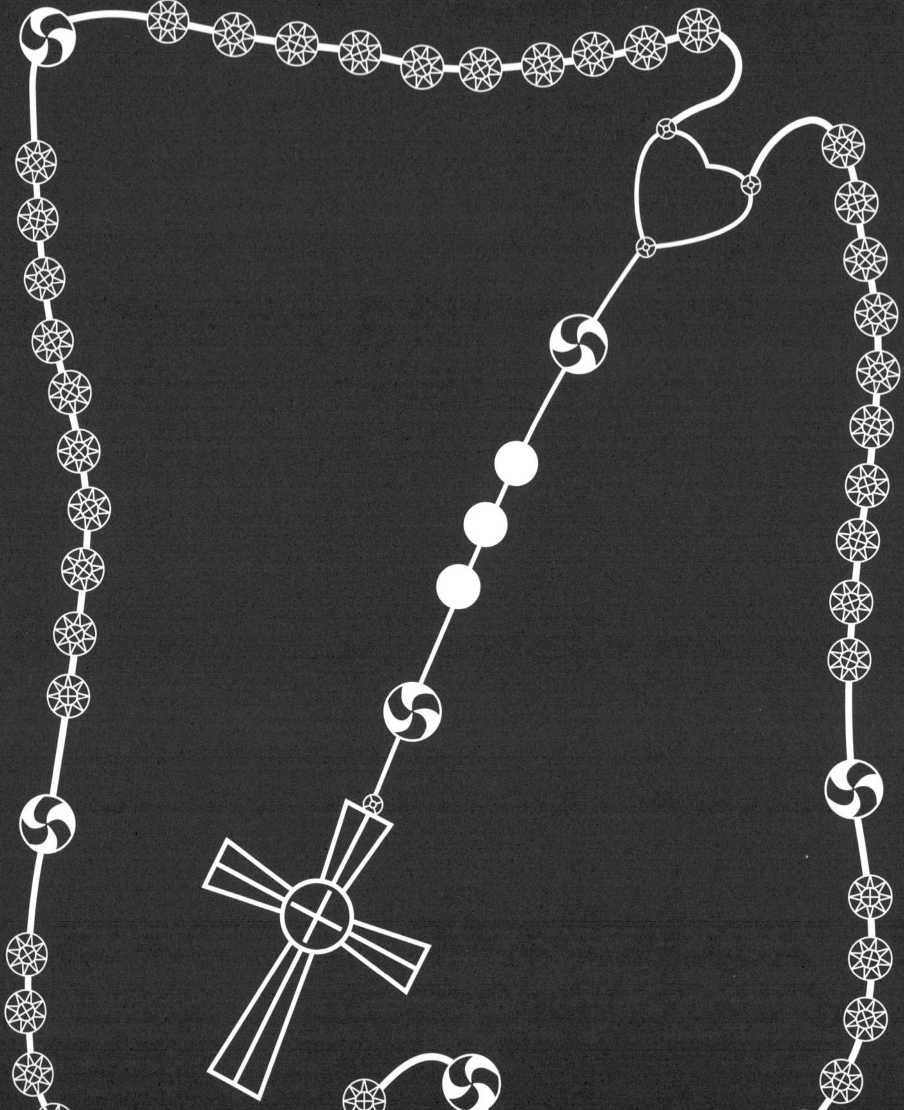

耶穌緩緩在瑪莉亞的指間滾過。

猶太人的王，拿撒勒人耶穌（INRI）。

義大利（Italy）。

猶太人的王，拿撒勒人耶穌。

義大利。

猶太人的王，拿撒勒人耶穌。[18]

黑色珠子，發黑的銀鍊，縮成吊墜大小的聖母瑪利亞與聖嬰耶穌，珠子，珠子，珠子，萬福瑪利亞滿被聖寵者，珠子，珠子，珠子，猶太人的王拿撒勒人耶穌為汝等罪過而死。她左手緊抓玫瑰經念珠，一面填寫諮商與心理服務申請表上的橢圓框。

18 譯註：出自《約翰福音》第十九章第十九節，耶穌基督受難十字架上以拉丁文寫的罪狀 IESVS NAZARENVS REX IVDAEORVM，常以縮寫 INRI 表示。

瑪莉亞二年級拿了硬筆書法獎，是畢業紀念冊編輯，全國榮譽學生協會成員，女童子軍，紀念冊上「最有可能功成名就的女生」。不管你去問誰，瑪莉亞都是個好女孩。

「瑪莉亞，我的七苦聖母。[19]」喬瑟夫今天早上這樣跟她打趣。他提早下班回家，踮著腳進了臥室，發現她蜷縮在床上哭泣。

「妳知道嗎？這都要感謝一個搶匪。我又被人持槍搶劫了，老闆就讓我『提早打卡』。」他在床緣坐了下來，用粗糙的手梳過瑪莉亞發亮的黑髮。「我們的蜜月結束了嗎，寶貝？」

她伸出手臂環住他的腰作為回應，但他輕輕推開她的手，站了起來。他俯身親了親她的額頭，含糊地說，「我得先洗個澡，寶貝。回去睡吧。」

瑪莉亞翻身回去，盯著一片黑暗。她嚥下嘴裡揮之不去的酸味，喉嚨的根部有股反胃在騷動。

六個小時之後，她拿著一枝鉛筆在填問卷。她在「正式完整姓名」這一欄躊躇許久，因為她已經多年沒有使用那個名字。她出生時被命名為瑪莉・史畢爾斯，是按著一個她見都沒見過的女人取的：她祖父韋柏爾・史畢爾斯的妹妹。但是在上學的第一天，喬瑟夫就幫她起了瑪莉亞這個名字，沿用至今。瑪莉亞這個名字帶給人的預設印象，會讓生活過起來比較輕鬆。如果妳的皮膚不是那麼「白」，名字又叫作瑪莉亞，那麼沒有人會問妳有多少印第安血統，或者妳還信不信原住民的傳統宗教。妳可以暢行無阻。她所知唯一一群靠切羅基印第安人身分賺錢的人，反倒不容易對付。

她迅速填寫完畢，事後對於自己選填了些什麼答案也說不太準。她讀著頁面末端的指示：「請簽名並填上日期。完成後請撥六。」

她拿起沉重的黑色電話話筒，撥了號。鈴聲響起，聽著像是從很遠的地方傳來，接著「噠」了一聲，一段預錄訊息從低低的白噪音開始。「您好，歡迎來到諮商與心理服務短期治療計畫。請將您的文件置於桌面右側抽屜內，然後撥零。」

她的填答表格。她的身分、種族、教育程度、郵遞區號。要徹底誠實。過程將完全保密，所蒐集資訊僅供統計之用。她把文件拋進一個空抽屜時，她的氣息隨著一陣擠壓著子宮的嘆息離開了體內。她撥了零，電話鈴聲又響了一次。她想像上帝

19 譯註：七苦聖母（lady of sorrows），指天主教中紀念聖母於人世間所受的七項苦難。

在遙遠的雲端俯瞰地球，俯瞰她，電話把祂召到了辦公桌前，懺悔者的禱告使得上帝指示大天使米迦勒執行表演。上帝接起了電話，一個溫暖的聲音說：

「哈囉，瑪莉。」

她吃了一驚，匆匆掛斷電話，慌亂地環視房間。她沒有在表格填上瑪莉這個名字。這裡有兩扇門，她不記得自己是從哪一扇進來的。當時在空蕩的門廳，她心事重重，一過門禁就進了房間，眼睛直望前方但對任何事物都視而不見。她沒有四處看看，就直接走到桌前。這是一個沒有特色的房間，跟她童年時期去的印第安醫院裡所有醫生的辦公室擺設一樣。她一點也不知道哪一扇沉重的木門才是出口。

瑪莉亞試圖打開抽屜，把表單拿回來，卻發現抽屜鎖住了。現在已經沒有逃跑這個選項了。她在桌前坐下，下巴撐在握緊的拳頭上。她試圖減緩自己淺短的呼吸。

她再次拿起沉重的黑色話筒，再次撥零。鈴聲重新響起。也許這次事情會留給耶穌處置，她有些昏沉地盼望著，仍然緊抓念珠的手扭著埋進她那件過季羊毛裙的褶子裡。

又是同一個聲音說話了，她現在發覺它冰冷又帶著金屬質感：「哈囉，瑪莉亞。歡迎來到告解、赦免與悔罪部門。」

「哈囉。」她悄聲地說，聲音比她預期中抖得還厲害。是她聽錯嗎？

「可以開始了嗎？」

瑪莉亞的呼吸又變淺了起來。「我不確定——」她帶有喉音的耳語幾乎細不可聞——「也許這是個餿主意。」

線路另一端空寂無聲。

瑪莉亞等待著，先聽到一陣嗡嗡聲，然後聽到：「妳處於極大的痛苦之中，是嗎，瑪莉亞？」

瑪莉亞只點了點頭。

「要不要妳說說妳的故事，我們可以從這裡開始進行？」

瑪莉亞深吸了一口氣，然後呼氣。這個故事她對自己說過多少次了？她甚至不敢寫下來，也不敢在告解時說出來？當她想著這個故事時，她知道這是千真萬確的，但想要記錄下的一字一句在她編修校正之前就逃逸無蹤。「我做了一件事，如果我先生發現，那會要了他的命。」

片刻之間只聞一陣沉默，然後那個機器般的聲音又說話，「請妳準備好了就繼續說吧。」

她想到正在補眠的喬，六個鐘頭前才在冷冰冰的 7-11 超商裡被個毒蟲拿槍指著，被迫走進冷凍庫。如果此刻他在他們的公寓裡醒來，他會以為她是去上課了，他總是支持他前途無量的瑪莉亞，跟這個「最有可能出人頭地的女孩」在一起令他驕傲又幸福。

她再度開口，「如果喬發現了……」

「妳要從妳認為是開端的地方開始。」

她嘆了口氣。她但願自己的故事不必非得說出來，如果是沉默的告解就好了。

尤其走到這種不得不花錢購買寬恕的地步。

說到開端。當妳做了糟糕的選擇，當妳做出了會讓全世界最愛妳的人心碎的事，何時才算開端？是他在幼稚園牽妳的手時？是你們第一次約會時？是妳憂傷地看著這個總是讓妳覺得像個局外人的世界時？她決定從事發當晚說起。

「我在畢業典禮之後去了一場派對。我是第二名，負責典禮開場致詞，要介紹第一名的畢業生致詞代表。」她感到一陣毛毛的羞赧。誰會向上帝炫耀自己當了高中畢業典禮開場致詞人？「喬在典禮後載我去派對。他得上班，有個我認識的女孩答應會載我回家。」她打住了。她置身的這間小辦公室沒有窗戶，燈光似乎暗了下來。她閉上眼睛一會兒，再重新張開。看起來還是很暗。沒差。越暗越好，瑪莉亞心想，同時把黑色的塑膠話筒握得太緊，手指都發麻起來。

「喬和我認識好久好久了，打從我們小時候開始。他年紀比我大，會照顧我。我是說，他工作上班，我還在上學。」她又停頓一下等了等。「就算我媽還在世時，她也沒有多餘的錢或是愛可以給我。」她打住，為自己的抱怨和藉口感到羞慚。竟然把自己的錯怪到過世的人身上，她心想。她的故事卡在喉嚨裡。

她的手指繞著黑色的電話線。

「所以呢，我自個兒坐著，看著大家。好像每個人都在喝醉，音樂很大聲，房子很豪華，是某個有錢人小孩的家，爸媽出遠門不在。我有生以來第一次感覺到自由。我沒有作業要交，沒有研究要做，也沒有跟喬的約會，我就只是照我一直以來的方式旁觀著一切，旁觀著所有人。感覺有點寂寞，好像我跟任何人，任何事物再也沒有牽連。」她若有所思地停下來，彷彿這樣把想法說出口，讓她得出一個理所當然但又同時出乎意料之外的結論。「然後，在房內另一頭的路卡斯開始跟我說話……」

「恭喜，美麗的瑪莉亞。」一個橄欖色皮膚，披著深色頭髮，有著雌鹿般黑眼珠的男孩對她說。

瑪莉亞坐在沙發上，一面喝汽水一面翻閱她的畢業紀念冊。她不需抬頭就認得出路卡斯那酷酷的、輕柔的聲音。藝術家兼詩人路卡斯，深具才華，也深懷悲傷。

她微笑道：「我聽說你要離開去上藝術學校了。」

他聳聳肩。「反正是要離開了。妳呢？妳將來想幹嘛？」

瑪莉亞告訴他，自己拿到部分獎學金，資助她未來成為英文老師，但他搖搖頭。

「那是妳想做的事嗎？還是妳認為自己應該做的事，妳知道的，因為要在社會上成為有生產力的一份子？」他說完話時翻翻白眼。他瞄了一圈屋裡，還有那些喝醉的學生，明確表示他的本意和他說的話正好相反。

「我喜歡讀書。」她結巴地說。書，她心想，我想要充滿書的世界。我想要寫出一個我希望活在其中的世界。她常常想著這件事，但是從來沒人問她這種問題，逼她說出這個想法。她之所以做了圖書館櫃檯的工作，就是因為書。那份工作甚至不讓懷孕的人負責書籍上架或是處理借書。神奇的世界。她尷尬地換了個話題，

「你要簽我的紀念冊嗎？」

他微笑了，這是她認識他以來第一次看到。他過來沙發上坐在她旁邊，一股怪異的熟悉，也莫名令人舒服。她遞出紀念冊和喬在那晚送給她當畢業禮物的銀筆。

「我可以簽你的嗎？」她問。

路卡斯笑了，搖搖頭。

他從她手中拿過筆。「我要畢業紀念冊這種東西幹嘛？讓人家在上面寫『你如果多點笑容會更帥』嗎？我可不想。」

他翻著內頁，一直翻到畢業生的部分，其中有些人過去十二年來跟他們都同班。「還是來談談未來吧。」

瑪莉亞笑了。

路卡斯沒有笑。

「茱妮卡・畢爾，」他說的是個漂亮的啦啦隊成員，「上大學，然後從大麻升級海洛因。」

「別這樣寫。」她伸手拿筆，但路卡斯把筆抽開了。

「不夠詩意？」

「搞不好會有人看到。」

「妳再也不會見到這些人了。他們會寫些什麼『常保美麗』——」他抬頭看看她——「『甜心女孩』和『找時間打給我』。但妳試試看就知道。」

瑪莉亞皺起眉頭。「所以你是天賦異稟囉？這是你的預言嗎？」

他那一雙黑眼盯著她。「妳從來沒有真正看清這些人。」

瑪莉亞臉紅了。

「巴柏·伊翁，從胖子俱樂部加入兄弟會。」

「住手啦，」瑪莉亞勉強發出不由衷的笑聲。「我認真的。」她往他靠近，伸手要拿筆。這次她的手指包覆住筆身時，他沒有抽開。

「喬瑟夫，」他在她把筆拿走時悄聲說。「又笨又幸運的王八蛋。」

一對情侶跌坐到沙發上，就在路卡斯隔壁，瞬間把他擠到她身上。她望進他的眼睛，好奇那雙瞳仁究竟是深不見底，或是徹底空虛。

路卡斯站起來，沒有中斷跟她的視線接觸，他說，「我們去外面吧。」他伸出手，她碰到他冰冷的手指時，他緊緊握住她的手腕，毫不費力就將她從沙發拉起來。他的力量令她意外。她跟著他到了安靜的戶外，玻璃滑門在他們背後關上，也將噪音關在室內。

他們經過露臺上默默已經喝醉的菸槍們，他們偶然的響亮笑聲和菸灰的餘燼點綴著夜晚。

路卡斯和瑪莉亞越過茂密的草坪，來到一座岩牆，然後爬到上面的平臺。路卡斯伸手穩住她，引導她踩著岩石往上，但是她站到他身邊之後，他還是沒鬆手。

他們繼續往山丘上走，到了一個讓他們可以將陶沙的天際線盡收眼底的地方，一個可以往外看卻不會被看到的點。

「我們坐這裡吧。」他邊說邊脫掉皮外套，鋪在草地上。她坐上去，雙腿伸直，在腳踝處交叉。他坐在她旁邊，沒有看她，而是凝望著凌晨的天空中最黑暗之處。飄到月亮前的雲朵邊緣變白，雲層的最深處則是一片漆黑，擋住了月光。

「神說：『要有光』，就有了光。神看光是好的，於是神選擇了光。」路卡斯哀傷地低語道。

沉靜的夜空延伸至無窮無盡。瑪莉亞將下巴靠在手上，望著黑暗的蒼空。她的渺小，她相較於廣袤黑暗微乎其微的存在，似乎還在往內縮得越來越小。

路卡斯彷彿感應到她正在產生的存在危機，於是碰了碰她的腰，輕輕將她拉到一個讓她可以依偎著他的位置。她不由自主地發抖，他問她冷不冷。她小力搖頭。

他探向前握住她的手。「要我來說妳的未來嗎？」

瑪莉亞遲疑了。「我不知道。聽了你在屋子裡講的那些事之後……」

「我無法改變未來，親愛的。該來的就是會來，」他悄聲說。然後他改用一種不符合形象的輕快語調開口，「來嘛，妳的筆跟手掌借我。」

「嗯哼，」她咕噥道，「是詩人、是哲學家，還兼預言家。多麼有拜倫的風範啊。」

他笑了。「這個嘛，我跟他的確是同月同日生。」他執起她的手，手掌朝上。白皙的手心反映著月光，凹陷處成了帶陰影的線條，依稀可見。

他用她的筆循著她手心的褶痕勾畫，她反射性地扭了一下。「別這樣——」她笑道，「——會癢。」

路卡斯輕握著她的手腕。「妳會擁有長壽的一生。」

她試圖表現出輕鬆的樣子。「算命的人都是這麼說。」

「妳會有很多小孩。」

瑪莉亞又笑了。「幾個？」

路卡斯聳肩。「二、三十個。」他停頓一下。「妳會為了求穩定而結婚，不是為了愛。」

瑪莉亞發出毫無喜悅之情的笑聲。婚姻還不在她的未來規劃內。

路卡斯用筆跟著一條從她手掌延伸到手腕的線描繪。

「你現在是在看哪一條線？」

他在線的末端、她透出淺藍色的血管的皮膚上畫了一朵花的圖樣，並且朝她湊近。「我的心臟線。」他耳語道。

她的雞皮疙瘩從手臂擴散到肩膀。她伸手拿筆，將它放在潮濕的地面。路卡斯用指尖描著他畫的花。他繼續勾勒出隱形的血管、花朵和葉片形成的一組紋樣。慢慢地，他的手繞到她的臂上，越過她的襯衫袖子，橫過她的喉嚨，來到她的臉頰。

「妳是中選之人，瑪莉。」他悄聲說。

「妳會是偉大事物的開端。」他輕柔親吻她的下巴，長得不可思議的睫毛刷過她的臉頰，一股疲累的感覺如浪潮般席捲她。

天空宛若一片海洋，一片她不曾在夢中見過卻想像過的海洋。

繁星彷彿在震動。

瑪莉亞可以感覺到他們身下的大地在慢慢轉動；路卡斯往後伸展攤平。

她移動過去將頭枕在他的胸前。她耳中聽見血流的鼓動，像是來自貝殼的聲音。

「沒有希望，就不可能成就偉大事物，」他的聲音彷彿從非常遙遠的地方傳來。一時之間她懷疑是否有人在她的汽水裡下了藥。她覺得自己聽見的最後一句話是，「孩子是世界的希望。」

醫生辦公室內的電話線上一片寂靜。瑪莉亞的臉頰流下了一滴淚。她看看錶。喬可能還躺在床上。如果那天早上她去了大學，她就又有一個小時的課堂要撐過。她意識到自己肚子裡空洞虛無的感覺。她的經期遲了三周，她非常虔誠的婚姻則才開始了兩周。等待令人害怕，但也同樣害怕到不敢去印第安醫院做胎檢。

「妳記得的就是這樣嗎？」

她感覺自己像在跟一個輕聲細語的機器人說話。「對。」她也悄聲回答。瑪莉亞的心臟重重狂跳，雙頰燙熱如火燒，眼睛刺痛。然而，寬恕沒有直接了當地來臨。沉默彷彿要延續到永遠，讓瑪莉亞流乾眼淚，於是她急著想填補空白。

「此外還有那場夢。」她主動補充。

「說說那場夢。」那個金屬似的聲音短促地說。

「我夢到一個天使。」

「天使做了什麼事？」

她思考了片刻。「天使說，『在幼童的口中和心中，媽媽就是上帝的名字。』」

線上出現了短暫的靜電干擾音，然後瑪莉亞聽到那個聲音輕輕笑了。「天使引用了威廉·梅克比斯·薩克萊的話啊。」[20]

瑪莉亞感覺到自己耳後升起一股紅熱。她聽到「喀」的一聲，然後是錄音帶快速倒帶，再來她最後一次聽到那個聲音：「請掛斷電話，技術員很快就會進去。」

瑪莉亞點點頭，將話筒放回話機上。她納悶著是什麼魔法能夠滌淨她的靈魂。你要怎樣抹消一種感覺？不良、愧疚、隨時想哭、撒了第一個大謊的感覺。「也是最後一個了！」她大聲對自己承諾。

門開了，一個穿白色護士服的女人推著一臺推車進來。她將一個鉻質小盒插上電，盒子側面寫著「赦罪者２０００」，盒中伸出四條捲曲的電線。她心不在焉地對著瑪莉亞微笑。「在我們開始之前，我得要先請妳捐獻。妳需要找錢嗎？」

「噢，」瑪莉亞結巴地說，「錢啊。」

她將玫瑰經念珠放進一個口袋，再從另一個口袋掏錢。技術員繼續講個不停。「妳知道嗎，他們在做諮商與心理服務計畫和受虐兒童的實驗。」

「噢，真的啊。」瑪莉亞說，同時將五張二十美元紙鈔和四張十元交給技術員。這是她存下來買教科書的錢。她唯恐自己會失去的那筆獎學金沒有包含教科書費用。那女人對放文件的抽屜比了一下動作。「請放在裡面。」

瑪莉亞訝異地發現抽屜可以輕鬆打開，她將錢放在她填的表格上方。技術員繼續說：「他們發現這樣比心理治療更快速、更便宜。」

「真的嗎？」

「噢，對啊，」她點頭。「現在，請妳要抓好這兩個。」她將兩支小銀棒放在瑪莉亞手中。另外兩條電線被技術員用黏膠固定在瑪莉亞的額頭上。「妳會感到一陣輕微的發麻，嘴巴裡可能會嘗到銅的味道。妳的臉部可能出現輕微的肌肉抽搐。但都不需要驚慌。」

瑪莉亞點點頭。

「有問題嗎？」

20 編註：威廉·梅克比斯·薩克萊（William Makepeace Thackeray, 1811-1863），十九世紀英國作家，以小說《浮華世界》（*Vanity Fair*）著稱。他的作品揭示了維多利亞時代社會的虛偽和道德墮落，以及對社會階層和人性的觀察。

「我需要想著什麼特定的事嗎？」

技術員綻開笑容。「妳再也不用去想了，親愛的。赦罪者２０００利用記憶地圖技術，只有那一點片段的記憶會被抹除。」

瑪莉亞感覺自己的胸口脹滿恐慌。「只有記憶的片段？」

「別擔心，親愛的。妳會完完全全地淨化，完全回復到妳遭遇那可怕的事情之前。」

這聽起來像是事先演練過的說詞，從沒有為特定的情境做調整。技術員的態度不帶批判，讓人感到安心。透過科學獲得赦免是更好的。

「現在，只要閉上眼睛就好，親愛的。只會痛一下下。」

瑪莉亞的眼睛猛然睜開。「但是嬰兒怎麼辦呢？」

技術員不帶情緒地微笑。「什麼嬰兒，親愛的？」她說著便啟動了機器。

瑪莉亞緊閉雙眼。她的左眼上方開始一陣細微的肌肉抽動，然後越過她的頭顱，再回頭往下穿過她的肩膀、右手臂，直到那陣搏動在她手部停止。她的嘴裡嘗到銅幣般的味道。赦罪者２０００做到了她的祈禱和眼淚所做不到的事。一下微弱的抽動，一陣輕微的經痛，一個從黎明開始、至黃昏結束的夜晚。一段跟學校男生單純無邪的對話。瑪莉亞獨自在一張沙發上睡著。一個班上的女生叫她起來，載她回家。喬．亨利用一通電話和一段求婚告白喚醒她。她渴望地回答，「當然好，怎麼會不好？」世界又回歸了正軌。瑪莉亞是幸福、含羞、純潔的處子新娘。瑪莉亞，最有可能的……

瑪莉亞訝異於這整個過程是多麼寧靜，只有她嘴裡嘗到錢幣般的味道。她睜開眼睛，醫生辦公室雪白得驚人，清晰銳利。

技術員正在用冰冷的酒精棉球擦掉她額頭的黏膠。

「偏頭痛消失了嗎，親愛的？」

「偏頭痛？」她將這個詞放在舌頭上轉了轉。「是的，」她說，「沒有偏頭痛了。」她站身要離開。一陣劇烈的經痛開始顫動地擴散到她的左側身，她用左手掌按在肚子上。

技術員準備把推車推出去，回頭對瑪莉亞喊道：「科學這東西豈不是太棒了嗎？」

我和我的怪物

吉娜·威爾森

一九六八年夏天

「他是個怪物。」吉娜．威爾森悄聲說。她的祖母，亦即羅柏．威爾森（吉娜從沒見過這位祖父）的遺孀，啜了啜她的藥飲。

「男孩子全都是怪物，甜心。從妳的個子還不比萱草株高的時候，我就這麼告訴妳了。」

吉娜寫了一封信給《沃思堡星報》，他們每日刊出怪物出沒的動態，輔以模糊的照片。但是吉娜認識那個「山羊人」。她握過他的蹄子，就在他們一起從僻靜的山崖上看著月亮從湖面升起的時候。她在信裡略過這項細節沒提。

親愛的編輯先生，

所謂的「沃思湖怪物」並不是真的怪物，他是個完美的紳士。如果他對人丟了輪胎，那就是那個人自找的。

之前有人找我一起去那座湖找怪物。我們停了車之後不久，我的約會對象就對我上下其手。我逃出車外，他還跟上來，把我打倒在地。我尖叫求救，救星立刻趕來了，正是你們有位讀者說的「山羊人」。他高聳地站在我們身旁，我那嚇壞的約會對象就逃跑了。山羊人追了上去，我的約會對象開車遠去，把我丟包。

我縮成一團，抬起頭時看到眼周一圈紅的一雙淡藍色美麗眼睛在幾碼外望著我。我爬起來拍乾淨身子，往公路的方向走，他在我後面保持著一段距離，慢慢地跟著。我回頭看他是否還在的時候，他羞怯地朝我揮手。我回到道路上，攔住一對好心的浸信會教徒夫妻，他們唱詩班排練結束正要回家。我轉頭張望，看到他又對我大力揮了一次手。

落難女子
一九六九年畢業班

吉娜沒說的事有：一、這個怪物其實年紀很小，小到叫山羊男孩還比較恰當；二、她一安全上了車，就偷偷目送著山羊男孩轉身離開，他的肩膀低低垂著，彷彿他不想要自己堂堂七呎的身高，彷彿他是她所見過最寂寞的男孩。比她這個只想要有人時不時握著她的手的女孩更寂寞。她沒有提及那一周過沒多久，她就返回去向山羊男孩致謝，謝謝他幫她脫離了那個在走廊上無視她、在背地裡講她壞話的混帳。她為人人口中的「沃思湖怪物」取了名字，叫作麥特。她給了他一盤新鮮的巧克力碎片餅乾。他們的第一次出遊被山崖下吆喝著的旁觀者打斷了。麥特朝他們的方向滾了個輪胎過去。她困窘地上了車開走，調頭繞了遠路，避開那些來追捕山羊人的獵人。

麥特是像山羊，但說他像魚就純屬誇大了。他很高，但是身上一片魚鱗也沒有，完全不像情人巷的多名目擊者所回報的說法。他的黑色羊角略微向前捲曲，再彎回後方，像強尼・凱許的龐畢度髮型。[21]湖區幾處飄散帶著死魚味，也許誤解由此而生。吉娜用一本剪貼簿蒐集了關於沃思湖怪物的所有文章，看到她寫給編輯的信被刊登出來時，更是興奮極了。她剪掉了編按的部分，雖然她已經把那每個字都記住了。他們寫道，她的「虛構敘述」讓新聞編輯室笑得人仰馬翻，覺得有必要把這份歡樂分享給讀者。

21　編註：強尼・凱許（Johnny Cash, 1932-2003），美國鄉村音樂創作歌手，電視音樂節目主持人。

新月的晚上，她開車去看他。她的心跳重如雷鳴。她為了閃避兩隻衝過路面的兔子而猛踩煞車時，不禁考慮要調頭回去。吉娜開著她爸的奧茲摩比爬上通往山崖的陰暗山路，心中懷疑這世上最糟的事，是否就是自問「如果這樣會怎樣？」又拒絕接受答案。她停車時，麥特很快就現身在車子旁，彷彿一直在等她。

吉娜從洗衣店救下了一條破牛仔褲，巧手縫補好膝蓋處的破損。她拿了一件她爸爸的襯衫，儘管對麥特而言尺寸太小，而且少了幾顆鈕扣。她一下車，就把摺好的衣服拿給他。他嗅了嗅，還試探地輕咬一下，讓她不得不阻止他真的咬下去。她攤開襯衫，舉到麥特肌肉發達的胸膛前。顏色襯托出他電光藍的眼睛。她幫他套上襯衫，感覺到他毛茸的皮膚散發的暖意。她把牛仔褲拿給他，並向樹叢示意。她一背過身轉向車子，麥特就消失不見。她打開後車廂，她事前準備了野餐的食物放在裡面。她在他們的位置鋪了一條毯子，擺出她的餅乾，還有從家裡後院摘的桃子。蚊子嗡嗡飛舞，她等待時用鋁箔紙把食物又蓋起來。

麥特終於步出樹叢時，捧著一束棕、黃、紫相間的野花，牛仔褲卻還掛在他的另一隻蹄上。換作其他人也許會笑出來，她則一躍而起接過了禮物。

「從來沒有人送過我花。」她說。

麥特的襯衫還是敞開著，鈕釦對他的羊蹄而言太難應付。吉娜將野花擺在毯子上。她把他拉近一些，幫他扣起襯衫，從領口開始。下次她會帶魔鬼氈的襯衫，藍色的西部短袖衫，可以展現他的二頭肌。她靠近他時，他彎下高頭大馬的身子靠向她，她感覺到他身上散發出某種類似恐懼的氣息。她輕聲對他說話。「為了約會打扮一下總是很不錯的，」她如此指導。「男生費點心思，會讓女生感覺很加分。」她迎著他的雙眼含羞微笑。

麥特把桃子和餅乾全吃光了。冷掉的炸雞仍放在盤上，動也沒動。他在毯上縮起身子，難以掩飾忽然的睡意。吉娜拍拍自己的腿，讓他將頭靠在她大腿上。他聞起來甜美而溫熱。他打盹時，她輕撫他的眉毛。她試圖回想山羊座是哪些星星組成的。麥特輕輕打鼾之際，她說起她聽過的星空故事。當她把他的名字說得稍微大聲一點，他被驚動了一下，在她旁邊坐起身來，望進她的雙眼。「我來幫你解開，」她說著開始小心地鬆開他襯衫的鈕釦。「下次我會帶條皮帶給你。」麥特看向裝滿桃子果核的盤子。「還有更多桃子。」

吉娜倒車到泥巴路上開走的同時，麥特站在一棵樹旁，用悲傷的眼神送她離去。

不可避免地，這段苦情戀曲面臨了重重挑戰。

第一，她沒有自己的車。向她爸爸瑞比·威爾森借那臺奧茲摩比開，需要一連串環環相扣的複雜謊言。

第二，吉娜很快發現，她從他那兒是收不到情詩的。而她拿出的任何書信，他第一時間都會嘗試要吃掉。每次她去見麥特時，也都得提醒他把衣服穿上。

第三，他的浪漫表現延伸到了送仙人掌果當禮物，以及用咩咩聲唱情歌。

第四，她準備不久後就要去奧克拉荷馬州馬斯寇基的貝孔印第安學院就讀。雖然在她看來，她的偶蹄男友顯然不是惡魔，但是她懷疑自己對他的愛能否撐過四年浸信會學校教育。

她要離家求學的前一晚，再次借了爸爸的車。她想要討論他們的未來。吉娜發現麥特坐在一截圓木上，穿著牛仔褲和沒扣的襯衫。他不知道打哪兒弄來一條領帶，隨意圍在脖子上。她開車過來時，他漫不經心地嚼著領帶較短的一端。

她坐在他身邊，兩手握住他的蹄。她開始說話，他很快變得躁動，抽回了蹄子。他發出短促憤怒的咩聲，站起來脫掉牛仔褲，然後四肢著地。他的頭前後搖晃，掙扎著要弄掉領帶。終於，領帶掉到地上，麥特用力踩它，也把襯衫的袖口拖在布滿岩石和沙土的地上。他頭也不回地消失在林間公路和湖泊中間的灌木叢裡。

那件襯衫是沒得救了，吉娜一面站著看他消失在黑暗中，一面這樣想。她聽到一陣濺水聲，然後很快就看到月光照在他游往山羊島的背上。隨著他們之間的距離逐漸拉遠，她的眼淚淌下臉頰。在他救了她的那一晚，她感覺一條隱形的線將他們繫在一起。今晚，她把那條線斬成兩段。

跟青少年約會比她預期的更危險，比接受沃思湖怪物的追求更危險。但是說到底，遠距離關係真是太難了。

不意外，麥特是個游泳健將，但是吉娜仍然大氣不敢喘一下，直到他爬上散布碎石的岩岸。他在島的岸上站起來，剪影起初是白色，接著轉灰，然後消失在黑暗的灌木叢裡。他將來會怎麼樣呢？她猜想著。她聽到島上傳來一陣號哭，如喪母般的動物嚎叫，那陣羊叫聲傳進黑夜裡。她上了車，關了車窗，擋住麥特的悲悽之聲。

是月亮的錯

吉米與娟妮・金恩
一九六九年豐收月十六日
1969/10/16

踏出燈光明亮的電影院大廳時，我的心裡掛著兩件事：小朗．錢尼，[22]還有起司漢堡。我剛看了錢尼在《神槍震邊城》裡的演出，[23]但腦中一直在想的是他扮成狼人時，化妝師傑克．皮爾斯在他身上黏的氂牛毛。真好奇我變身時看起來是什麼樣子。我還是會像個小混混嗎？一個誤入歧途的壞小子？我前面的頭髮會像搖滾歌手瑞奇．尼爾森一樣豎起來嗎？但我也在想著起司漢堡，因為當時離滿月還有一天，我每天都越來越餓。

我希望我的樣子會比較像搖滾明星，而不是毛茸茸的原始人。但看過我那副模樣的人都無法作證。見到狼人還能活

22 編註：小朗．錢尼（Lon Chaney Jr.）美國演員，以扮演經典恐怖電影角色聞名，最著名的是在一九四一年的《狼人》（*The Wolf Man*）中飾演主角。

23 編註：《神槍震邊城》（*Johnny Reno*）一部一九六六年上映的美國西部片。

下來述說經歷的人實在不多。

我往餐館走去。我大可以閉上眼睛，跟著油脂、薯條和漢堡的氣味走。這天是周四，要是教練抓到我在重大比賽的前一晚還外出遲歸，那可就慘了，但我不在乎。我其實應該要在乎的，他過了一年才原諒我以「被狗咬傷感染」為由缺席去年的比賽。我妹妹還活著的時候，我不太管其他人怎麼想；就算我管了，她也還是會死。

幾個月前，我在陶沙看過另一種怪物。他所屬的球隊在校慶比賽時跟我們對打，是個穿預校制服、膚色蒼白的有錢小孩，穿馬德拉斯棉布和帆船鞋的那種暴發戶子弟。[24]我還沒見著他，就先聞到他的味道。普遍來說，吸血鬼聞起來很乾淨。他們不流汗、不排便，衰老的速度非常之慢，可以長達一百年都是十八歲。但他們會飲血，他們先用誘惑、毀壞、欺騙的手段，然後飲血。

餐館裡有一臺點唱機，有人點播了葛倫·坎伯的〈威奇塔前鋒〉。我彷彿被拋進時光洪流，回到一年前，回到那首歌剛出來那時，回到我妹妹還活著的時候。也就是那時，我開始意識到世界上有各式各樣真實的怪物。

我妹妹長得又美又聰明，比我聰明。我們是切羅基人，那些白人男生從不容許她忘記這一點。她不理會大部分那些懷抱《風中奇緣》幻想的傢伙，不理會他們對帕瓦儀式和重踏舞的狂熱，但不知怎麼地，馬克就是打動了她。她有一次告訴我，只有他表現得像是根本沒留意到她是印第安人；他只看見她的優秀和美麗。

我說，「妳的意思是說白人男生裡面只有他這樣。」

「不，」她說。「印第安男生也不讓我忘記我是印第安人。」

現在我可以理解那樣有何吸引力：成為最漂亮、最聰明的人，而沒有任何附加的種族標籤。就像吉姆．索普——他是個偉大的運動員，但大家總要在「運動員」前面像標示星號一樣加上個「印第安」。更別說他其實來自薩克福克斯自治國。只介紹他是印第安人，一副我們全都一個模樣。

我不怪她。她不知道馬克是個富裕的吸血鬼男孩，一個完美的掠食者。我也沒看出來。我只看到一個想勾搭我妹妹的有錢白人小孩。

❁

---

24 編註：馬德拉斯（Madras）是印度東南部城市清奈（Chennai）的舊名，這裡指由手工梭織而成的高級棉布。

娟妮生前在普瑞爾唯一的餐館工作。我像過去一樣，向後場的廚師揮揮手。他立刻開始做我的起司漢堡。只不過，一年前我不會要求我的漢堡肉微煎帶血，煎到在隊友和啦啦隊員環伺的社交場合中可被接受的生度就好。娟妮當時是資深員工了，但還是每晚都做到打烊。她沒有時間約會，但是我看到馬克逗留閒晃的樣子，太靠近、太鬼鬼祟祟，絕對沒安好心。但我判斷情況都在我掌控之下，因為我們的媽媽堅持要求我每晚都要載娟妮下班回家，而且我沒在吃東西時，就是舉重、跑步和練拳擊。媽媽去陶沙的飛機工廠做工時，叫我和娟妮答應要互相照顧。

我卻搞砸了。

❀

娟妮是在去年返校周被殺的。那周稍早，馬克和我們的鄰居、另一個和我一樣的小混混瓦特．洛克，在附近的加油站打了一架。雙方歇戰時，馬克的紅色野馬跑車側邊已經被打凹了一塊。瓦特留著半長不長的頭髮，在我們家對面租房子。他從軍過，帶著蒙住左眼的一只眼罩回來。大部分人都以為他去越南作戰，但娟妮和我知道他去的是德國。瓦特和我算是友好，但我很確定他只是看在娟妮的份上才關照我。

我回想事發的當晚；我吃著肉醬薯條時，娟妮的紅髮同事卡蘿出現在我們這一桌旁。

「嘿，酋長。」

我抬起眼睛，皺了皺眉頭。我回頭拿薯條沾了撒上白胡椒的肉醬。

「我只是在鬧你啦，帥哥。你妹說你討厭人家叫你酋長。你才該嘗嘗被叫『紅毛』的滋味哩。」聽了這句話，我用力凝視她藍色的眼睛，紅色捲髮圍繞著她的臉龐。卡蘿伸出手，拿了一根特別長的薯條，沾了肉醬，然後遞給我。

「你知道嗎？」她說著向我靠近，「我也有一部分印第安血統。」

為了別被肉汁沾到，我咬住了她拿過來的薯條。

「你妹叫我今天晚上幫她代班。她說因為有大賽，你得提早上床。」

聽都沒聽說。娟妮沒有和我討論過這個安排，但我只說：「是啊，明天有大賽。」

「老天，我難道會不曉得嗎？」她回答，對著我身邊的隊友及他們的女伴翻翻白眼。看他們吃漢堡和冰淇淋的樣子，活像是他們唯一擅長的運動，好似盛大的返校球賽是按照他們吃了多少食物來定勝負。餐館裡也有些校友，這些人的愛校精神讓他們回到家鄉替這個以老虎為象徵的隊伍加油，重溫他們高中的輝煌歲月。

我拿起一根薯條給她。

「不了謝謝，」她搖著頭說。「我討厭這裡的食物。」

我擱下薯條，在她靠過來時抬頭回看她。

「我主動說要陪她走回家、送你上床睡覺，但是她不要。所以我就說，那我幫她代班，因為你長得可真是好看得要命。」

她邊說邊捏捏我的二頭肌，靠近我悄聲說，「夢裡見了，好朋友（kemosabe）」，[25]然後就走開了。

沒過多久，娟妮就到我桌旁小聲說，「卡蘿想幹嘛？」

「妳說卡蘿總是想幹嘛？」我漫不經心地評論道。

娟妮聽了悶哼一聲，重重踏步走開了。

我開車回家，混到將近八點。然後我出門去啟動車子，不管她要不要我接，我都要提早過去。但是打從我開車以來，這臺 Bel Air 雪佛蘭第一次發不動。普瑞爾是很小的一個鎮，開車去餐館頂多是五分鐘的路程。我轉動鑰匙幾次，但都毫無反應。

瓦特．洛克抽著菸，從他家門廊上看著我。我再度嘗試發動車子時，他走了過來。瓦特個子很大，比我們任何一個打橄欖球的都大。他身高六呎二吋，體重大約兩百磅。不過呢，雖然我拿他跟吉姆．索普相提並論，但他連跟我們打友誼賽都不肯。他只會吸一大口菸，然後說，「別了，如果我下場打，可能有人要送命。」他說這話時模樣很認真，從不會笑，直到我笑出來，而他只是咧著嘴。

我從車上下來，敲敲引擎蓋。瓦特轉身回去他的車上拿救車線。

「你要去哪，吉米？」他叼著菸含糊地說。

「去接娟妮。」

「我以為她要做到打烊。」這個鎮上每個人都曉得彼此的私事，但是他知道的這點好像太細節了。

25 譯註：出自一九五〇年代西部電視劇《獨行俠》（*The Lone Ranger*）裡美洲原住民角色的臺詞，並非切羅基語。

「卡蘿說娟妮想提早回家。」

我感覺到——而非看到——他立刻恍然大悟。「明白。」他把電線丟在我車後。「算了。我們開我的車吧。」

我們爬進他的黑色雷鳥跑車，往餐館前進。當時是八點五分。

我們抵達的時候，娟妮已經走了。瓦特下了車，繞到餐廳後面，然後回來跳上駕駛座。「她往西邊走。」

他無視我困惑的表情。

我們往漸暗的地平線駛去。頭頂上的月亮是漸虧的彎月，時常消失在十月天的烏雲後。伊利諾河的流向跟我們開往的是同一個方向。途中瓦特停下並下車幾次。每次他跳到路上時，好像都在對著空氣聞來聞去。他仰著頭，油膩的黑髮長到超過任何學校允許的程度。他背對我，但是我敢發誓他看向黑暗的時候掀起了眼罩。他第三次回到車上時，他說，「有輛車在這裡把她接走了。」

我們轉上一條通往橋梁的石子路，但接著就停在那裡。光線很暗，我們的頭燈照亮了泥巴路，停在橋下的正是馬克那臺紅色的敞篷車。我走向空無一人的車子，娟妮的鞋子和丹尼餐館的白色制服在後座發亮。我感覺生氣又想吐。等我找到他們，我一定要把馬克打死。瓦特走進茂密森林的暗處。

我們找到他們的時候，娟妮正癱軟地躺在馬克懷裡。我搶先瓦特一步衝了過去。馬克咬著娟妮的脖子，聽都沒聽到我們。我把馬克從她身上推開，他站了起來，對我露出獠牙。我聽到背後響起一聲咆哮，轉頭只見瓦特朝我們衝來。但瓦特已經不是本來的瓦特了。他的牙齒變了樣，露著又長又尖的犬齒。拿掉眼罩後，他那隻眼睛原來不是缺了，而是如狼眼一般。瓦特衝撞我們兩人時，我跌到馬克身上。痛楚從我的右臂擴散開來，因為瓦特的一顆獠牙咬到了那裡。

他們扭打起來，我趕緊把手臂從中抽出來。我按住手腕減緩失血，然後趕到娟妮身邊。她旁邊放著一些醫用導管，連著一個塑膠血袋。她喉嚨裂傷周圍的血已經乾硬結塊。我將手放在她的主動脈上方，什麼也沒感覺到。我在她脖子上的傷口加壓，但是根本無血可止。我的另一隻手在她胸前摸索心跳，一無所獲，但她的心臟上被割了個十字。

我的手靠近娟妮喉嚨上的洞時，我手上的咬痕開始搏動、灼痛，讓我想起有一次我嘗試分開兩條爭飼料碗而打在一起的狗。牠們不知道咬到我，只顧著拚命要置彼此於死地。現在那股痛楚變成了搔癢。我試圖忽略它，把注意力轉回娟妮身上，努力回想起某次隊友倒下時某人如何處置。

我讓娟妮平躺於地，有節奏地按壓起她的胸膛，但是她脖子上的傷口突然噴出血液。

「瓦特！」我尖叫道。

我熟悉的瓦特一瞬間就站在我和彎月之間，只不過當我更仔細看，就看出他的那隻眼睛還是不對勁，是狼的眼睛，不像人。我想像中那只皮革眼罩下藏的從來不是這樣。瓦特的手裡握著他在德國弄到的印第安圓刀，從刀尖到刀柄都染紅了。

「她不行了，」他齜牙咧嘴地說。「他把她吸乾了。」

「馬克？」

「那個吸血鬼。」

「吸血鬼？」我結巴著說。「他不是吸血鬼。他只是個神經病。」

「他現在是個死吸血鬼兼神經病了。」瓦特說。他彎下身，兩手壓在膝上。

「聽著，我得跑了。沒有人會相信他殺了娟妮，就算他們發現他跟她在一起。等他們發現這兩個人，就會來找我算帳了。」

「瓦特，你是什麼來著？你遇上了什麼事？」

「吉米，如果你不相信你自己的眼睛，我也無法解釋。」

我抬起手腕，我的整隻手臂都紅腫開來。

「噢，天啊……」他探向前抓住我的手。「怎麼……？」

然後瓦特從我這邊轉向娟妮。突然間，這個大男人抱住了我妹妹，對著她的頸間悄聲說話。我聽到一部分的話：「對不起……試過照顧他。噢……」

我站起來走到水邊，踏進水裡，洗了手跟臉，頭浸入水裡七次。雲層分開了，銀白的月亮映著白色的石子和水面下的魚兒。真美，是我見過最美的景象。然而，我依然覺得這樣的淨化不足以挽救已經發生的事，無法導正那些事。我感覺這件事的發展如何將取決於我。

等到瓦特重新能夠思考和對話，我們擬定了一個計畫。瓦特把娟妮的遺體帶到河邊洗淨，小心為她穿回衣服。他將她裹在一條毯子裡，放到馬克的車子後座，車繼續留在橋下。至於馬克，我們把他留在河岸。

瓦特當晚會開車遠離。他說他知道有個傢伙可以幫他改變身分。也許幫他在樂團裡找份彈鋼棒吉他的工作。「加州，」他說。「娟妮本來想去加州。」

我一時之間無言以對。「是啊，」我說，「她想寫電影劇本。」

瓦特伸出手，將他的巨掌搭在我肩上。「恐怕大約三周後你也要變成另一個人了。這點我真的很抱歉。」他用下巴指指天空。「下次滿月，你得找個地方把自己關起來。也許去你爺爺奶奶家的地下室？或許要帶一隻羊一起下去。沒必要餓著肚子。」

我瞪著他瞧。

「我是認真的，吉米。你還要一陣子才能像我這樣控制住。你需要找個地下室躲著，把自己銬在水管上。我真希望能在旁邊幫忙你，你妹妹至少會希望我做到那樣……」他的聲音有點顫抖，但是他繼續往下說：「我是說，當初也沒有人教我什麼「怪物溝通與人際關係」。對我們這種人來說，人生就是這樣。」他讓這句話發酵了一會兒。「我對你妹妹的事很遺憾。」

❂

我還是沒辦法控制到像瓦特那樣。但是今晚坐在餐館裡的我，知道自己在月圓之夜得去什麼地方。我跟一個吸血鬼有約會。

我吃完漢堡，把薯條給了坐在吧臺、咖啡一杯接著一杯喝的老人。馬鈴薯不再是我的菜了。我決定回去探望娟妮的墓。我通常沒這麼情感豐富，生存的需求不會留給你這種時間。但是隨著事發屆滿一年，又聽著葛倫．坎伯的歌，我感覺到自己舊日的生活拉扯著我。

媽媽請了夠長的假回家，把娟妮葬在家族墓園，就在我祖父母的一百六十英畝地後方。之後她就回陶沙了。我祖父母過世前，在屋裡闢了一個食物儲藏室，原本存放根莖作物的地窖就不再用了。雖然偶爾蛇類侵擾，但那就是我第一次滿月變身時的避難所。接下來的七周，我把它改造成一個隔音地窖。

不過，控制變身每次都是事後才會想到的念頭。我現在會計劃如何滿足自己的飢餓。我小心地在遠離住處的地方挑選被害者。我會標記領域，不讓同類接近，自己也只在沒有標記的地帶獵食。從那一晚之後，我獵殺過幾個年輕的吸血鬼，我撕毀他們就像他們飲人血一樣輕而易舉。當吸血鬼專注於殺戮和飲血，就會失去對外界的一切覺察，只聽得見獵物逐漸減緩的心跳。我用煙味掩蓋自己，所以他們只會把我當作篝火裡燃燒的松木柴薪。

我在通往我們家土地的轉角一哩外停車，徒步慢慢走完剩下的路程。我躍過離農地後方最近的帶刺鐵絲網圍籬。我們埋葬娟妮之後，我就沒再來這座墓園了，其他的倒是去過。變身後的我可以聞到拿來取代掉遺體血液的防腐劑的刺鼻氣味。那是一種又嗆又苦，在泥土覆蓋棺材許多年後仍會從地面冒出來的怪味。但是在娟妮的墓地，我沒有聞到那股味道，反而是聞到一股如同冰的氣味。冰霜加上舊衣服加上地窖裡的空氣。我轉身往樹林裡看，聽見一隻貓頭鷹發出警戒的嗚嗚聲。我轉回去，跟著那股氣味，跳回圍籬外，然後一直跑，直到置身於我祖父母屋子後方一個邊緣砌著砂岩的地穴。

我拉開地窖沉重的門，門不再嘎吱作響，鉸鍊無聲地滑動。我發現門的內側多了一根大栓子，是黑鐵材質，直徑大約兩吋，滑進地窖木門框的部分是銳利的。那是我來之前就被裝上的。層架上放著沒人敢吃的罐裝食物，位置被重新調整來遮住後方的角落。我盡可能無聲地移動到角落，但我還沒看到他們，就先聞到書、紙張和毯子的味道。我迅速掃視想確認我嗅聞到什麼。如果說我最不想在什麼地方遭到圍堵，那就是地下石窖了。但事情就這樣發生。

我轉身想爬樓梯回去，但是娟妮和馬克擋住了路。娟妮的皮膚在月光下散發不自然的光輝，全身只剩下黑色長髮是柔軟的。她的五官看起來很銳利，彷彿是雕刻出來的。她眼中沒有一點認出我的樣子，也沒有絲毫暖意。馬克看起來就還是一年前我看著瓦特殺掉的那個混蛋。他伸手向前推我。我往後跌下樓梯，摔在地窖的砂岩地面上。我站起來，他就撲到我身上，把我往層架那邊撞。木板應聲裂開，玻璃罐一個個摔碎在地上，陳年黑莓、柿子、玉米和青豆的味道令我作嘔。玻璃碎片撒在石地上。我聽到馬克背後的地窖門重重摔上，還有粗鐵栓轉動的聲音。

馬克抓著我往石牆上摔，我跌到地上，一度躺在那裡動彈不得。我的腦子和身體都宛如火燒，但是不管是那天晚上或今晚，我的力氣都無法與他匹敵。他跳到我身上，右手肘壓在我胸口，雙手掐著我的喉嚨。他露出獠牙的同時，指甲也變得如同獸爪。在黑暗中，我看見娟妮站在他背後。馬克注意到我的神情變化而分了神，我趁機往下逃脫。娟妮把鐵栓高舉過頭，然後從他的網格毛衣左側捅穿他的背部。鐵栓插進乾燥的地面足足六吋深。馬克高聲尖叫，那是一種恐怖至極的聲音，就像被擴音器放大的兔子臨死哭嚎。娟妮終於對我開口說話。

「去拿把斧頭來。」

我回來之後，我們迅速把事情解決了。

娟妮把馬克的頭放進一個袋子，然後叫我扛屍體。她拿著一把鏟子跟在我後面，我們一起走向舊畜欄，那裡仍然飄著乾馬糞的臭味。

我們接力合作，挖了一個放得下屍體的洞，把他埋得比尋常深度更深。我們用土把洞填平之前，娟妮對著陰暗的土堆吐口水。

我笑著說，「有什麼告別的話嗎？」

「我恨死那些白癡預校小子。」娟妮說。

「沒錯，我也是。」

我們繼續默不作聲地把他埋好。

「你燒衣服時，也得把這個一起燒掉。希望你有東西可以蓋著車後座。」娟妮把沉重的袋子交給我。「你不能待在附近了。」

「娟妮？」

她看著我。「馬克有其他同類。比馬克還老，比美國還老。」她停頓一下。「情況很複雜。馬克因為轉化我而違反了一項規定。我不曉得你在這裡安不安全。去德州吧——他們不會追著你，那樣是不被允許的。至少目前如此。」

一年以來第一次，我感到空虛。原本，復仇的欲望填滿了我，獵食的需求使我不必思考自己的人生。換個地方只意味著更多孤獨的日子，更多謊言、飢餓和血腥，除此之外沒多少新事物。

她悲傷地微笑。「我很抱歉。去好好過日子吧，去打橄欖球吧，去餐館吃帶血的牛排。出發之前來找我，我會幫你想清楚，把我知道的其他事告訴你。你可以去找我們的親戚吉娜，還有她在沃思堡的家人待一陣子。」她微笑著說。「也許我可以找一天去那裡參加你的夜間狩獵。」

她抬起手摸摸我抹了髮油的頭髮，撩起了額前較長的一綹髮絲用手指旋繞，繞成了彈簧似的鬈髮。我都忘了她的個子比我矮。「好好享受你能享受的生活。」她踮起腳尖，親吻我的額頭。我聞到她冰冷的皮膚和空空如也的肚腸，是死亡的味道。「好好享受陽光。」

森林深處仍然暗得需要生火。我走回我的車上換了一件牛仔褲和白T恤。身為狼人的守則之一，就是隨時要準備一套備用衣物。車上放的一罐汽油可以作為助燃劑，也是幸運的額外收穫。我把衣服、汽油和沉重的袋子搬到溪邊。夜行生物在我經過時竊竊私語。我看起來像人類，但是在人血的氣味下，我聞起來是大地的味道。我堆了一落乾松木，在上面淋滿汽油。火焰直衝天際。我拿出麻布袋裡的頭顱，丟進火中。我以為吸血鬼被殺死後應該會化為白骨，但是馬克那顆裝著邪惡腦子的頭實在很重。這跟電影裡演的完全不一樣。我不打算在洗澡的時候看著他燒完。所以我把麻布袋和髒衣服也浸了汽油，丟到他的頭上。

我走進溪裡的噴泉帶，刷洗掉身上的血和沙子。我看著火堆焚燒，一點也沒察覺到水有多冷。當太陽開始照亮東邊的天空，我爬出溪水，發現我的皮膚已經起皺了。我跪在火邊烘乾身體，並往火裡餵了更多木柴。我要在那裡待上頗長一段時間。我穿好衣服，推了推火裡的頭骨，讓它空洞的眼窩望著日出。這會是美好的一天。我需要睡覺。

這段暫時的日子讓我分心，不去想我失去的那個世界。但現在，我連我的家也失去了。我不怪瓦特。引起那場意外的，是我無法保護我妹妹遠離的掠食者。而且，在我被迫離開我以往的生活和我們的土地以前，我也不懂得珍惜。到了德州，再也不會有重踏舞，不會有爐炸豬肉，不會有切羅基語的路標，不會有機會趁夜在尤卡湖抓魚時巧遇其他切羅基人，不會有來自切羅基泥土取來的水了。

那一夜將會是我很長一段時間之內最後一次待在切羅基國。隔天，普瑞爾虎隊就要跟那個吸血鬼在陶沙的白人貴族學校對賽。他們每年都打敗我們。教練整個球季都對我們說，他一心想要的就只有打敗荷蘭人隊。他跟我們描述那些傢伙度的假、開的車、未來會上的大學，都是我們負擔不起的。當周稍早，一隊科爾維特和野馬跑車在鎮上出巡，在地方警察做出反應之前，車上的駕駛和乘客就破壞了高中校園前面的賽闊雅雕像，[26]在雕像基座上用紅色噴漆寫了「痛宰印第安人」。我曾經分了神，但是現在開始我會專注，等我休息夠了，就會準備好展開大戰。

26 譯註：賽闊雅（Sequoyah, 1770-1843），切羅基文字的發明人。

下雪天

奧黛莉・亨利（姊姊）與莎拉・亨利（小兔子）

一九七九年冷月

1979/01

AβУ!

住街對面的女生說我爸媽買下這房子之前，有個男人在他們臥室上吊過。我爸媽說那些女生亂撒謊。媽媽說這房子才沒有鬼，但其實當然有，不然我就不用跟你說這個故事了。

在我小時候，我們常會聽到怪聲：樓上的咚咚聲、踩過主臥室地毯的腳步聲、開門和關門聲。

我第一次在這間房子裡看到鬼，是還在上小學的時候、陶沙一次罕見的下雪天。雪是在那天早上學校上課之後開始下的。我們的學校很新，學生都要到鎮上一個治安不良的區域搭校車上學。每天早上我們都會坐在爸的車上等到校車來；下午，除非我們父母其中一人在早上搭車的站牌等，我們都會走到離家多一哩距離的公共圖書館待著，待到父母下班之後來接。我們很乖，從不給圖書館員惹麻煩。我寫完作業之後會幫忙整理書。我們會坐在桌前閱讀，直到我看見媽媽或爸爸的車子停在大樓前。

學校沒有窗戶可以讓我們欣賞那天非比尋常的暴雪，但我們依然興奮不已。傳言說全陶沙的公立學校都會提早放學，校車在午餐時間前就會開回來。大人把我們送進學校餐廳，讓我們吃飽飯，然後按照校車號碼分批把我們叫到校舍前方。

「我迫不及待想玩雪。」我告訴朵麗絲，她是我班上一個跟我搭同一輛校車的女生。她點頭贊同。朵麗絲經常穿自己設計的衣服，她媽媽會幫她一起縫製，穿起來很漂亮。我最近開始發現大家衣服的差別。幾天前上分組閱讀課時老師不在教室，兩個南區的女生跟我說她們多喜歡我的上衣。

「妳是在哪裡買的？」艾美問。

我微笑著說，「K-mart 超市。」

我聽到另一個女生嗤嗤笑了。

「我得叫我媽帶我去 K-mart 也買一件呢。」艾美假惺惺地回話。

在這個資優班上，身為少數兩個棕皮膚孩子之一，可不是愉快的事。我把那件上衣收進衣櫃，回去穿平常別人給的舊衣服。

現在，朵麗絲跟我一面吃午餐一面聊下雪時，艾美轉過來看我們。「這才比不上科羅拉多州的雪。我們去滑雪的時候，那才是真正的雪景。」她回頭去跟一個從南區和她共乘上學的女生說話。

朵麗絲和我互看，她翻翻白眼，我露出微笑。但我們聽到她們的笑聲時，雙雙瑟縮了一下。

叫到我們的校車號碼時，我在門口等我妹妹莎拉。她穿著她那雙細心擦亮的黑鞋配白襪。我們倆都沒有雪靴，但她的鞋子踩在雪水裡比我的 Keds 帆布鞋更容易打滑。她朝我跑過來，喊著：「下雪了！」她老是用跑的，就算在不該跑的時候也一樣。我抓住她的手。

「對啊。妳有帶手套出來嗎？」我問。

她搖頭。

「妳可以戴我的。」我說，並且把我的黑色針織手套給她。我要幫她戴上，但她抓著手套，從我的掌握中抽出手。

「我要去跟我朋友一起坐。」

「好吧，但是別用跑的。」

她快步走開。

整個上午都有家長提前來接小孩。儘管車上還有其他不少空位，朵麗絲還是來跟我相鄰而坐。她會在校車上畫畫，或是看時尚雜誌，然後在第一個站牌下車。我的話通常是看書。我把我的《鄰屋幽靈》從束口背包裡拿出來，但是眼睛只顧盯著窗外，看著這場貨真價實的暴風雪。我們上車時，大片的雪花已經濕黏地堆積在窗戶角落。我前面第三排座位的窗戶卡住，開了一道約一吋寬的縫。偶爾會有雪花從那道窗縫被吹進來，我伸手抓了一片，但雪花立刻在我手中變成一小點冷冷濕濕的水漬。

「Uyvdla。」我說。朵麗絲抬起頭看我。

「那是什麼意思？」

我聳聳肩，「就是『好冷』。」我懂的切羅基語不多。我祖父母當初去讀寄宿學校，切羅基語大多忘光了。

「Uyvdla，」她覆誦道。「我們要不是喬克托族，就是塞米諾族吧，」她說。「當然也是黑人，很明顯。」她微笑。這種說法對我來說並不意外。奧克拉荷馬州有很多黑人同時也是原住民，不論他們是否受到自己部族的承認。也許這種狀況到處都有。

校車停了，朵麗絲起身下車。「Donadagohvi（下次見）。」她說。

「Hawa（好喔）。」我回應。

我妹妹在後面開心地聊著四年級生的某些話題。

我希望我們爸媽沒有提早下班，我期待能坐在圖書館的靠窗座位，看著雪鋪滿中庭花園。館員一定會因為天候不佳而關閉花園，所以雪會積得又深又乾淨，不被踩壞，形成一座擁有不同深淺灰白色調的絕美花園。經過離家比較近的站牌，我們往窗外看爸媽是否在等，但是沒看到人，所以我們繼續搭到靠近圖書館的站牌。

靠站時，我把書收起來，穿回外套。這件外套跟我妹妹身上穿的那件顏色不同，但風格相配，是教會裡一戶人家捐的舊衣服。但在這樣的下雪天，都不夠禦寒。冷到刺骨的天氣就已經夠少見了，而能保暖的外套也往往只會被遺忘在遊樂場或校車上。但那一天可不一樣。

我抓起書包，下車時冰透的手指艱難地對付著外套上的棕色大鈕釦。一下車，我們就比賽誰先跑到圖書館門口，我們穿過結冰且泥濘的草地，因為走道已經很滑了。到了上鎖的門前，我們才發現圖書館有多暗。我妹妹用手圍成望遠鏡狀往裡面看。我們以前從來沒遇過圖書館關閉。我們爸媽應該也沒料到。

我把束口背包換一邊肩膀背，伸出冷到不行的右手牽住我妹妹的左手。我父母做的是藍領工作，沒辦法聽收音機接收到圖書館關閉這種訊息。我們得靠自己了。我們轉身開始往山丘上走，這條路會帶我們走到購物中心的後面。

我們只牽一下手而已，畢竟口袋溫暖多了。我們得越過二十一街，街上沒有斑馬線輔助我們過馬路。這種情形一向很危險，但是在一個稍微下點雨就把駕駛人嚇壞的城市裡，下起白濛濛的大雪時，更是險象環生。來往行車的速度快慢很難判斷，我們還看到有些車想煞住，卻打滑到路口。

我想到我爸進監獄的那次，原因是他身為印第安人、又在路面結冰打滑之下闖了紅燈。警察不相信他沒喝酒。當時家裡只有爸一個人在工作，我父母付不起高昂的保釋金，我們窮到連電話也沒有。我爸在監獄裡就只待了一夜，並且奉法官命令開始上教堂，以免更長的刑期。從那之後，我們家就再也沒有任何酒了。我希望我爸今晚下班回家不會有問題；我知道他遇到結冰就緊張。

我也緊張，我們狂奔過街時，左右兩邊都有車朝我們按喇叭。

「我腳好痛。」我妹妹說。我也有同樣的感覺。那種痛一部分是濕冷，一部分是因為摩擦，在你脫掉鞋子讓腳恢復溫暖乾燥之前都無法消除。我只聳了聳肩說，「等我們回到家就沒事了。」

我妹妹看起來就要哭了，我對於無法改善我們的處境而感到內疚。但除了繼續往前走，我們別無他法。

我們學校的學生來自陶沙各區。我的班上全是資優生，大部分都是白人，經濟上不虞匱乏。跟我置物櫃相鄰的女生背的是 L.L. Bean 的背包，而且在我們準備去搭校車時拿出了一雙豔紅色的雪靴。我真想知道夠多錢到能隨時為罕見暴風雪這種事做好準備，會是什麼感覺。

我們住的街上沒有人行道，所以我們只好夾在草坪和路緣之間曲折前行。車子駛過的地方都積著結凍的水窪、髒雪和冷水。兩吋高的草上沾著輕飄飄的雪，足以鑽進我們的鞋子。兩種路都不好走，我們在其中一邊受夠折騰之後，就會換到另一邊。

我們到家時門鎖著，我們從屋前窗戶往內窺探，就像我妹妹在圖書館前的動作。事實上，我媽媽當晚下班回家的時間應該只會遲不會早，因為她是郵差，惡劣的天候代表她的工作時間會比平日更長。我們的爸爸會在五點過後不久到家，他在瓦斯公司上班。天氣冷的時候，他們比平常更忙。也就是說，我們要等上四個小時。我們轉身看向街上。我們知道街上住了幾戶退休老人，但他們都不太友善。我們過去住在比較破舊的城區，隔壁的一位奶奶會把我們請進門，也許還會做花生醬餅乾給我們吃。我們會陪她坐著看日間肥皂劇。但是到了現在這一區，就沒有這種鄰居了。

我們繞到車庫門去，但是那裡也上鎖了。於是我們改去側院，那裡沒有柵門，所以我們堆了幾塊水泥磚當底座，再把一個空的五加侖油漆桶倒放在上面。我站在上面維持平衡，抓住灰色的籬笆，我妹妹再把我當成梯子往上爬。她爬到另一邊，抓著我的手，深怕往下一摔就是三、四呎高。突然我的一隻手套消失了，只剩下一隻還在，我聽到「唔」的一聲和哭聲。

「妳還好嗎？」我一面從木板中間的縫隙看進去一面喊。我聽到吸鼻子聲，和一句小小聲的「我覺得還好」，然後又一聲吸鼻子。我伸長身子，拿回掛在籬笆上沾濕的手套，上頭布滿了一點一點的細冰，其中一隻指頭上破了一個小洞。我把手套塞進口袋，然後回到車庫門前。

我踮起腳尖，看著我妹妹在車庫裡的剪影。她打開了頂頭的日光燈，燈一閃一閃亮了起來，照在我叔叔那臺金色雪佛蘭羚羊的車頂。那臺車原本是我表姊的，他在她死後不久把車帶了過來。我們父母說，他一時沒辦法承受再看到它、或是把它賣了。那是表姊讀高中時自己存錢買的車。她都叫我「姊姊」（Sissy），管我妹妹叫「Jisdu」，也就是切羅基語中的「小兔子」。我妹妹和我彼此說好不讓學校的任何人知道我們的綽號。媽媽說如果其他小孩發現了，我們永遠都會到處被叫小兔子和姊姊，不只是我們的切羅基家人會這樣叫。至少在學校我可以當奧黛莉。我甚至是後來參加表姊的葬禮時才知道她的本名；大家都叫她「紅毛（gigage）」，因為有一次她想染金髮，雙氧水卻把她的頭髮漂成橘色。不知怎麼地這讓大家都喊她「紅毛」，只不過是用切羅基語喊。也許一開始叫她紅毛的那個男性長輩不知道橘色的切羅基語怎麼說。

我聽到我妹妹試著轉開把車庫鎖住的門把，但是轉不動。「有個鎖，」我說，「去轉鎖。」

幾秒後我聽到「噠」的一聲，然後她輕鬆扭開門把。我往下伸手，把門往上拉。我踏進車庫，把身後的門重新拉下。我站起來，如釋重負地呼了一口氣，但吐出的氣息在冰寒的空氣裡變成了一團雲霧。

「好吧，這裡暖和了一點。」我聳著肩說。

「往屋裡的門也鎖住了。」她吸著鼻子說。她很難忍住不哭。

「我們去車子裡。」我說。

車門沒鎖，我們溜上車時，鑰匙就掛在那兒。車裡有一條毯子，我們拿過來蓋，兩人一起窩在前座。

「我們該脫鞋嗎？」我妹妹冷得發抖。我不知道她會不會氣喘發作。

「好啊，反正鞋子也不太保暖。」我說。

我們脫了鞋，丟到後座，然後鑽回毯子下。現在我們都發抖得挺厲害。

「我們會不會凍死？」我妹妹問。

我不知道。我從來沒這麼冷過。冷成這樣的時候，你應該穿合適的衣服，不該全身濕答答、坐在冷到能讓整桶水結凍的車庫裡。我想到我雙腿截肢的奶奶，雖然她截肢是因為糖尿病，而不是凍傷的關係，我不禁打起顫來。

然後我想到一個點子。

「我們來看看暖氣能不能用。」我把腿伸長去踩油門，就像在亨利爺爺的耕耘機上那樣。我轉動了插在引擎開關上的鑰匙。

我妹妹往前彎，把暖氣轉到最強。她伸腳到儀表板下，暖風終於從那裡強力吹出，但她又把腳縮了回來。「像冷氣一樣！」她尖聲說。

我笑道，「給它一點時間加溫。」

暖氣加溫時，我們又縮在一起窩了幾分鐘，然後兩人都把腳伸到儀表板下，手放到出風口前。

「噢噢噢，感覺好舒服。」我說。

「對啊，真的。」我妹妹頭靠著座椅，閉起雙眼。「我好睏喔。」她說。

「也許我們睡一下，爸媽會比較快回家。」我提議。

我妹妹沒有回話。她的頭靠著我，腳伸得更出去些。我的手繞過去幫她撥開臉上的黑色瀏海。她是個可愛的孩子，睡覺的時候看起來真是甜美。

我望向後照鏡，看到我表姊坐在後座。她的臉龐一時之間呈現藍黑色，照理說應該會嚇到我，但我卻覺得好玩。她往前傾身，沒開後車門就爬出了車外，然後過來站在駕駛座那側的車門旁。她彎下身時，又變得漂漂亮亮了，一頭黑髮往後梳蓬，像切羅基版本的法拉·佛西，[27]她示意我搖下車窗，我照做了。

27 譯註：法拉·佛西（Farrah Fawcett, 1947-2009），美國女演員，曾演出《霹靂嬌娃》影集，蓬鬆的大波浪捲髮是其代表造型。

「嗨，姊姊。」

「嗨，紅毛。」

「幫我個忙，姊。看看喇叭還靈不靈光。」

「什麼？」我感覺不太舒服，頭痛了起來，還有點想吐。

「看看喇叭還靈不靈光。」

「但是小兔子在睡覺。」我說。

「沒關係的。拜託，幫我這個忙吧。」紅毛彎下來撥亂我的頭髮。我記得她以前每次來家裡作客，都會從她工作的地方帶冰淇淋給我們。我們看到她總是很開心。

我伸出手按了喇叭。

「要按很久，」我表姊說。「別停。」

我點頭，把喇叭按到底。巨響刺痛了我的耳朵，我看著表姊，她面露微笑。我妹妹動也不動，嘴唇張開，幾乎打起鼾來。

我的手按得痛了，所以我換另一隻手按。然後我跪坐起來，用兩隻手同時按下喇叭，按出了我所聽過最大的喇叭聲。我沒聽到車庫門開了，也幾乎沒發現有人伸手進來，把我妹妹抱出去。

止。

我一直按著喇叭沒鬆手，按到我在方向盤和儀表板上吐了一片、被拉出車外為

如今我偶爾夜裡醒來，還是會聽到那陣喇叭聲。只要我因此驚醒，不管時間多晚，我都會起床去走廊對面看我妹妹是否安好。如果她不在床上，我就會去開車，一直開，直到我找到她，在我知道她平安無事以前，我都不會回家。

阿瑪的男孩

阿瑪・威爾森

一九九〇年夏天

青春期的男生多半很好搞定。我通常鎖定笨拙的書呆子，長得可愛、沒有女朋友的那種。他們會得到我一段時間的陪伴，我會教他們一些社交技能，滿足他們一點比較無關緊要的肉體渴望，當他們睡著，就是我飲血的時候。我扮演叛逆的青少女，雖然我在一百五十年內自稱十六歲都會很有說服力，但要裝得那麼年輕也是越來越難了。不久後應該就得升級。我有幾年把頭髮剪短成鮑伯頭，也有幾季剃成光頭。現在我的頭髮則是恢復長直髮，跟一開始一樣，長到讓男人覺得他們可以一把抓住。我已經環遊過世界。我曾經浪跡於如今變成奧克拉荷馬州的印第安領地。我曾在小小的威爾森家族墓園裡為我爸爸雜草蔓生的墳墓獻上鮮花。我去過鮑爾斯酋長被處決的地點，哀悼他以及其他在遷離德州途中被屠殺的朋友與家人。我學會了開車，還會用鋼琴彈奏舒伯特的F小調幻想曲，四手聯彈的第一部和第二部都會。

我回到美國的這個地區，是因為這裡氣候溫暖，而且，可以保持乾淨。這裡是柯曼奇族、阿帕契族與卡多族的家園，曾經也有一段時間屬於切羅基族。我喜歡我狩獵的那些男孩住的整潔有序的街道。我喜歡他們的媽媽雇人打掃乾淨、維持道地歷史面貌的房子，還有他們的爸爸雇園丁精心修剪花木的院子。我喜歡他們在全年最炎熱的期間夜泳的鹹水游泳池，嘗起來有眼淚和血的味道，讓他們的皮膚潮濕而帶著鹽分。

我挑男生的眼光很少出錯。我幾乎從來沒有殺人的必要。然而，凡是規則必有例外。

例如佛雷。我是在一個聚會上認識佛雷的，他沒有打扮，穿得也不怎麼樣。他的衣服像是他媽媽幫他穿上的，或是接收了他爸爸十年歷史的二手衣。我改造了他的穿搭。他媽媽後悔邀我進了家門。

但我就在他們家晃呀晃，留下夠多明顯的線索足以證明我去過那裡：落在她浴室裡的長長黑色髮絲、午夜時分偷溜去游泳後扔在地上的濕毛巾、他衣櫃裡和床底被移動過的物品，誘導她認定她查房時我就躲在床下。但並沒有，我只是在她熟睡時出現，趁她醒來前離開。

佛雷在我的教導下開始變得好看了，他逐漸會暗示說他得到其他女孩的關注。

他也施壓要我「對他獻出自己」。這再一次讓我頗覺有趣，他竟然期待我做出一般人的反應——嫉妒、占有欲、拿我的貞操交換對他的獨占——，但我感到的只是厭煩。通常，我是第一個傾聽這些男生說話的迷人女孩，他們會為我神魂顛倒。我預期的發展是這樣。他與日俱增的傲慢惹惱了我。

我應對每個男生的模式都一樣。晚上我們通常會窩在一起，他先睡著，然後我飲取維生所需的血液，總是留心別讓他感染。我漸感無聊之後，就捏造爸爸失業的藉口。我會給他們一張照片，跟他們說是我在銀幣城樂園穿維多利亞時期道具服拍的。其實，該張照片拍攝於一八五二年，在我成為如今這樣的怪物之後不久，在我了解過去這一百五十年的生涯教給我的可憎之事以前。拍照的時間是在我找到那個創造我的怪物以後。我努力不過度深入思考自己為了生存而做的種種。當你面對的威脅是種族屠殺，沒有什麼求生手段會讓你後悔。

在我計畫要跟佛雷分手的那晚，他媽媽比平常晚睡。我在他們家烏漆抹黑的後院裡等著，試著挑出下一個要去的城市。想去聖安東尼奧和奧斯汀都得排隊。由於獵血者的身體永遠冰冷，我們喜歡住在溫暖的地方。我在德州不受新規則的限制，而現在西德州呼喚著我。

幾年前，我們的遷徙開始受到規定限制。若是太多獵殺行為集中在同一區域，看起來就不再像是海洛因藥癮氾濫，而會像連環殺手肆虐。年輕的獵血者很快學會遵守規定，興致勃勃地填寫移居熱門地區的申請表，都是他們在被咬之前想住的地方。國境以南現在不開放移居。你不會想因為非法移民到溫暖的氣候帶而被抓，至於合法途徑可能要耗費數年。

佛雷的媽媽喝完她那瓶酒，關掉電視上的居家改裝節目頻道。她上樓十五分鐘後，佛雷出來了，站在他們屋後的架高地板上。我剛遇見他時他那副羞縮的姿態，如今已不復見。他的大剌剌邁步幾乎讓我不想從陰影走出來。

「我要搬家了。」我說。

「什麼時候？」他的眉頭皺起，煩躁起來。

「下周末。但是過了今晚我就沒辦法溜出來了。」

他甚至不掩飾自己的毫不關心。然後我看出他察覺自己的無禮。他發現我甚至可能不會跟他回房間之後，整個人的態度都變了。

「我有東西給妳。」他現在甜言蜜語起來。「我希望今夜會是屬於我們的夜晚。」他朝我移近一步，伸手把我拉向他。「既然妳要走了，我想這意義就更重大了。」

他的嘴唇逗留在我耳邊，「如果今晚不能跟妳在一起，我會死的。」他的腰臀貼近我，皮膚下的血液氣味令我的牙齒隱隱作痛。

「我幫妳拿包包。」他一邊說，一邊對我的隨身物品伸出手。

我的包包是個又怪又舊的地毯包，裡面有一套換洗衣物，還有讓我可以弄到現金和改變身分的必需物品。以及我的工具。如果有人打開包包，會以為我是個海洛因成癮者。工具包括一只放血針筒和一件經過我大幅改良的古董醫療儀器。很久以前，放血是廣受採納的療法。我有一條醫用導管，可以將血直接注進我的血管，一滴也不浪費。

「我拿就好。」我邊說邊抓住我的提袋。

就這最後一次，我告訴自己。

我們穿過陰暗的屋內，前往他的房間。我的視力使我能夠在黑暗中避開障礙物，他在自己家裡東撞西碰時，我努力不要笑出來。進去他房間之後，我提出了不存在的失業爸爸的託辭，但是他顯然毫不關心。

我們躺在他床上，用他的電視看《惡夜之吻》。佛雷比平常把我逼得更緊。

「我認為第一次應該要跟真心所愛的人共享，」他貼在我的頸間說著謊言。「如果不能跟妳，那我就要過很久才會愛上另一個人。」

我轉過頭，毫無熱情地回吻他。我在腦裡統整我現有的選項。我越來越生氣，他想逼我放棄用自己享受的方式扮演這個角色。他不讓我好好看電影，也很煩人。

我坐起身來，脫掉外套。

他坐起身，從口袋裡拿出一只戒指。「是純金的，」他一面將戒指套上我的無名指一面說。「就像我們結婚了一樣。」

「我想我該走了。」我說。

佛雷抓住我，玩鬧地把我推回床上。

「夠了。」我強硬地說。

佛雷獰笑起來，反而撲到我身上。

我假裝使出普通少女的力氣，警告他給我走開。

但他傾身下壓，嘗試要強行把舌頭伸進我嘴裡，一隻手還摸進我裙子底下。

「不要。」我說。

他不理我，繼續親我的臉。我微微轉開頭，吐舌嘗嘗他帶鹹味的皮膚。

「這樣就對了，寶貝。」他說。我別開頭，察覺到房間裡有別人在場。有個我先前沒注意到的人在附近，第二副狂亂的心跳，因為隔著佛雷的衣物儲藏間的門而被掩蓋了。在我分心的同時，佛雷把舌頭推進我嘴裡，帶著食物久放後的味道。

我放鬆了片刻。佛雷進攻的雙手轉而對付他自己的衣服，但他還是一直強吻我。我用尖牙一口咬下，咬斷他的舌尖，吐到地毯上。

佛雷臉色發白，喉嚨裡開始發出一聲低沉的呻吟。我使盡全力抓住他，把他背朝下摔落床，他的頭撞在木地板上。我聽到衣物間裡一陣騷動，但不予理會。我從包包裡拿出針筒，戳進他喉嚨，導管的另一端則插進我手肘內側柔軟的皮膚。我抽乾他的血，直到他靜止不動。

我聽得見衣物間門後傳出輕微的哭聲。我把已經半開的門完全拉開。裡面坐著佛雷的一個朋友，手拿一臺錄影機。我伸出手，「給我看。還有，如果你敢出聲，我就殺了你。」

他操作起攝影機很吃力，但終於把電子螢幕打開遞給我。

我把攝影機放進包包，坐在地方，靠近那個男生。我撫摸他的金髮。我喜歡攙有肉慾而非恐懼的血味。

「來吧。」我最後說，此時他的心跳終於回到接近正常的速度。我站起來，到佛雷的衣櫃前，丟了一件他的短褲給他朋友。那個男生看起來對於換衣服時有我在房裡很難為情。

我牽著他的手，帶他穿過黑暗的屋內，全程都沒讓他撞到任何東西。我們步入溫暖的鹽水時，我知道自己想去哪裡了。海洋在呼喚我。我把那個男生拉近，親吻他鹹鹹的臉，跟著滴落的水流往下到他頸間。海洋的波浪就像心跳，像永遠不會停止的心跳。

美國掠食者

達菈・金恩

一九九七年狩獵月八日

1997/11/08

「妳是做了哪一個爛選擇才會淪落於此，潔米．蕭爾？」妳自問道。妳再一次睡在汽車旅館廉價的聚酯纖維床單上。扎人的布料散發著菸味。其實整個房間都是菸臭味，但床尤其有一股妳不想細究的臭味作為基調。那股味道滲進了妳入睡時穿著的運動內衣和四角短褲。

妳忽然意識到，或許不是單單一個糟糕的選擇，而是一連串的轉錯彎，導向妳如今所在的這個充滿自厭的破地方。妳以前暗戀的一個女生曾跟妳說她相信命運，說那就像數學，可以透過許多種不同的過程得到相同的答案——但永遠是同一解。

妳一路回溯妳十九年來死氣沉沉的人生，彷彿找出妳踏錯一步的點就能改寫妳現在的處境。妳現在製作著一支打算在全國性電視臺播放的試播節目短片，期望藉此讓一個本地名人和他的跟班名利雙收。這個節目應該是類似《巡迴鑑寶》，但兩位主持人在節目中不是要鑑定家族長輩的舊東西來讓後人開心，他們是寶物獵人。暫定的節目名稱叫作《美國禿鷹》，設定是這個二人組開車到全國各地遊說別人用低到不行的價格賣掉古董摩托車牌或是經典舊車等等。他們接著轉頭用那些東西大賺一筆，讓原本的買主看起來像傻子。

妳最近走錯的路，就是被州立大學開除，還有讓妳爸爸打了通電話幫妳找到這份工作。他提醒妳，像妳這個年紀又沒有學位的女孩子能拿到這份差事可是很幸運的。他一抓到機會就提醒妳。事實上，他可以一個字都不用說就成功提醒妳這項事實。妳爸爸這個人很有才華。妳終於（在一個充滿罪惡感和抑鬱的時期）和他達成一致意見，也就是大學或許不適合妳。妳爸爸之所以打那通電話，是因為放棄了妳，厭倦了為那些妳宿醉到無法出席的課程開支票。妳爸操弄著罪惡感與羞恥心，就像那個說妳會下地獄的嚴厲牧師，因為妳在聖經學校夏令營裡第一次嘗試親吻女生。不，妳才沒打算下地獄。

回溯的路線轉了個不同的方向，但依然繼續退轉。如果妳在大一那年多上點課、少跑點趴，情況可能會有所改變。如果妳在高中的法文課有多花點心思，把基礎法文這門課的分數考高，那妳的ＧＰＡ成績可能就足以讓妳只被列入輔導觀察名單，而非直接退學。

如果妳沒有多年來住在妳爸爸掌管的電視臺裡，把一切都學起來（不盡然是耳濡目染，但也差不多了）。他說的沒錯。這件事妳做得來，而且不需要學位。重點不在於這不是妳想做的事。重點是妳不知道自己想做什麼。但妳還有其他知識，妳知道需要什麼條件才能營運一間電視臺片廠、剪輯影片、拍攝、寫腳本、做音控、照顧藝人。

所以妳就在這裡，人生事件降臨在妳身上，拖著妳往前走，彷彿妳只是置身於一個被人推下土丘的倉鼠球內。妳揉揉眼睛，心裡希望時間實際上沒有妳覺得的那麼晚。汽車旅館的時鐘常常不準，對吧？

電話響起的時候，妳正在把妳帶來的恐怖小說全都扔進體育用品袋。安靜的房間裡，電話鈴響就像一聲尖叫。這下糟了。這代表妳大遲到，而輝特和比利兩位藝人已經坐在一間比妳這裡高檔一點的旅館大廳裡，等妳等得不耐煩了。輝特是其中比較高、比較好看的那個。他喜歡有比利當他的跟班，因為比利讓輝特顯得更高、更好看也更聰明。

沖澡可以省了，妳忖度著，因為輝特會在廂型車裡坐妳隔壁抽菸，有時會開窗抽，但僅限於天氣好的日子。根據新聞，今天看起來會下雨。但妳得換上乾淨的內衣褲，所以妳儘快更衣。

妳把廂型車加滿油之後，停車時看到輝特在打公共電話，邊看錶邊搖頭。這代表妳今晚會接到妳爸爸的電話了。

輝特作了個手勢示意妳把車停到他站的位置旁邊。妳把他的行李搬上廂型車時，他持續在講電話。他的手裡拿著一份印有愛德華．柯蒂斯拍攝的印第安人復古色調相片月曆。為了讓他的行李箱放得進車裡，錄影設備都還得先搬下來。比利從旅館出來，把他的行李箱推上車，然後跳上廂型車的第二排座位。輝特掛斷電話，坐進副駕駛座。他們都丟著讓妳自己重新把攝影機、電池組、打光和收音設備重新裝上車。是啦，當然，也許因為這本來就是妳的工作，但還是挺誇張的。

妳上了駕駛座，兩個人都沒跟妳說話。妳還以為只有女朋友和親戚會用冷戰這招當作懲罰。妳真是每天都學到關於成人世界的新知。輝特戴上了眼鏡，正在仔細檢視那份月曆。妳想把額頭靠在方向盤上。現在還不到早上七點鐘呢。

「你知道嗎，」他轉向比利說，「只要我們找到幾張稀有照片，我們就可以靠授權大賺一筆。授權就是關鍵。月曆、複製畫、海報、書……」

比利只說了一句「對啊」。他在研究地圖，在上面做了記號，然後遞到前座給妳。

「那麼，」輝特說，眼睛越過鏡片上緣看著妳。「妳昨晚是玩瘋了啊，蕭爾？」

妳小心斟酌自己的回答。一方面來說，妳單身、十九歲，這兩個傢伙常喜歡提醒妳這一點。「自由得像隻小鳥兒。」比利會對輝特這麼說。而輝特會再為這個說法添上一點變化，「算不上最好看的鳥兒，但還是很自由。」他們常把妳比作鸛或鴯鶓——某種高大、瘦巴巴又毫不優雅的鳥，從不會說妳是天鵝或甚至小雞，或許背地裡會叫妳醜小鴨吧。雖然他們嘴巴上說羨慕妳的單身狀態，但是頗確定他們都不是什麼忠貞不二的丈夫。妳也知道，妳告訴他們的任何資訊一出嘴巴，就等於直接傳進妳爸耳裡，所以妳甚至不會為了形象而說謊。再說，他們似乎認定妳是異性戀，不過兩人都表明妳不是他們的菜，至少他們在一起行動且沒有喝醉時。

所以，妳沒有提及妳從轉角商店買的那一手啤酒，但其他的妳都實話實說了。

「只是熬夜看恐怖片。」

「是喔——」這勾起了比利的興趣，或也許他是在測試妳——「哪部？」

「《千年血后》。」這是實話。其實妳從傍晚開始看，然後熬夜讀了《狼人就在你身邊》，然後再看一次電影。妳邊看邊睡著了。

「那我跟比利昨晚過得比妳精采，」輝特說。有那麼一分鐘，妳以為他只是在吹噓他靠著他沒什麼料的全國性電視網經歷勾搭到了某個人。但他接著補了一句：「但我們還是有辦法起床，準時趕來工作。」

比利笑了。

輝特轉向他，「不過你可能是應該留在旅館看《千年血后》的。聽起來是你會愛的電影。」輝特鼓起雙頰。妳討厭輝特故意讓妳同情比利。

比利沒有笑，但妳笑了。妳非常確定比利和輝特都不會喜歡那部電影。某種勉強的平衡經由這個過程重建了。

車開了不到一個小時，輝特就決定他喜歡這裡的光線和景觀，想要妳拍個幾段。是那種風景如畫的影片，如果節目被全國性電視網選中了，這段影片以後就可以一用再用，甚至搞不好還可以放進片頭。要命，電視臺可以一再回收利用這東西。妳停下車，從車後拿出攝影機。妳跟比利換了位置。妳拍了一點埃斯塔卡多平原、一群羚羊、幾座油井、一座泥屋鬼鎮的輪廓、擠滿棕膚小孩的卡車車斗、吃草的綿羊、下雨的天空，和空中一道閃電，彷彿切穿了近乎靛藍的岩石條痕，打在平頂山上。雨開始下的時候，妳拍了更長一點的時間。拍夠之後，妳拉著廂型車門關上，往後靠坐，獨享了後座的空間。妳一面在攝影機上重播影片，一面在腦中做初步剪接。妳想像著自己可以拍出的電影，只要妳能找到對的故事就行。

雨停了，輝特說他要妳拍一個你們正在開車接近的知名景點的看板。大型的招牌在宣傳霜淇淋、莫卡辛鞋和其他道地的「印第安手工藝品」。比利在副駕座上「嗚嗚嗚」地喊，並且用右手拍著自己的嘴唇。妳這下想起來為什麼妳討厭比利。

「等開拍再來這套吧。」輝特說。

當你們把車一開進聖塔菲市郊，那兩個傢伙就去看那個大型遊客中心。妳喝了一整個早上的汽水，一旦知道這裡是可以上廁所的休息站，妳的牙齒就痛起來，像是狗一看到狗鏈就亂跳。通常你們會留一個人在廂型車上，看守器材。但妳實在忍不住了，確定車門全都鎖好之後，把車停在入口正前方。妳走進去時，看到輝特跟一個散發著「這裡歸我管」氣場的男人在講話。妳跟輝特對上眼，頭朝建築物後方點了一下，妳猜廁所應該是在那裡。妳很肯定輝特看到妳了，但他沒做任何表示。

妳從廁所出來之後，看到一個人形自動占卜投幣機。為了配合讓此地吸引眾多觀光客、大發利市的西南部印第安部落主題，投幣機做成印第安人造型，上半身坐在一個方櫃裡，軀幹周圍散放著捕夢網、羽毛、袖珍鼓、彩繪陶鍋和一束鼠尾草。

機器的玻璃櫃上的宣傳字樣是：「巫醫開示——收費五十美分」。這個印第安人戴著頭飾，黑上衣外罩著一副廉價的道具胸甲。時不時一段錄音的鼓聲響起，還有在妳理解中應該是戰吼的尖叫聲，然後錄音鼓聲漸弱。真噁心，簡直是個笑話。

這就是輝特會很愛的那種東西。

妳又買了一罐汽水，然後走出去回車上等。妳拿出妳的那本《末日逼近》。有個男人經過時打了個噴嚏，是那種撼動全身、在空氣中製造飛沫噴泉的噴嚏，妳於是把書收起來。是啊，致命流感是很恐怖，但是在那本書裡，人類才是真正的怪物。

比利走出來時，輝特從門口探出身子，吆喝著叫你們倆帶上裝備、進餐廳裡去。妳打算跟他說那個假巫醫，但是妳不想拍一整段，也許只要拍一點點剪進去就好。比利看起來也不太興奮，但他還是抓起了打光設備，循原路走回去。

在餐廳裡，輝特已經占據了角落的一張大圓桌，正在寫筆記。

你們架設器材時，他說，「這地方太讚了。我得到拍攝許可了。」

「你看到後面的占卜機了嗎？」妳問。「就在廁所旁邊。」

比利放下一個箱子。他跟輝特又去走走看看了一圈。

這裡附設的餐廳是冰雪皇后。比利和輝特住的旅館有附早餐，妳則是靠著

M&M花生巧克力和可樂維生。妳站起來，去點午餐。妳吃完時，他們還沒回來，於是妳拿出《鬼店》，昨晚妳不敢獨自在房間裡讀。妳比較喜歡在大白天看。

「那個紅番真有一套。」輝特坐下的同時說道。

「我們這一集可以不費吹灰之力。」比利說著，跟他一起在環形長椅上坐下，把妳擋在中間。

「想得美。」輝特說。「比利要去給我們倆點午餐，因為他的才能就是吃。妳就去把這裡比較怪的東西拍一拍。一定要拍到那些彈吉他的青蛙標本，還有那堆中國製造的美洲印第安人玩意兒。」

「別忘了那個水牛頭標本。」比利說，並站起來讓路給妳出去。

「經理說今天晚上的客流量會減少。我們到時候再去裡面拍。」

妳拿起攝影機，到處漫步。妳個子很高，所以很多看到妳的人根本沒抬頭看到攝影機。妳喜歡身高帶來的這點好處，讓妳比較不覺得自己生錯了身體。有些人的視線從來不曾看向超過自己眼睛高度。

輝特派妳去附近的一間旅館訂房。那是一間整修過的舊汽車旅館。雖然裡面沒有附設酒吧（輝特肯定會不滿意），妳還是訂了三個房間。輝特和比利的房間相鄰，妳的則盡可能遠離他們。這個地方看起來很眼熟，等妳發現這裡讓妳想到的是《驚魂記》的貝茲旅館時，妳已經完成訂房了。所幸，房間外沒有高聳的《阿達一族》亞當斯家大宅，而且經營旅館的老夫婦樣子頗和善，很熱中於保存歷史。這裡到處都沒有動物標本。妳希望前門外面的古董車會讓輝特著迷。雖然妳很少把「著迷」這個詞跟輝特兜到一起。

妳回去的時候，比利和輝特正在寫他們的腳本。他們喜歡寫得好像是即興發揮，好像他們的玩笑話自然而然就是那麼機智、知性又風趣。這代表妳得回旅館去練習了。但首先，輝特要妳先拍這一集的開場，此時太陽正緩緩沉落在遊客中心西邊的埃斯塔卡多平原。

輝特的主意沒錯，日落很美。妳得留心處理光圈效果、給主持人妥善的打光，但妳還是努力拍到他們背後的色彩。畢竟妳是個專業人士。妳有超齡的技術。妳架好攝影機，輝特和比利走到鏡頭前。妳戴上耳機，監聽無線麥克風傳來的聲音。

「現在我們所在的位置是四角遊客中心。你可以在這裡買到一堆有意思的東西，包括道地的印第安手工藝品。」

比利重複他在車上的臺詞，「嗚嗚嗚的印第安人！」他像幼兒園小孩一樣誇張地拍著嘴唇。

輝特給了他一個像在說「可憐哪」的表情，然後回答，「不知道呢，比利。我們去瞧瞧。」

八點左右，他們訂了個披薩，找妳去跟他們核對拍攝指示，看他們要妳拍什麼樣的鏡頭。中心經理叫輝特大概十點回去室內拍攝。妳準時在十點整走進去。

經理說得沒錯，人潮明顯減少了。但妳不知道是因為天色暗，或是霓虹燈和日光燈的關係，但妳敢發誓這裡六成的人都變得更鬼祟可疑了一點——甚至包括一些家庭和小孩子。妳帶著器材箱走進去時，引來了懷疑的眼神。妳希望不要有東西被偷，不然妳爸會被惹毛的，器材失竊一定會莫名其妙變成妳的錯。

輝特和比利跟現在值班的工作人員打了照面。經理介紹了他十七歲的女兒。他跟輝特說，他覺得也許能讓蕾西在拍攝時跑個龍套。她很漂亮，所以輝特當然行。這是他的另一項才能。她簡介了擺滿一整個小房間裡的莫卡辛鞋收藏。

輝特發現一雙昂貴的流蘇靴，正合他的尺碼。「要不要讓蕾西在妳拍攝的時候幫我穿上這雙。」

比利跟他對上視線，翻了翻白眼，但是沒有走開。

蕾西四下張望著找她爸爸，但他不在。妳拿出攝影機開始拍。這是那種輝特會叫妳拍，但完全沒打算用的片段，用來讓漂亮女孩子覺得自己可能會上電視，可能有條出路，只要不待在這裡就好。

她穿著長度勉強及膝的裙子，小心翼翼跪了下來。即使她穿著新熨過的四角遊客中心制服上衣，你還是會懷疑她究竟是不是這裡的工作人員。

蕾西在幫輝特綁好靴子最上面的鞋帶時，他說，「這莫卡辛靴真是超級舒服。穿著這雙寶貝，我走上一哩路都不成問題。」

就這樣。輝特彎下腰，對著腳穿高跟鞋、微微顫抖的蕾西伸出手。他站起來，靠在她身邊的時間遠遠超過必要的長度，還悄聲說了些讓她臉紅的話。妳聽到他請她留下來觀看拍攝現場，說或許可以學到點東西，對她未來職涯有幫助。她點點頭，主動說要給他拿罐汽水，然後便消失了。

「我們會加一些內容，是關於這間公司生產莫卡辛鞋的歷史，說他們怎麼樣在四〇年代從旅遊中心和紀念品店起家。關於現在印第安鞋子全都在多明尼加共和國和中國製造的部分，就輕描淡寫一點。」

比利點點頭。他很少做筆記。

你們移動到引導客人前往洗手間的霓虹指示燈正前方拍攝。

這次比利先說話，為輝特的笑點暖場。

「嘿，輝特，我要給你看看這後頭的一個東西。」

輝特揚起眉毛。「我跟製作人保證過，絕不把攝影機帶進洗手間喔，比利。」

「不不不，就在洗手間外面。」

妳帶著攝影機，跟隨兩人來到那個放著俗氣印第安人像的大玻璃櫃前。它讓妳聯想到動物園的展示間，或是博物館裡的模型。最後的莫希根人每夜登場供觀眾欣賞。

輝特表現得像是第一次看到那東西，興奮得像個小男孩：「欸，比利，借我五十分錢！」

比利伸手進口袋。「我覺得你還欠我上一次我們遇到『占卜師』那時候的五十分錢。」

輝特換了一副有點圖謀不軌的語調，「那應該是五十塊錢，而且蘿拉夫人在占卜之外還做了點別的。我們來看看紅面酋長又有什麼本事囉。」
比利拿給他兩個二十五分錢硬幣，輝特將錢投進機器。
輝特切換回他古董專家的聲線，「感覺這會帶來好運喔。」
「是好預兆嗎？」比利詢問道。
「投幣式的占卜機不多見了。這位巫醫的保存狀況非常良好呢。」
機器動了起來，妳把鏡頭拉近那張框著黑色假髮長辮的紅棕色塑膠臉。鼓聲響起，預錄的「嗚嗚」聲也開始播放。妳的監聽耳機讓那聲音聽起來像是機器在妳腦袋裡發出的。到了剪輯階段，妳會把畫面調到一個令人暈頭轉向的角度，像是遊樂園鬼屋裡瘋狂的景象。
輝特用一種刻意嚴肅的聲音吟誦道，「四角休息站的巫醫酋長啊，我們是否正在通往獨特寶物的路上呢？」
更多鼓聲響起。一張比名片稍小的紙卡從機器裡吐了出來，太快了，妳沒拍到。輝特煩躁地再投入兩枚二十五分硬幣，這次妳及時拍到了。
「他要說話了喔。」比利在紙卡吐出來時說。
「希望是好消息。」

「上面怎麼說？」

此時，輝特讓妳將攝影機聚焦在紙卡上的文字。

輝特用嚴肅平板的聲音朗讀道，「『這是確切無疑的。』」

妳後退一步，用廣角拍兩人在占卜機前跳上跳下。「唷呼！」他們互相擊掌。

他們跳完之後，輝特評論道，「我的魔法八號球今天早上也是這麼說。」

「而且還不用花到我的五十分錢呢。」

妳退到更後面，拍了個休息站後方的全景：占卜機、讓人夾不到的夾娃娃機、廁所入口有些形象搶眼的人在進進出出。最後，妳按照比利的交代，把影片結束在那個巨大的水牛頭標本。妳一面把鏡頭拉近，一面猜想牠的黑色假眼是塑膠還是玻璃材質。

妳在凌晨兩點前回到旅館，即使還很清醒，妳直接上床睡了。但妳睡得不太好。妳覺得罪魁禍首是妳整天斷斷續續讀的《末日逼近》，然後妳又希望自己沒在這一片漆黑裡想起那本書。妳再一次醒來是六點鐘，妳起床、過馬路到對面的餐館。妳已經決定在太陽出來前都不要洗澡。

你們從新墨西哥州出發，閒逛著穿過德州，沒有真的停車，只是從打開的車門拍攝需要的片段。妳拍了棉花田、風車和更多的油井鐵塔。節目的下一個預定拍攝地點其實是在阿肯色州，但是你們開車經過奧克拉荷馬州的時候，妳也在拍。妳拍攝到金黃的田野和一群水牛，太陽高高懸在朦朧的黃色天空。妳最後捕捉到的畫面是空置的店面、廢棄的鑽油設備、停車場客滿的酒鋪，還有窗戶釘上木板的空屋。比利找人問了哪裡有好吃的，於是你們來到塔勒闊市中心。

不幸的是，這間餐廳和一間當鋪共用停車場。對輝特和比利來說，當鋪就像圖書館，是做研究的絕佳場所，但也是他們一毛錢都不會花的地方。

當鋪的門口貼著一張「切羅基匪徒奈德．克利斯提」的海報。

「瞧瞧，」輝特說，「我說的就是這個。比利小子啊，我們就是比別人更有機會靠這種東西撈一筆，因為我們總是留心在找。」

玻璃展示櫃裡放滿了串珠藝品、珠寶、波浪鼓和幾個古老的切羅基雙層籃（標籤上是這麼說的）。妳對印第安人幾乎一無所知。妳的無知讓妳同時感到愚蠢和求知若渴。櫃檯後面站著一個高挑的女生，動也不動，也沒出聲。女性多半不想要比自己矮的約會對象，所以妳一直認為妳在統計上跟身高出眾的女人更有機會，不過目前為止妳是百分之百錯了。妳估計這個女生是印第安人，因為你們所在之地是切羅基國的首府。她有一頭又直又長的黑髮，當她發現妳把攝影機轉向她時，她害羞地（或是生氣地）別開視線。她最後朝著攝影機（或是朝著妳）深長地看了一眼，然後退進店鋪後方不見了。

輝特、比利和當舖的店主（一個老年白人男子）正往一個展示櫃裡看。輝特指引妳過去在他們說話的同時拍攝。

「跟我介紹一下這幾支魚叉吧。」輝特說。

「這是手工鑄造的。他們用來捕小龍蝦。你看到這些像叉子的形狀嗎？這是用來刺進小龍蝦的上半身，因為尾部是要吃的。你得抓很多隻才湊得成一餐。拿魚叉捕小龍蝦是這附近很不錯的夜間活動。這幾支是一個切羅基老人做的，他現在已經過世了。他死後這些東西就增值了。」

比利回覆了事先排好的臺詞，「這個嘛，我想他也沒機會做更多了。」

輝特彎腰拿起一根折彎的木棍，上面包裹著皮革。「這是什麼？」

「達菈！」那個老白男大喊。他拿起另一根木棍，和一顆以皮革包覆表面的球，繼續說：「這是棍球的棍子和球。是用胡桃木折彎、再用動物筋腱綁住。球大概是中間一顆石頭、外面包上皮革。」

達菈從店鋪後面皺著眉頭出來。

「妳那個威爾森爺爺不是告訴過妳爸怎麼做這東西嗎？」

達菈點了點頭。

「這是用傳統方法做的，不使用動力工具，全靠手工，所以才那麼貴。」

比利開口想鼓勵對方分享更多資訊。「說到棍球，那這種是不是就像袋棍球？」

「切羅基的棍球比賽裡，男人是用球棍打，但女人是用手打。」

輝特看向比利，「既然我們只有兩根球棍，我想你只好用手打了，比利。」

輝特和當鋪店主狂笑不止，比利看起來有點窘。

達菈開了口，聲音強勁又清晰：「女人是很兇狠的，常常打到見血。以前常有人在比賽中死掉，比現在常見。」

你們全都默不作聲。妳把攝影機轉向達菈，但她沒有看妳。

輝特不太高興。「妳對這段節目來說可能有點太嚴肅了，甜心。我想我們最好再拍一次沒有寶嘉康蒂公主的版本喔。」

達菈轉身隱沒櫃檯後的房間，妳聽到一扇門摔上。你們重拍了這一場。這次的尾聲中，比利接球失敗，讓自己在鏡頭前喪盡雄風，另外兩人則玩了一段冗長到令人尷尬的傳球遊戲。

最後妳關掉了攝影機，但輝特還在拿綴珠子的莫卡辛鞋問價錢。他過去沒有收藏美洲原住民古物，因為他並未察覺自己的極度無知。不過，他現在還是明顯地興味盎然。妳想起那份印了柯蒂斯照片的月曆。妳突然想通，這個鎮就是有可能會發現那種東西的地方。

妳去外面，把攝影機放回廂型車上。妳憑直覺拿了輝特的菸和妳的《破膽三次》。妳走向樓房後方。達菈在那裡，但她沒有抽菸，而是讀著一本翻爛的《千年血后》小說。妳在她抬頭之前把菸塞進外套口袋。「那本書很讚。」妳說，儘管妳根本沒有看過。妳只是看了電影版，而且一直念念不忘。

她抬頭，並且聳了聳肩，「再看看囉。書跟電影版挺不一樣的。」她看了一下妳那本《破膽三次》。「那本真是非常寫實。」

「嗯，對啊，是關於狼人的。但還是很棒的書。」

達菈又聳了一下肩，繼續看書。

妳很緊張，除了跟她講話以外又沒有別的理由好待在那裡，於是妳沒頭沒腦地說，「我老闆有點混帳。」

達菈聽了面露微笑。

妳繼續說，「我是說，很明顯，妳比較像老虎莉莉，[28]而不是寶嘉康蒂吧。」妳以為自己這是在撩妹。妳會這樣以為，是因為妳就是個白癡。當她的目光變得銳利、眼睛眨也不眨，妳才意識到這一點。

「對不起，」妳支支吾吾地說。「我跟那兩個混蛋關在同一臺車上太久，社交能力都沒了。」妳謊稱。這就是妳話不多的原因，免得證明妳能表現得多白癡。但妳還是無法就此打住。妳有一股感覺、一種念頭、一個想法，就是妳也許可以挖到寶。妳好奇這是否就是賭徒常常會有的感覺，覺得就在今晚、就在這一刻，一切都各就其位，妳的真正命運和妳以往所想的不同，現在將要發生、改變妳生命的新事物，才是妳的命運。於是，妳開始談起了攝影、月曆、授權和錢。

輝特聽妳說話時，妳看出他興致來了。妳還沒架好攝影機，他就已經準備了一段獨白。

「開始錄了嗎？」他問。妳點點頭，他轉回去對著鏡頭。「是這樣，我們的攝影小妹潔米拿香菸跟寶嘉康蒂交換了一點情報。看樣子，她祖父家裡有一堆棍球的那種球棍，她覺得他可能會拿出來低價出售。其中一些球棍有至少一百年的歷史了。」他停頓一下。「好，我們重拍一次，這回我會提到照片，如果效果不好，我們還是可以用第一版。」

這是他第一次在錄影時講到妳的名字，妳喜歡這個效果。在接下來的那次試錄，他加了一段：「她祖父可能還有一些切羅基人打棍球的老照片，他們用的就是他或許會想賣的那些球棍。照片可能也值些錢，尤其是如果他可以指認出照片裡的

28 譯註：老虎莉莉（Tiger Lily），《彼得潘》裡中虛構的原住民公主，但描寫上有歧視與刻板印象之嫌。

那些印第安人。這一帶出過不少印第安名人，會有人想收藏他們的照片。商機在於所有權和使用授權。你可以把名人的老照片做成月曆和T恤，賺點現金。也許那些人裡頭就有奈德．克利斯提……」

妳帶他們倆去吃鯰魚吃到飽，然後按著達菈給妳的地圖去到她祖父母家，全程都是泥巴路和石子路。妳開到私家車道時，她已經在等妳了。她讓妳把車停到穀倉後方，妳前面還有一輛六〇年代出廠時原是櫻桃紅色的敞篷車。妳看向輝特，看出他正在評估把那輛野馬敞篷車拖回去辛辛那提的難度。

妳停了車。車子底盤和烤漆上的凹痕一定會氣死妳爸。

妳戴上耳機，拿了攝影機和燈光設備，往屋子走去。達菈從屋裡出來，說她祖父母不想被拍。輝特指示妳開著攝影機，錄他走進門去，嘗試和人家爺爺奶奶好言相勸。

從妳的位置看，門口只有一道拉上的黑色紗門，擋在一扇油漆剝落的暗綠色門前。妳在輝特試圖說服對方讓他進門時持續錄影。最後，內側的門關上了，屋主跺著腳離開玄關，顯然很生氣。

「天啊，你有看到那對夫妻嗎？簡直是電影裡的角色。拿合理的金額都說服不了他們入鏡。還說他的手藝不是拿來賣錢的。」輝特簡直是邊說邊吐口水。「他當著我的面關門耶。」然後他轉向妳。「妳可以關機一分鐘嗎？」

妳把鏡頭轉高對著天空。天色漸漸暗了。你們今晚原本應該在阿肯色州的法葉村過夜。「看起來今晚會是滿月。」妳沒特別說給誰聽。

「我得抽根菸。」輝特咕噥道。

達菈從黑暗中突然現身。「我帶你們去看他的工作室如何？我也知道球棍的做法。而且，他的照片就在地下室的工作間。」

輝特快速恢復了好心情。

在地下室裡，達菈拿出一本舊相簿，裡面是男人打棍球、分隊排列的照片，有手寫的文字標示出照片中的人物。

輝特從口袋拿出放大鏡，問問題的速度快到達菈來不及回答。「這些人裡面有什麼出名的法外之徒嗎？」達菈還在一一指著棍球選手的名字給他看時，他就翻了頁。「這幾張照片是什麼？為什麼他要把珠子腰帶舉起來？」

達拉靠過去，「我看看，她說。」她把相簿從他那邊拿過來。「我不記得了，」她繼續說著就往地下室的門口走。「我去問問我祖父。」

她拿了相簿往樓梯上走。她離開地下室時，轉身把門帶上。門發出重響，猛力關閉。片刻過後，妳聽到沉重的金屬物滑動的聲響，然後是門鎖「喀」的一聲。

比利看著妳和輝特。「要是我不知道情況，我就要以為她把我們鎖在這裡面了。」

輝特和比利大笑起來，妳坐在樓梯上。妳拍下輝特和比利拿起工作檯上的球棍。最後，輝特轉過來看著妳。「去那麼久是在搞什麼鬼？」

妳讓開路，他跺著腳爬上樓梯，試著開門。他往門上推。門板往上抬了一點點，然後就遇到了阻力。

「她真的把我們鎖在這裡面了！」他吼道，「搞什麼把戲？比利，過來幫我啊！」

妳退開，但繼續拍攝。妳已經開了攝影機頂端的調光燈，因為地下室天花板上掛的那一盞燈泡實在是沒什麼打光功能。

輝特最後轉過來對著妳吼道，「妳也參了一腳嗎？這是什麼惡作劇嗎？我要是妳，就會把攝影機放下，來幫忙弄開這扇門！」

妳把攝影機放在工作檯上，鏡頭對準地下室的門。妳擠進樓下的木頭階梯，幫輝特和比利一起推門。

比利突然僵住，「停。停一下。你們聽到了嗎？」

「什麼？」

「聽起來像鐵鏈聲。從後面那個房間傳來的。」比利朝著地下室的一個陰暗角落示意。三個人一安靜下來，鐵鏈拖過地板的聲音便清晰可聞。接著是一聲長而恐怖的嚎叫。

輝特低聲說，沒有特別對著誰：「這可不好玩。」

妳臉上驚恐的表情明顯表示妳贊同。

那聲音聽起來像是一頭非常巨大的動物被栓在鐵鏈的末端，拉扯著鏈子。鐵鏈敲擊時發出鏗鏘聲。在鐵鏈的拉扯聲之外還有一聲咆哮。兩個男人轉身開始猛力敲門。

「那個女孩子叫什麼來著？」

但妳已經開始尖叫，「達菈！」

另外兩人終於聽到妳的聲音，跟著妳一起叫。

又一聲長長的狼嚎響起。那是妳透過耳機所聽過最詭異的聲音。你們全都安靜下來。妳發現攝影機還對著你們。金屬拉緊的聲音傳來，然後是鏈子鬆脫落地的吭啷聲。有什麼東西從後面的房間走了出來。

你們全都試圖回到樓梯上——離出口越近越好。

那頭動物毛髮茂密、個頭很高，還長了利爪。牠不像《美國狼人在倫敦》那樣渾身閃亮，但妳告訴自己，這不可能是真的，即使妳看見了牠毛孔裡長出的一根根毛髮。牠的頭擦過房間中央唯一那盞燈泡。然後牠的身影變得模糊，牠抓住了比利，把他拖下樓梯。他們消失於地下室後方視野不及之處。

接下來的幾分鐘，妳知道比利還活著，因為他仍在尖叫。妳得把耳機的音量調低，以免耳朵被比利的尖叫聲震聾。

輝特跑向工作檯，抓了一把鐵鎚。

「潔米，去拿個什麼幫我把這扇門撞開。」尖叫聲終止時，輝特正在撞門。輝特停下動作聽著。現在妳知道人骨被壓碎的聲音透過無線麥克風聽起來是什麼樣了。輝特撞著門，妳拿起攝影機。輝特一面敲打著門，一面喊叫求救，妳拍下他的樣子。那頭動物粗重的呼吸聲再次接近時，他甚至沒有發現。輝特正要往門的鉸鍊再敲一記時，那頭動物拎住他的後頸，拖下木階梯。

妳往門的方向後退，攝影機對準輝特和那頭動物沒入的陰暗角落。妳坐在階梯上，聽著比利越來越小聲的哀嚎。攝影機扛在妳的右肩，妳心不在焉地將左手伸進口袋，彷彿在找菸。當然，菸還在，這可是借來的道具啊。眼淚開始流下妳的雙頰。妳把攝影機放在工作檯的長椅上，打開廣角鏡頭，好拍到整個房間；機器還在錄，雖然妳碰都沒碰它，只是站在一旁，好像它對妳完全無關緊要。調光燈對準地下室後方，那裡像個巨大的黑洞。妳回去坐在木階梯上。

輝特的呻吟停止時，只剩下妳自己粗重的呼吸聲。那頭動物走到燈光下，齜牙咧嘴。牠的前爪和雙腿染滿了血。牠是一頭暗紅色的巨狼，但妳很難想像牠竟然還餓，嘴部的毛皮一樣滿是鮮血。牠怒視著攝影機明亮的燈光，往它走去。妳拿起打火機舉到一根菸的末端。打火機在妳按下時發出火光。那頭動物的眼睛轉向妳，緊盯不放。妳用打火機在空中畫了個八字形。

「你知道嗎，」妳告訴那頭動物，「這段影片可是無價之寶。有人要發大財了——」

打火機開始燒痛妳的指尖。妳鬆手放開，現在妳和那怪物之間只隔著香菸的餘燼。巨大的狼人轉開身子，走回地下室的暗處。妳深深吸了一口菸。狼人突然回頭迎面撞上妳的胸口，菸掉到地上，它閃出了一下火花就滅了，與泥土融為一體。尖利的牙齒擦上妳的手臂時，妳突然覺得，也許妳沒有像原本以為的那麼討厭妳的人生。

喬伊的顯化

喬伊與迪倫・石東

二〇〇〇年狩獵月

2000/11

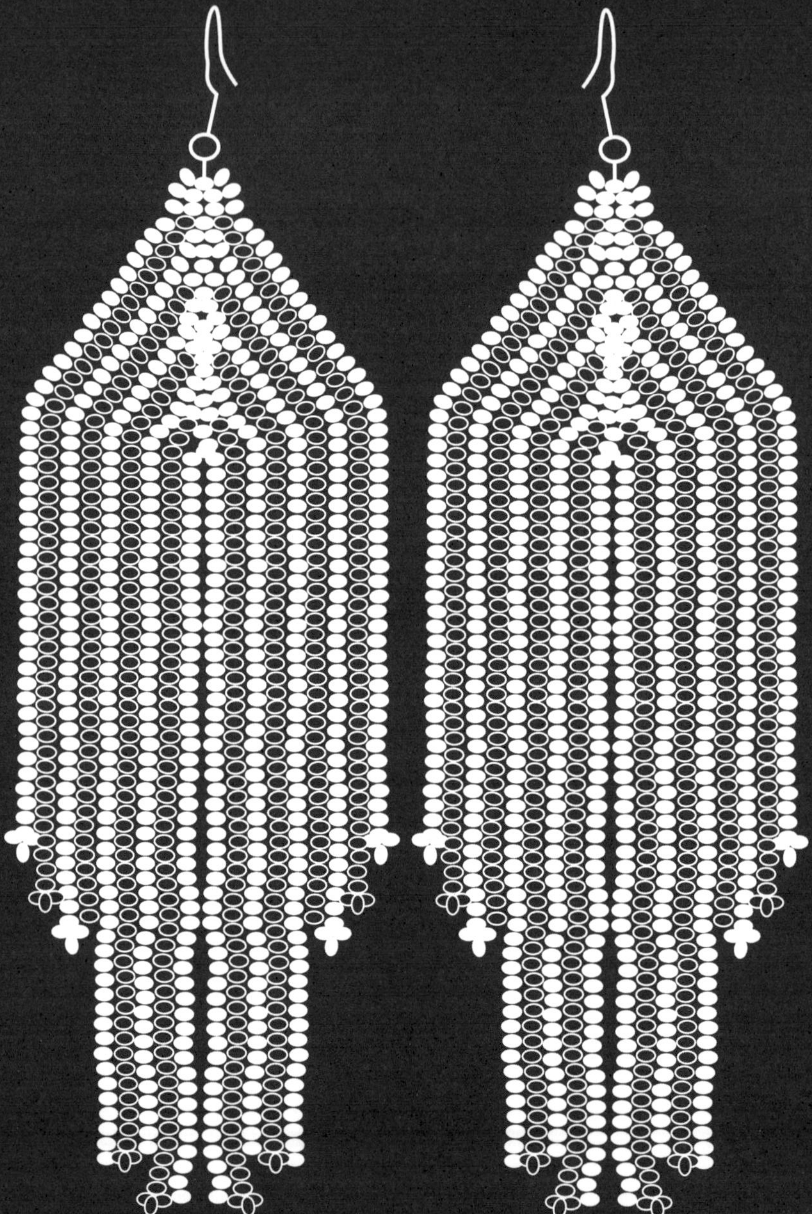

「喬伊，妳耳環只戴一邊。」喬伊的弟弟迪倫在他們坐上爸爸的車後座時說道。他們參加完石東奶奶的葬禮要回家時，班機延遲且改了路線，現在的時間將近午夜了。喬伊抬起手，發現她右耳的耳環的確是不見了。她沒先問一聲，就跳下車循原路回到行李轉盤、接著是廁所。她再次出來時，她弟弟站在廁所門外。「機場安全人員叫爸爸把車移走。他不得不又繞一圈回來。走吧。」

「那是石東奶奶做給我的耳環。」

喬伊十五歲的弟弟扮了個鬼臉，搖搖頭。喬伊把他的動作理解成「很遺憾」的表示。

自從三周前奶奶進了安寧病房，喬伊就一直搞丟一些小東西。奶奶沒有傳「早安」訊息來的時候，她就知道事情不對勁了。她感到強烈不安，以至於她不想放學、不想見到爸媽、不想接到出了事的通知。從那之後，她已經弄丟了一隻手套、一枝心愛的鉛筆，和一份自然課報告。所幸她設法在上課前不久重新列印了報告。但她遺失的第一件重要的、完全無法取代的物品是她的日記。她和媽媽與弟弟搭飛機去新墨西哥州的阿布奎基奔喪時，她把日記忘在機上了。她之前是如此小心避免把日記放在她媽媽或她弟弟看得到的地方。她甚至選擇不將日記留在家裡，怕會被她爸爸發現。

並不是她在裡面寫了什麼會給自己惹禍的內容，但那是她私密的想法，是她在所謂「一時興起」時匆匆寫下的文字，而她重讀的時候覺得那並不令她引以為傲。她無法相信自己竟然將日記忘在飛機上，而且到了祖父母家才發現。那是她所擁有最接近摯友的事物，而她居然把它搞丟了。她還沒把兩袋行李翻遍，就上網跟航空公司填了一份遺失物查詢單，大膽抱持希望。毫無疑問，她的日記是遺失了。

她整個周末都戴著奶奶生前做給她的那副藍白雙色串珠耳環。她不斷查看手機，航空公司是否寄來關於日記的通知信，但始終沒等到。她頻繁地抬起手確認兩邊耳環都好好戴在耳洞裡。她本來要去買那種可以插在耳勾上、讓耳環比較不容易掉的塑膠小圓柱，但是去到有賣那種東西的店時，她總是忘記買。她感覺打包準備參加葬禮時，戴著那副耳環是一件要緊事。現在她只剩下那一只可悲的耳環了。她從耳朵上將它取下，放進錢包側邊的拉鏈袋。

她媽媽在車子前座哭泣，她爸爸努力同時兼顧開車和安慰她。喬伊忍住眼淚，拿出手機填了航空公司的第二份失物查詢單。她上傳了一張單只耳環的照片。

回到家，她睡得斷斷續續。在學校，她一整天都鑽牛角尖地想著日記和耳環。她發誓她會更留神，更專注手上在做的事情，相信她能夠治好自己粗心的毛病。她一直想著她的耳環，午餐後去開置物櫃，結果就在櫃裡看見了僅存的那只藍白配色串珠耳環。它怎麼會在她沒注意時從錢包掉出來？

那只遺失的耳環離不開她的腦海，但她也不忘在做出每個動作的同時對自己複述，「現在我把我最心愛的筆放進背包」、「現在我從口袋裡拿出手機」、「現在我把手機放回口袋」。她一整天都對自己的物品非常小心。但是現在，這只僅存的耳環就在她眼前。他們回家的那晚，她從來沒有從錢包的口袋拿出來耳環，雖然她本來有這樣打算。她打算把它當成紀念奶奶不可取代的寶物，好好珍藏。但現在，它就在她置物櫃的底部。

她從後背包裡拿出錢包。側邊口袋的拉鏈仍是關上的。她拿著錢包在手裡轉了一圈，檢查有沒有會讓耳環掉出來的破洞，但錢包完好無損。

這樣更奇怪了，她心想。她拉開那個出了差錯的側邊口袋拉鏈。另一只藍白色耳環叮叮噹噹掉了出來。「這下更奇怪了！」她脫口而出。

她將兩只耳環都放進那個口袋，拉上拉鏈，然後放回背包。整個下午，她一直拿出錢包確認兩只耳環還在裡面。

那天下午，她回家就把耳環拿出來，別在她衣櫥上方的吊巾上，她把她心愛的東西都集中在那裡。

她坐在書桌前，拚命想著她的日記。也許她的好運也能延伸到找日記上。她看看手機，興奮地發現航空公司寄了信來。然而，她打開郵件，發現那封信只是通知她遺失物尚未尋獲。

她聽到她爸爸叫他弟弟去樓下拿行李。迪倫把行李拖上樓，毫無必要地讓輪子每爬一階就撞一下樓梯。過了幾分鐘，他喊道，「喬伊，過來。」

「幹嘛？」她吼回去。

「過來就是了。」

「很煩耶。」她咕噥道。她站到他房門口問，「怎樣？」

「猜猜我找到什麼？」

喬伊想到那本不見的日記，肚子感覺像打了結。她可不想讓迪倫讀到她寫的關於他的事。

「拿來！」她怒聲說，同時張望他的房間一圈。整個周末日記都在他手上嗎？他對她投以奇怪的眼神。「妳瘋掉啦？」

「給我拿來！」她伸出手。

「老天，我以為妳會很高興，不是這樣發神經。」他把某樣尖銳的小東西一把塞到她手裡。喬伊看到那是她弄丟的藍白色耳環，吃了一驚。又出現了。

震驚的表情浮現到她臉上。「你在哪裡找到的？」

「在我手提行李後面那個奇怪的口袋裡。妳一定是在我們過金屬探測器之後弄掉的。」他停頓一下。「妳本來以為我找到什麼？」

她拿起耳環轉了轉，從各個角度檢查。

「欸，」他又說了一次，「妳本來以為我找到什麼？」

「這是你做的嗎？」喬伊不敢置信地說。

「什麼？」

「這是你做的嗎？就是，拿來當作替代品，讓我不會因為弄丟奶奶做的耳環而難過？」

「喬伊，自從我們在夏令營做那種用小珠珠包滿的鐵罐之後，我就沒再碰過珠珠勞作了，而且我以前就做得很爛。現在妳是以為，我過去八個小時都在做耳環好讓妳開心嗎？」

喬伊聳了聳肩，發出一個類似「我不知道」的聲音。然後她轉身回自己的房間去。她把三只耳環都拿到桌上。她仔細檢視它們，直到能夠分辨出哪兩只是貨真價實的一對。

她開始想著她的日記和她奶奶。她在想，不知道奶奶擠不擠得進她的置物櫃。

水晶體

黛安·金恩

二〇一四年玉米熟成月三十一日

2014/07/31

「這手術完全不需你們負擔費用，金恩太太。事實上，你們花費的時間和承受的不便還會得到金錢補償。」醫生在對我媽媽說話，但是人從我上方俯身，他將光線閃進我幾乎失明的左眼。「雖然無法保證她能夠恢復視力，但手術也不太可能造成傷害。她的腦部會自行重接線路，將這隻眼睛排除在外。所以，除了植入實驗階段的水晶體之外，我們也要設法重接腦部的線路，使它注意到來自這顆眼球的訊息。」

「我得跟她爸爸討論。」我媽媽說。

這話代表的是，她會決定怎樣做對我最有益，然後她和我爸爸會為此吵一架。我爸爸不相信任何人，尤其是醫生。印第安人有時會那樣，他們有很好的理由。

我四歲時，有個親戚用ＢＢ槍射中我的眼睛。我父母當時去外地奔喪，他們回家時發現我哭叫不止，哄都哄不聽。保姆說了謊，告訴他們我撞到縫紉機桌面的邊角。因此，我也不容易相信人。我當時從堪薩斯城一路哭回陶沙的家，痛苦得發狂，無法對他們說明到底發生了什麼事。我一直哭到睡著。等到有個醫生幫我看診時，他說傷口已經在癒合，沒有什麼能做的了。一年後，他們摘除了受損的水晶體，角膜上的裂傷邊緣形成了一層薄薄的白圈。我的視覺變成平面，沒有辦法看到景深。

十六歲時，我入選接受一項植入人工水晶體的實驗手術。微型塑膠電腦晶片會從我的左眼傳送訊號到腦部。他們希望我的大腦會將反射的光線轉譯成可辨識的影像。怎麼有可能出錯呢？

❁

我妹妹莎莉和我去睡覺之後，我聽到爸媽在爭吵。一扇門重重摔上，那是我爸爸離開時製造出的熟悉聲響。十五分鐘後，我起床發現我媽在屋後的階梯上抽菸。螢火蟲在院子中央飛舞，牠們的光芒昏黃、微弱又冰冷。

「嗯。」我媽媽說。

我一語不發。

「妳不想要兩隻眼睛都看得見嗎？」

我聳聳肩。

她轉過來看著我，左手的香菸散發暖橘色微光。

「我看得挺清楚。」

她轉開頭，將菸湊到唇邊。

「妳爸爸是擔心他們會亂搞妳的腦子。」

「腦子是滿重要的。」

她的笑聲帶著嘲諷，「妳爸爸哪知道這回事？」她把香菸丟向樓梯旁的水泥塊中間。香菸掉落時光芒耀眼，觸及地面時冒出火花，火花掉在乾草上點燃，然後又熄滅了。她點了新的一根菸，我轉身回屋內。

❁

從奧克拉荷馬州去做手術得搭飛機。媽和我都從來沒有搭過，我們以前去過的地方都是靠走路或開車。我十二歲的妹妹大肆抱怨她哪裡都沒機會去，好像我們是要去享受什麼豪華假期。最後，我提議用我失明的眼睛跟她換一隻，她就閉嘴了。我們從機場直接去醫院。在路上，我媽後悔沒有多偷閒一兩天。「大老遠飛到西雅圖，我們卻只能從飛機上看到大海和高山。」她哀嘆道。

空中的景觀讓我目眩神迷，她靠到我身上、從我這邊的窗戶往外看時，我努力不要推開她。我盡力不去想手術失敗、再也看不見的可能性。我盡力不去想，我第一次也是最後一次看到山跟海，會不會就是在這一千呎的高空。

媽睡在我手術準備室裡的沙發上，她打鼾的同時，我一片接一片地看著DVD。護士進來檢查我的狀況。凌晨兩點，我還醒著，整個樓層都安靜無聲。一位黑髮護士進來問我需不需要什麼幫助入睡的東西。我搖搖頭。螢幕上的布魯斯·威利悲傷地看著他的妻子。

護士轉身離開。過了幾分鐘，她拿著一把梳子回來，問我能不能讓她編頭髮。我媽媽從我上幼兒園時就放棄幫我整理頭髮了。

我點頭，眼睛看著電影，臉龐半被一條粗糙的毯子遮住。

她調整了病床，我坐起身，她俐落地將我的頭髮從中間分邊。

「真是漂亮的黑頭髮。」她雀躍地說。

「謝謝。」我悄聲說。我不知道我是否得為了動手術把頭髮剪掉，也不知道他們切開我腦袋的部位會不會留疤。突然之間我真希望自己當初拒絕了。

「他們會剪掉我的頭髮嗎？」我問那位護士，同時眼睛沒有離開螢幕。

「不會，親愛的，我想是不會。他們會從鼻管進去。」

螢幕上有個女孩吐了，整張臉蒼白又恐怖。

我用遙控器關掉電視。我閉上眼睛，感覺護士用梳子輕輕耙著我的頭髮。她的手指溫柔地將我的頭髮分成幾股、編起辮子。她編到第二條辮子時我就放空了。

❁

幾個小時過後，我被打了點滴，這次我很快就失去意識。閉上眼睛之前，我在想不知道我還能不能再重新睜開眼。

我睜開眼睛時，我媽媽坐在病床邊讀書。書是第二項讓她成癮的東西，好在這項不會害我得癌症。我看著她；她讀得全神投入——迷失在一個我無從了解的內在世界。她背後站著兩個小女孩，一個是還在學步的幼兒，另一個五、六歲大。她們手牽著手，看著我。我的左眼發癢，我抬起手想揉。我的手被固定在床欄上，移動的時候製造出大聲的吭啷響。我媽媽驚跳起來，走到我的床邊說，「別動，他們要妳別揉眼睛。」

我閉上左眼，專心想睜開右眼。眼前只有黑暗。我慌了起來，「為什麼我右眼看不見？」

我媽媽按了呼叫鈴。「他們想要妳用左眼看，重新訓練妳的腦部透過新的水晶體看東西，所以他們用繃帶把右眼包住了。」

「好痛。好癢。」我睜開左眼。那兩個小女孩依然盯著我。

一個橘色頭髮的護士進了病房，我媽媽讓到一旁。她給了我兩顆藥和一點水。當她拿下我右眼的紗布，我看到她的臉上似乎一時之間存在兩種不同的表情。她同時在微笑和皺眉。我望向那兩個小女孩，她們的身影像紗布一樣稀薄，害怕地看著護士。護士重新用乾淨的紗布蓋住我的右眼。她的微笑消失了。我望向兩個小女孩時，她們恢復了實體，年紀比較大的那個走到我床邊。

護士開朗地說，「我們要把這隻眼睛也包紮上，但別去碰它。它還要一陣子才能復原。」她蓋住我的左眼。我感覺到點滴注射管動了，突然之間，快速流入的新的液體讓我的手臂降溫。我忽然昏昏欲睡。「妳現在乖乖休息是最好的。」護士用悅人的語調說。

我感覺到一隻小小的手伸出來觸碰我的手臂。「有時候，」小女孩悄聲說，「她給吃藥，妳會死掉。但妳會沒事的，所以不用擔心。我和小碧會守著妳。」

我睡著時感覺到第二隻小手輕輕拍我。

❁

繃帶一直包到第二天，以免我去抓眼睛把新的水晶體挖出來。我可以感覺到它，血液在它周圍搏動，我的眼球腫脹，彷彿想要把這項異物擠出去。在此同時，我的腦子也發現了他們搞的把戲，我的頭痛到彷彿也在努力從腦內推出去一顆彈珠大小的異物。我求他們讓我睡著度過這段時間，但是又怕噩夢中那兩個宛若死人的小女孩再度出現。不過她們沒有再來到我夢中。我呻吟著醒來時，我媽媽輕拍著我的手臂。到了那個時間點，痛楚已經擴散開來——我的全身都變得敏感怕痛——我喊著叫她去觀光、不要理我。我慶幸自己看不見她的臉。如果她如同我想像的，可能臉上掛著第二副殘酷的表情，不知道我會作何反應。痛苦把我變成了一頭想要爬進巢穴、獨自死去的野獸。

死人般的兩個女孩只有在晚上那位橘髮護士值班時才會回來。我感覺到她們輕巧冰涼的碰觸，熟悉的聲音同時警告我她要拆下繃帶、幫我點眼藥水。她的聲音在我緊閉雙眼不肯張開時突然變得尖利，想到會看見房間裡那對死白的身影，我就渾身不適。

「聽她的，」比較大的那個女孩在我耳邊悄悄說。「如果妳太難搞，她會傷害妳。」女孩們將小小的手放在我的身體上，痛苦似乎流向了她們，減緩了一些。

我睜開眼睛。那個有兩張臉的護士比起我兩旁、擔憂地旁觀的死女孩更加恐怖。

「妳的視力怎麼樣了？」護士問道。我聽見門打開，望過去看見一位醫生走進來。他臉上只有實實在在的一副表情。

他拿著一支小手電筒，要我的眼睛跟著光線動。我做到了。護士站在醫生背後時，我試圖忽略她同時皺眉又面無表情的臉。

他將手放在我頭上，摸索著檢查有沒有異常的腫塊或瘀血。「疼痛的狀況怎麼樣？」他最後問。

一滴眼淚從我毫無進展的眼睛沿著鼻子流下。「很痛。」我輕聲說。

「哪裡？」

「到處都痛。」

他點點頭。「很正常。我們會繼續開鎮靜劑給妳，以免妳去碰那隻眼睛、弄傷自己。說到這個……」他拿起一張有不同大小字母的檢查表。他用手遮住我的右眼。

「看第五排，綠線的正上方。」我只看見檢查表後面護士那張皺眉的醜怪臉孔。

「妳就說謊。」我聽到一個男人的聲音耳語著。

我謊稱那排字母和手術前一樣模糊，說話的方式好像我在勉強猜測。「看起來像小小的黑色圖形。方形和圓形。」

醫生皺起眉頭。「這個嘛，挺令人失望的。那麼最上面的一排呢？」

「大的黑色方形。」

「嗯哼，不知道是水晶體和腦部哪一個不對勁。看看房裡四處。不，先別坐起來。」

現在我掃視室內時，看到一個穿制服的男人，和我一樣棕膚黑髮，站在我的床頭看著我。他溫和地微笑，舉起一隻手指靠在唇前。

「妳的遠距視力如何呢？」醫生追問道。「有比較清楚嗎？」

那個印第安男人搖了搖頭，於是我說，「沒有，抱歉。」

醫生嘆了口氣，轉過去對護士說，「好吧，我們幫她掃瞄一下。」然後他轉回來面對我，「我們來看看妳的腦子在做什麼。我要再把妳的眼睛遮住。」

我點頭。

「很快就會有人帶妳去X光室。史提蒙護士，妳可以跟我來嗎？我需要妳幫忙處理下一個病人。妳對孩子總是很有一套。」

我聽到她端莊有禮地回了一句「呀，謝謝醫生」，不禁打起哆嗦。

門在他們背後關上。

「希望我沒嚇著妳。」

我不敢說話，怕被聽到。

「聰明女孩。」那個男人的聲音很溫暖，帶著奧克拉荷馬州的口音。即使我沒看見他，也會猜他是印第安人。那種腔調帶有來自另一個語言的記憶。「把電視打開，免得他們聽到妳的聲音。」

我伸出手摸索遙控器，輕鬆地找到了，我摸到音量鍵，把聲音調大到足以蓋過我。

「妳知道妳是實驗品了。妳還不知道的是，妳不是第一個。他們也對我這樣做，把我逼瘋了。不是因為看到鬼魂，是因為看到活人……」

「看到他們的邪惡？」我試探地說。

「如果他們知道妳看得見我，也看得見小碧和琪蒂，那麼妳就會看見超乎妳所能承受的邪惡。那位護士只是個開始。而且真正恐怖的，是那些並不邪惡、卻在妳身上做實驗的人。」

「你說的是什麼意思？」

「我的意思是說，有些人內心受創且危險。但是也有些人，他們什麼都感覺不到。他們只是執行自己的工作。那種人會在納粹統治下的德國依法行事，因為法律就是那樣，而非因為他們自己怎麼覺得。」

「我該怎麼做？」我悄聲說。「我要把我那隻眼睛挖出來嗎？」

那男人吹了聲口哨。「我試過。發現沒效之後，我就用更戲劇化的方式把實驗終止了。」我們沉默了一分鐘。「但是呢，妳只需要對他們說謊就行了。別告訴任何人妳看得見什麼。他們反正也不會相信，就像那個護士，他們會給妳灌滿藥，讓那些影像消失。」

我感覺到他將一隻溫暖的手放在我的左眼上。

「妳戴眼罩看起來會很酷的。」他建議道。

我考慮了一下。在高中裡戴個海盜眼罩，會引來嘲笑、惹人指點。另一個選項是瘋狂，走在高中校園裡把一切看得清清楚楚。好像青少年生活本身還不是地獄級難度似的。

「對看得清楚的人來說，這真是個難以生存的世界。」我說。

「不管怎樣，這都是個難以生存的世界。」他說。

「你是誰？」我感覺到我左眼上的暖意消退了，於是匆忙問道。我伸手拿電視遙控器、摸索著按鈕，並且大喊道：「你是誰？」我聽到房門輕聲開了又關。

「親愛的，妳說誰是誰？」史提蒙護士問道。

我僵住了。

「誰是誰？」她重複一次。

「我以為我聽到有人的聲音。」我輕聲說。

「妳不會惹麻煩吧？」

我再度感覺到小碧和琪蒂輕盈的手觸摸著我。

「不，」我說。「我一點都不會惹麻煩。」

幽靈貓

史蒂芬妮·金恩

二〇一六年堅果月十七日

2016/09/17

我的堂姑暨摯友黛安死後的那一周，我認定微積分和人生都太難了，而我媽媽頂著染紅的頭髮，臂下夾著一個紙箱，出現在我的寢室。箱子上有小貓、兔子和小狗的圖樣，是你想領養寵物卻吝於買個真正的外出籠時，寵物店會給你的那種箱子。室友邀我媽媽進了我們的房間，然後就離開了。

我媽只見我在小小的寢室裡蓋著一條太薄的被子。自從我的摯友死後，我就一直待在床上，只有去廁所時才下床。我室友誤以為我媽有能力提供我某種安慰，於是聯絡了她。

我媽坐在我的書桌椅上，腿上擱著那個有點舊的紙箱。我媽不是我室友想像的那樣。她總把我逼瘋。她靜靜地坐著，但我時不時聽到一陣異響。聽起來就像有人在紙箱裡有條不紊地撕扯出小小的破口，耐心且細心地用一把美工刀從內部將它割碎。

「宿舍不准養貓。」我透過被子圍起的孤獨空間的縫隙之間對她說。

我媽稍稍打開紙箱，指著它的上頭給我看。

「妳有看到貓嗎？」

我沒有回答。我甚至沒試著去猜她在打什麼主意。遇到像我媽媽這樣的人，你最好把期待放低。我跟她已經一年沒見了。我媽有一段時間常常說起她祖母講給她的一個故事，說是有個黑腳人去過他們在尤克盧利特島上的家登門拜訪，聲稱他們是親戚。她的曾祖母對印第安人沒興趣，把他趕跑了，但我媽靠著自稱印第安人得到了不少好處。一年前，我叫她別再這樣做了，然後我們就再也沒說過話。

我聽到紙箱被擱在我書桌上。

「妳知道嗎，我為了讓妳上這間學校，可是共同申請了不少貸款。要是平白多出一萬八千塊，妳知道我可以拿那筆錢幹嘛嗎？」

我很清楚她可以拿那筆錢幹嘛。我爸爸大衛．金恩先前為了他爸爸吉米的事搬回奧克拉荷馬州，然後就沒辦法回來了。我媽在一間充滿藝術品和藥輪卡的房子裡把我養大。我們家裡總是沒多少食物，即使金錢上有餘裕時亦然，因為我媽媽對於何謂必需品有一套奇怪的定義。

我忍不住回了嘴：「我記得妳老是說金錢沒有比時間更真實，說錢只是假象？」

她笑道：「對，但沙利美貸款公司是真實的，如果妳因為被退學而還不起學貸，他們也真的會強制扣我的薪水。妳現在才覺得微積分太難，有點遲了。」

我們倆都沉默了片刻。

「回報無條件的愛是用什麼公式？守密的演算法。」我喃喃說道。

我媽媽的笑聲像斧頭般鋒利嚴酷。「我忘了貓飼料，」她突然一邊說一邊站起來。「給那隻不存在的貓。而且妳都沒稱讚我的頭髮呢。」

我沒有力氣笑，所以嘆了口氣。我常常用嘆氣和我媽溝通，即使在黛安死前，即使在黛安告訴我她的醫生說她可能會死之前。

「我是說，我開了一整晚的車，開去新墨西哥州又開回來。而且我原本一直是黑髮。要是我也能睡一覺就太好了。但我要去給她弄點吃的來。」

她離開時把房門關得很大聲，但好心把燈熄了。我翻過身，看到那個箱子還在我書桌上。我閉上眼睛。我想回去繼續睡。

四天前，我的醫生開了一些治焦慮的藥給我，結果我沒有憂慮或是想事情，而是一直睡睡醒醒。那些藥是一個月的份量，但我現在已經吃了一半。我考慮要再拿一顆，藥瓶就藏在我床底下的少女風軍靴裡用反摺直筒襪包著。但是，再次聽到那個撕東西的聲音時，我坐起身來。我聽到我的《冰與火之歌》模型人偶、那個好到這世界配不上的戰士女孩，從書桌後面掉了下去，落在電燈和筆電纏成鳥巢狀的電線中間。

裝貓的箱子安靜下來。我起床想去確認箱子是否真的空的。我頭昏腦脹，這就是你不吃東西，一直窩在床上會造成的結果。我走到箱子旁，上面有個幼兒拳頭大小的洞從內而外破開。

「什麼鬼？」我喃喃自語。

我拿起紙箱搖一搖。肯定是空的。我到浴室裝了一杯水，從床底下把藥瓶翻出來，數數還剩幾顆。我最好的朋友在兩周前進了安寧病房，我還顧著上課。我猜想她死的時候被灌滿了藥，而且害怕不已。我沒有在她身邊。

我考慮要把十四顆藥全吞了。據我所見最大的問題是我可能會搞砸，最後離不開病床，任由我媽媽擺布。有她那種監護人，你就負擔不起輕率行事的代價。

於是我只吃了一顆藥，喝下一大口水，然後爬回床上。我在枕頭旁縮起身子時，感覺到肩膀上有股重量懸在那裡，還感覺到幾個加壓的點在我上臂移動。

「黛安？」我愚蠢地悄聲說。

她剛過世的時候我也做過一樣的事，在她家寂靜的後院看到一個輪胎鞦韆晃來晃去，就喊了她的名字。我想像她是在玩，但當然死人除了回家玩樹上的鞦韆之外還有別的事好做。有些印第安人相信，在死者過世一年內你都不能提起他們的名字，應該讓他們安息才對。如果你呼喚了他們，他們可能會以為自己需要回到人世。

被子蓋在我的一邊臉頰上，微微的暖意從我的手臂擴散到手肘。我聞到小貓的味道。小貓聞起來就像新生兒的頭，很多人吸進那股氣味時，會發生奇怪的化學反應，像聞到乾淨的皮毛、清爽的肌膚、溫暖、奶水。我感覺到我的身體不由自主地放鬆。我用鼻子再深吸了一口氣，但儘量不要有太大的動作。

我出生前，我媽媽在新墨西哥州待過一段時間。我小時候，她帶我去過阿茲特克，她某年夏天做考古研究的小鎮。我們走過被國家公園服務署稱為「阿茲特克國家級紀念遺址」的古蹟，裡面有一個重建復原的儀式用地穴，她告訴我她一個前男友半夜去那裡亂逛的事。「我警告他不要越過欄杆。」她悄聲說，眼睛戒備地留意著公園的解說導覽員。那個男友主張他的原住民祖先會贊同他的行為。他走到半路，開始有一隻小貓跟著他。他到欄杆旁邊時，貓側身溜進他和欄杆中間，不停喵喵叫。他把貓推開，在欄杆上蓋了一張地毯就爬過去。那隻貓立刻又來到他身邊，在他觀覽遺址時緊跟著他的動線走。

在月光下，他漫步穿過普韋布洛古建築的殘存遺跡。他試圖爬下通往地穴遺址的梯子時，那隻貓擋住他的路，生氣地嘶嘶叫。他突然有了股被監視的感覺。他在遺址遠端邊緣的灌木叢裡看到兩個紅點，像一對小小的眼睛。他想還是別爬下去才好。那隻貓跟著他回到欄杆邊，他匆忙爬過去時，手臂被尖端刮出了一道很深的傷口。那隻貓消失了。我媽和我在遺址裡散步時，我張大了眼睛留意有沒有一隻小白貓。當時我五歲。

我當時問她，「他後來怎麼了？」她聳聳肩說她不知道。他父母來訪之後不久，她發現他謊稱自己是印第安人，就跟他分手了。他們的關係容不下兩個想當原住民的普通人。她不久後就去了奧克拉荷馬州，跟我切羅基族的爸爸大衛・金恩結婚。

這會兒我聽到門打開，小貓的氣味被熱麵包和辣椒的香味取代。我的肩膀在片刻間感覺到一記輕搥，然後就再也沒有別的感覺和重量。我媽站在門口。

「我買了熱狗堡、百事可樂和妳喜歡的那種爆米花冰淇淋。」

我發出悶哼聲。

「拜託到客廳來吧。我不想在這裡面吃午餐。妳的房間臭臭的。」

我不情願地跟她到了客廳。我的身體成了叛徒，對熱狗的香味起了反應。我窩在角落的雙人座沙發，我媽把裝熱狗堡的保麗龍盤塞到我腿上。

過了一會兒，她拿給我一瓶汽水，我把它放在腳邊的地上。

「妳們要留心把門關好，不然她會跑出去的。」她停頓一下，喝了一口飲料。「我是說，像那種貓，必須她自己同意跟妳待在一起。幽靈貓不是任何人的所有物，必須由她來選擇妳。因為終究會有人忘了關門。」

我從稍長的黑色瀏海下望著她。我出生之後，她就開始把她灰金色的頭髮染成跟我一樣的顏色。這是個她以為我不知道的祕密。

「要是我室友會過敏怎麼辦？」即使這麼憂鬱，我還是擠出了一句挖苦話。這是我的超能力。

她聳了聳肩。「對隱形貓過敏？」

我伸手拿那罐百事可樂，感覺到某個東西蹭過我的指節。我把手抽回，把看不見的東西揮開。

我媽媽笑了。「這可不是打好關係的方法。妳最好去摘點貓薄荷什麼的來賠罪。」

我直勾勾看著她。她的藍眼閃閃發光。她有一雙那種總是像在微微顫動的眼睛。她只有在被隱形眼鏡弄得不舒服時才眨眼。她的眼神就算沒有迷住你，也會讓你難以維持平衡。我心不在焉地咬了一口辣起司熱狗堡，然後再多吃了幾口，突然間我的第一個熱狗堡就沒了。我把第二個熱狗堡的盤子放在地上，拿起汽水。我媽媽對著我挑起一邊眉毛。

「妳拿來供過小灰（Gris）的食物，自己就不能再吃了。」她說，用下巴往地板的方向比了一下。

我低頭看著盤子。「我不能吃，是不是？」

我媽媽沒有回答。

「他為什麼叫『油』（Grease）？」

「不是『油』，是『灰』，在法文是灰色的意思。而且她是隻母貓。」

我們沉默地對坐。我感覺某個東西擦過我的腳踝，溜到我跟那個熱狗堡之間。

我保持不動，努力回想那個用來表示「碰得到的幻覺」的詞是叫什麼。

「不是。」

「不是什麼？」我尖銳地說。

「不是觸幻覺。她是隻貓。也是個幽靈。」

「貓為什麼可以變成幽靈？」她開始把我惹得不高興了。「牠有什麼未了的心願嗎？牠想要報仇嗎？」

我媽媽站起來。「我猜就只是還沒準備好放下吧。車上還有其他東西。我待會就回來。」她從前門溜了出去。

我感覺渾身顫抖。黛安是使我穩定的錨，我們為彼此創作和寫信，先讓對方看過之後才會把作品跟其他人分享。我任何事都可以告訴她，現在我對任何人都無話可說了。我想相信鬼魂的存在，因為那意味著死亡並非終點。我不知道我想不想相信輪迴轉世。如果死亡就是終點，那是否代表活著毫無意義？只是吃、睡、上學的日子不斷重複？無意義的人生、所愛之人棄你而去的人生，陰森森地籠罩你，而理應要愛你的人不斷讓你失望。

我媽回來時拿著一個貓砂盆。

我瞪著她瞧。「我當真得幫幽靈貓鏟屎嗎？」

我媽聳聳肩。「可能吧。妳就假裝一下動作，看看結果如何。妳只能慢慢學習她喜歡什麼。我也不知道。寵物店可沒有賣《笨蛋也懂的幽靈貓飼養指南》。也許妳下一本書就該寫這個。」

黛安和我從二年級的時候開始就一直試著要寫書。我從前還信任我媽的時候，會天真地把我的點子都告訴她。我猜挖苦也是我媽的超能力。

她走向我的臥室門口，打開門。她停了一下，彷彿在等某人跟著她進門，然後在他們背後把門關上。

我清理掉午餐留下的垃圾。即使我一心想死，我也還是盡力當個好室友。我蹲下時，聞到我的T恤飄出一股眼淚與汗水的酸味。我突然很想洗澡。我發覺我房間的門鎖著，得先敲敲門。

「怎麼了？」我媽喊道。

「我要洗個澡。」

過了幾分鐘，我媽開了門，拿給我浴袍、毛巾和盥洗用品。「我幫妳買了新的洗髮精。」

在淋浴間裡，我任水流過我閉著的眼睛。黛安真的不在了。她的家人埋葬了她曾經活蹦亂跳的身體，而他們也跟我一樣心碎又震驚。

「死亡，死亡，他媽蠢透的死亡。」我含糊低語。

我媽幫我買了我很愛的洗髮精，又貴又沒有必要。它的香味宛如天堂，但是把我的眼睛刺得痛死了。她怎麼能在每件事上都錯得那麼離譜，唯獨做對這種小事？

從淋浴間出來之後，我一周以來第一次梳理我糾結的頭髮，拉到後腦綁成馬尾。我在抽屜裡放了些剃刀。我拿出一把，從我的馬尾根部切過，我的頭髮順著臉散下來，變成前長後短的鮑伯頭。不知道會不會有人接受我捐贈十一吋長的頭髮。但願我在黛安掉髮的時候就剪了頭髮。但願她來得及看見我這麼做。

我回到房間時，我媽在我的床上打著鼾。她在床底下擺好了乾淨的貓窩，還移動了我的靴子。我翻了個白眼。我背後的門沒有關緊。我挨著床腳坐在地上，背靠住牆壁，雙腿交叉。我媽把窗簾拉開了，但窗外的天色灰濛濛的。我想回去繼續睡，不要思考。思考讓我痛苦。每件事都讓我痛苦。她的鼾聲在嘲弄我。

我伸手摸索我的靴子。裡面的襪子不見了，藥也沒了。我媽媽發現了我的藥，或許可以解釋她突然的熟睡。

我回去靠著牆，發覺自己的呼吸跟她同步了。我開始做白日夢，想像我和黛安深夜在她家裡鬼混。這是那種從一段記憶開始延伸的白日夢，可以看見夢中的自己，我正在回憶她患病初期，我們最後幾次去對方家裡過夜時，那時她和她的家人還沒有光是為了讓她不要死掉就耗盡心力。我們熬夜到凌晨，看恐怖電影。我們在廚房裡創作配方和魔咒，能讓我們變成知名小說家、找到真愛、長生不死，還有治癒她的病。

我感覺自己漸漸陷入記憶中，化身成我自己，躺在她家黑色的沙發上伸展四肢。當我重新體驗那段時光，我看到了新的東西，一縷白煙繞著黛安的一條腿往上爬。我看著她熱切地說話，但漫不經心把手往下伸，去安撫那隻不存在的貓。

那是我們針對她的病情診斷僅有的一次對話。

「妳會怕嗎？」

「妳覺得呢？我嚇得要死。」

「我一直在想為什麼是妳？為什麼是現在？」

黛安對著我狡黠地一笑，做出她嘲笑那個橘臉總統候選人時會有的表情，然後聳了聳肩。「真悲劇。」

然後她笑了，那隻煙霧般的灰貓爬到她腿上。

「要活多久才算是夠久？」她說。

我看著她。

「一輩子？怎麼樣才能演算出不算是悲劇的死亡？」

「但妳還有事想做，有書要寫。」

「妳說得對，應該要有更多時間的。」她和那隻越來越清晰的灰貓四目相望。「但就是沒有。妳能想像精確知道自己還有多久可活，會是什麼樣的感覺嗎？妳會有任何事想做嗎？妳會想嘗試一切嗎？想想那些一般人永遠不會做的事……」黛安似乎迷失在思緒中。「為什麼是我？又為什麼不該是我？」

在黛安臨死的那一年，我都沒和我媽媽說話。對我而言，她的生活只比以前再神祕了一點點。照顧我的責任綁住了她的生活，直到我高中畢業，但是從小學三年級時我就不再是她最好的朋友。她的內在世界是我從來無法理解的。她對陌生人說謊，好讓自己顯得更有趣，包括那些付錢請她解讀藥輪卡的人、不懂「印第安」意思是什麼的人。她藉此解除她的罪惡感，而她本來應該利用那份罪惡感來改善這個世界。

母女之間、情人之間、配偶之間的祕密，是因為善意與自保而成為必要。黛安死後，我的祕密也跟著她一起逝去。未來在我面前開展，一個有所缺乏的世界，在其中我可能會、也可能不會寫出黛安和我討論過的那些書。除了我以外，沒有人會在乎。

我的腿上出現一個鎳幣大小的壓力，我僵住了。然後第二個點也往下壓，兩股重量陷進我的大腿。彷彿由小小爪子帶來的刺癢感覺試探又縮回、推進又鬆開，接著突然間，那縷煙的重量落到了我腿上。我吸進了小貓的氣味，然後緩緩吐氣。我的手輕輕游移到不存在的毛皮邊緣。一股暖意擴散開來，那隻幽靈貓窩在我腿上睡著了。

走進一個沒有摯友與我相伴的未來，感覺很不可靠。

但現在我有一隻貓要照顧。

我想這樣也不壞。

永遠幸福快樂

萊利與蘿拉・威爾森

二〇一九年骨月八日

2019/02/08

我哥哥萊利．威爾森正在給我弄個新男友來。呃，不是真的憑空搞出一個人，是在網路上幫我找。他畢竟不是瑪莉．雪萊，或維克多．法蘭肯斯坦。我哥哥相信真愛，也相信有帥氣王子會來拯救我這樣棕膚黑髮的女孩。我哥哥相信一個兩眼烏青的十七歲女孩是可以被拯救的。

喬丹和我交往了六個月，其中有五個半月的時間都算是太久了，久到他暴露了不只一個警訊。沒有朋友：打勾。非理性的嫉妒：打勾。全權計劃約會行程／控制音響：打勾。奇怪的是，這些警訊一開始看起來可能像是關注的表現，或是三流吸血鬼電影的情節。

但暴力相向這一點倒是挺新的。

喬丹放學後不聲不響出現在我家，這從他兩周前丟了工作後就成為常態。他會丟掉那份餐廳的工作，原因不脫他老闆是個不講理的暴君。有趣的是這種元素在喬丹的故事裡有多麼常登場。

「我覺得我們需要一段冷卻期。」我說。我們在樓下的沙發上，他正開始親我的脖子。

「什麼？」他說。他站了起來，突然間高高在上逼視著我。

我也起了身，但是他把我推回去。

「妳說我們需要冷卻期是什麼意思？妳是要跟我分手嗎？」

我抬頭看他，正要開口說話，但我的話在他揮出右手手背打我鼻子時硬生生停住了。然後他同樣突然地把我抱起來摟緊。

「噢天啊，蘿拉。天啊。」他在哭。「我真的很抱歉。」他流著淚說。

他打的那一下讓我耳朵裡嗡嗡作響。爸爸在樓上睡覺。萊利在用耳機聽音樂。他們都沒聽到我鼻子挨的那一下重擊，我的眼睛肯定要瘀青了。他們也錯過了那一番「抱歉但我真的太愛妳了」。

喬丹跪在我腳邊，頭枕在我腿上，宣告道：「如果妳離開我，我會死的。」

他承諾要當個更好的男友。他承諾絕不會再打我。他把自己的行為歸罪於他媽媽的離開。他表明他對於我跟他分手沒有心理準備。

我驚呆了，無法推開他。有人不接受分手的時候，你該怎麼辦？

他對我又求又哄，直到我同意再給他一次機會。喬丹的車開出我們家的私人車道時，我上樓爬上我的床。萊利敲敲我的房門，也不管我有沒有請他進來。

他看到我的時候大吃一驚。

「噢天啊，蘿拉，妳的臉怎麼了？」

「我嘗試要跟喬丹分手。」

「妳怎麼沒喊我過去？」

我聳聳肩，眼淚又湧了上來。

萊利站在我旁邊，不知所措。然後他去拿了冷凍青豆給我冰敷腫起來的鼻子。他坐到床上，揉著我的背，並且說，「蘿拉．安．威爾森，要不我下樓去叫爸起床，跟他說喬丹一直趁放學後來家裡，讓他去要了喬丹的命，不然就是妳要去告訴喬丹說他不准再過來，因為妳哥打了小報告。我可以背黑鍋，我也希望他要動手就來找我。我會把他痛打一頓，打到連先總統安德魯．傑克森都有感覺。」

在此釐清一下，喬丹的確是白人，但我認為他跟多數的普通白人一樣，跟傑克森總統一點血緣關係也沒有。而且，爸是在貝爾直升機工廠上夜班，他不是整天都躺在家睡覺。好吧，他在媽媽剛過世的那個月是這樣沒錯，但也情有可原。

我拜託萊利不要告訴爸。我不想讓我爸覺得我無法照顧自己。被萊利知道就已經夠糟糕了，我不想再讓其他任何人知道喬丹打了我。

那天晚上，爸起來煮晚餐的時候，我留在樓上，傳訊息跟他說我不舒服。他把晚餐端上來時，我就裝睡。他把食物放在我桌上，還是拿著我的梳子坐到床邊來。

「妳還好嗎？」爸有時候會因為我們生病而反應過度。我媽的病一開始看似只是腸胃不適，所以他不管什麼毛病都擔心。

我別開頭，「還好，只是熬夜做功課熬太晚了。」

爸把我亂糟糟的辮子上的橡皮筋解下來。他開始幫我梳頭髮，分成三股。「如果妳坐起來，會比較好弄。」

「會痛。」我謊稱。

「妳說會痛是什麼意思？」他的擔憂有增無減。

「鼻炎。可能是過敏吧？」

他決定不再追問，繼續幫我編頭髮。「妳知道嗎，妳應該回來練自由搏擊的。妳哥哥練得很好，妳至少該來看看他。」

「聽起來滿有趣的。」我又言不由衷。其實什麼事都不有趣。

爸很快就編好我的頭髮，比我偏好的速度還快，而且編得很緊。他編的辮子總是比我自己編的維持更久。他自己的頭髮也再度長長了。他幫自己編的辮子比我或萊利都編得更好。媽媽在我六年級過世時，他把頭髮剪到齊肩。我不知道那是哪個族的傳統，但是那樣做似乎很合理。在那之後，他的頭髮慢慢長回來。以老男人的標準而言，他挺好看的，真令人難為情。

他沉默地在我身邊又坐了一會兒。我發現他在用手機看臉書。印第安人現在多半都有臉書了。最後，他得準備去上班了。「如果妳感覺變嚴重了，就傳訊息跟我說。一定要說喔。」我點頭。他彎下來親親我的頭頂。他沒有拖著我去夜間診所，算我走運。

我聽到爸出門，就爬起床下樓去。萊利跟我一起看《血疫》。我把手機放在樓上，放到電池沒電，所以爸第一班休息時間就傳訊息給萊利問我的狀況。我終於不擔心功課，我們看完那部以原住民為主題的未來世界恐怖片，就換去看《公主新娘》。老天，媽以前超愛那部電影。她喜歡童話、喜歡給孩子的故事。她生前是開幼兒園的，但是一直想寫童書。

「你聽這個，」萊利拿著手機唸道。「和帥氣王子展開約會吧。填寫問卷，就能邂逅妳的夢中情人。」

他把手機拿給我。我滑動瀏覽俊男美女和長相普通的一般人配對的照片。

「這是約會網站？」我說著把手機還給他。「聽起來有點暗網的感覺。」

「不是。比較像《銀翼殺手》或《人造意識》。」

我皺起鼻子。「真可疑。」

萊利聳聳肩，繼續滑手機。

到了早上，我哥在浴室裡拿著遮瑕膏和蜜粉招呼我。他幫我遮住眼睛周圍的瘀青。

「妹子，」他說，「妳得找個新男人。」他用海綿抹了淺棕色的遮瑕膏到我臉上，當他在我瘀傷的鼻子略施壓力時，他跟我一起皺著臉。他盡可能小力動作。他打開一個粉盒，幫我的鼻子和全臉刷蜜粉，直到我的膚色恢復到比較接近「屬於切羅基族但是整天宅在家」的女生。然後他又幫我刷了幾個不同色的眼影。他完工後讓我轉身看鏡子，我們在鏡中對上眼。我又覺得想哭了。

「別哭，」他說。「不然我的作品就全毀了。」

我半露出微笑。

「寶貝，現在妳差不多跟我一樣漂亮啦。」我聽了笑出來。萊利伸出一隻手把我摟緊，直到確定我沒有要哭才鬆開。

「來，」他把粉盒和遮瑕膏遞給我。「妳整天都得補妝。」

到了學校，我幫手機充電。我開機時收到好幾則訊息，來自喬丹和我最好的朋友琪蒂。我碰到琪蒂，跟她說我之前手機沒電了，但是我整個上午都不讀不回喬丹的訊息。

到了中午，他不再傳訊息來。喬丹跟我們上的是不同所學校，但是他跟萊利一樣是高年級生。他們都不太認真看待上高中這回事，雖然現在才八月。一整天下來，萊利都在傳訊息問我一些看起來很沒頭沒腦的問題。

眼睛什麼顏色

妳的新男友

三小

妳帥到掉渣的新男友

榛果棕？

藍綠色
身高多少
那樣妳就不能穿高跟鞋了。就六呎以上吧
跟我差不多。以防我得跟他打架。
你是在幫我註冊那個約會網站嗎????

放學後，琪蒂在我們高中校門川堂裡的豹形吉祥物旁邊等我。我們是小學二年級時認識的，彼此並不太相像。我們唯一的共通點，就是在以前的學校曾經同時是新來的女孩，一起騎著腳踏車到處跑。我們的媽媽以前是朋友，她們幫我們一起報名藍鳥營、[29]唱詩班和攝影社。就在我媽死後，琪蒂的媽媽離開了鎮上。我們的媽媽讓我們湊到一起，而當她們都不在了，這就成為我們的共通之處。我想我們只是出於習慣而互相作伴。我們分到同班，總是被對方拉過去，因為交朋友太難了。現在，跟琪蒂當朋友就只是因為這樣比較輕鬆，比不跟她當朋友輕鬆。這樣比孤單一個人好過，也或許是我們一起孤單比較好過。若要我老實說，有一次我跟琪蒂拆夥的期間，我並不想念她。她不是那種會拉我一把、或是會充滿情感地關注著我的朋友。我猜她根本不算是真正的朋友，只是個生活無聊、需要追隨者的人。或者她需要的只是見證者。

我媽病重將死的那年，我們學校的家長會辦了個舞會，要每個小孩都穿戴五〇年代的裝扮去參加。琪蒂和我都沒有貴賓狗毛氈裙，[30]所以前一天晚上我們講電話時，琪蒂提議我們就穿藍牛仔褲和白T恤扮成男生。

「真的，」她說。「我們把頭髮抹髮油往後抓，在身上畫愛心形狀的刺青，中間寫『媽媽』。」我挺喜歡這個點子，弄個刺青向媽媽致敬，不過當然我的要寫切羅基語的「Etsi」。一開始我以為她在開玩笑，但她很堅持，直到她說服我答應扮《小教父》電影裡的強尼，她扮小馬。「常保真心純如金。」她在我們要掛電話時說。

---

29 譯註：藍鳥營（Blue Birds），美國類似童軍的戶外育樂活動組織「營火會（Camp Fire）」年齡層最低的營隊。

30 編註：貴賓狗毛氈裙（poodle skirt），一九五〇年代美國少女流行的裙子款式。通常是由柔軟的毛氈布料製成的圓形裙擺和寬腰帶組成，裙上有圖案或刺繡，最常見的是一隻貴賓狗（poodle），因此得名。

萊利整個非常投入。我借了他的幾件衣服，他把我的頭髮抓成龐畢度髮型，跟爸爸幫我拍了照，之後要給媽媽看。我的扮相很不錯，但是扮成男生登場，像《火爆浪子》的約翰．屈伏塔兒童版一樣把香菸糖捲在白T恤袖子裡，讓我超級緊張。萊利已經上了國中，所以一到學校我就只能靠自己了。我等校車的站牌是在到校前的最後一站。通常我爸都會放我在站牌跟其他小孩一起等車，但那天他待到校車來才走。我一排進隊伍，站牌下的其他孩子就開始找我麻煩。我本來期待跟琪蒂一起搭校車，知道人多勢眾，就算只有我們這對邊緣人也好，但是我上車的時候，琪蒂不在。我驚慌地轉頭，擠到兩個坐在司機正後方的一年級生旁邊。那兩個六歲小女孩公然對我咯咯笑。我為了配合造型帶了點口香糖在身上，我拿出一顆交換靠窗的座位，壓低身子縮著頭。我忽略身後其他孩子的嘲笑。我知道我梳高的頭髮背後一定會有人吐口水，我怕極了。我拿出一本書假裝在看，直到我們抵達學校。

一到校，我就躲進廁所等上課時間開始。我祈禱琪蒂會走進來。我坐在馬桶上，穿著黑色匡威帆布鞋的腳也縮高起來，撐在座圈上躲藏。門打開時，我聽到琪蒂的聲音，一時之間鬆了一口氣。我站起來從隔間門縫往外看，只見她正在拿眼線筆給一群受歡迎的女孩中的一員。她們一面讚美彼此的貴賓狗毛氈裙，一面互相借用化妝品。我後退坐回馬桶上，等上課鐘響。

她們離開後，我去找學校護士，跟她說我覺得不太舒服，剛才還吐了。爸爸到中午過後才有辦法來接我。他直接要帶我去看醫生。媽媽在家裡，經歷化療後正在休養。我一把事情說清楚，爸爸就帶我回家，我爬上床跟媽媽一起窩著，告訴她發生了什麼事。一開始我沒發現她也哭了。她讓我隔天待在家，我們一起看電影。我再也不想去上學了。

過了一周，琪蒂騎著腳踏車來我家。她給了我一個跟她成對的車鈴。我們騎去購物中心，在那裡看到她的新朋友跟一些年紀比較大的男生在美食街。她們看向我們，但沒有過來，甚至也沒有朝琪蒂揮手。琪蒂說她們很蠢，只想著引起男生注意。我們都沒有提起那次五〇年代主題扮裝日的事。

我修了一門暑期幾何學課，只是為了殺時間，我就是在那裡認識喬丹的。他是來重修的，因為他爸爸要他按時畢業，並且「滾出去自己住」。下課之後，喬丹主動說要載我回家，但我跟他說我不能把腳踏車丟著。他說他可以把腳踏車丟進他的 El Camino 轎式貨卡車後面，然後也真的這麼做了。他把音樂開得很大聲，所以我們沒交談。他的音響比車本身還貴，讓我用一種前所未有的方式感受音樂。他沒問過我喜不喜歡他播的東西。他讓我下車時，跟我說隔天早上會來載我。得到這樣的關注感覺不錯。我把腳踏車停進車庫，拋諸腦後。我們的互動形成了固定模式。我誤以為那是戀愛。

我的生活中除了和琪蒂的友誼，喬丹幾乎就是一切。琪蒂對此不太高興。以前我們每個周末都待在一起，如今只有喬丹不在時我才會跟她約。以前我們會到對方家玩過夜，現在變成傍晚一起做功課，但最後喬丹會來接我去約會。

「我想他算是性感吧，」琪蒂說，「如果妳喜歡那回事的話。」她說話的時候把臉皺了起來，這可奇怪了，因為就我所知，琪蒂唯一感興趣的就是「那回事」。

當她嘴巴上說著想我，我想到她棄我於不顧、去找那些酷女孩的時候。我的缺席讓她的時間多得無聊，於是她找了一份課後去挖冰淇淋的打工。每次那間「冰淇淋小子」有人辭職，她就求我去應徵。

「那個店名，」我說。「小孩子根本不知道『汽水小子』這個典故吧。」[31]

她聳聳肩。「有人付錢讓我們一起玩，還有聖代吃耶！」她堅持說服我。「我拿到駕照之後，我爸就會把我媽舊的那輛 VW Rabbit 修好給我開。那樣我就可以載妳一起上班，妳再付我油錢。」琪蒂似乎總是有所計劃。

我和喬丹的相處不是太愉快。他好像期待他想要我陪的時候我就一定在他身邊，完全不考慮我對此是否有興趣。他還是把音樂放得很大聲。我不確定那是因為他想讓別人知道他的音樂品味有多了不起（並沒有），或是他想避免交談。他唯一讓我選音樂的那一次，還嘲笑了我挑的歌。他一面把車窗關上，一面說他不想讓人以為他會聽「女孩子」的音樂。我對萊利說了我想跟喬丹分手的打算。

「終於。」萊利說。

找份打工似乎是個重新掌握自主空間的理想開始。在嘗試跟喬丹分手的一周前，我應徵了琪蒂遊說我去接的那份工作。很不幸地，現在我得頂著瘀青的黑眼圈展開我在冰淇淋小子的第一個工作日了。我整天都不理喬丹傳的訊息。

琪蒂還沒拿到駕照，所以我們要一起搭公車。沃思堡不是什麼大眾運輸發達的地方。我們一定是等到必要的時候才會換上粉紅配咖啡色的員工制服。我放學後跟琪蒂會合時，她對於我們這份最低薪資工作表現得真是太過興奮了。「我真高興我幫妳找了這份工作。妳的性感男友今天要載我們去上班呢。」

31 譯註：冰淇淋小子（Cool Jerk）店名是照著早期餐廳或商店裡專調氣泡飲料的 soda jerk 所取。

我用力吞了一下口水，什麼話都沒辦法說。我們走到學校後面，喬丹有時候蹺了下午的課就會去那裡等我，但他的車不在那兒。

「什麼鬼？」琪蒂在我們等候時嘀咕著。當時是德州的一月天，曾經像尋常的冬季一樣冷颼颼，如今卻不然。至少那天不冷。我們的手機同時響起時，我甚至看都沒看螢幕。

他說去前門。

喬丹把他的卡其色 El Camino 停在校門前每個人都看得到的地方。他站在駕駛座的車門旁邊，一手拿著兩朵我頗確定是從加油站買來的紅玫瑰，另一手捧著一大盒速食。好吧，我心想，至少他拿的不是擴音喇叭。我感覺我的臉頰發燙起來。我儘量把黑色連帽上衣的兜帽往前拉到最低，好遮住臉。

「哇，」我們走到車邊時，琪蒂逗著喬丹說，「這是給我的嗎？」

「其實是給妳們一人一朵。但薯條妳們就得分著吃了。優惠券只有送漢堡。」

「哇，好甜蜜喔。」琪蒂這次完全不帶嘲諷地說。

我在兜帽下翻了個白眼。

喬丹幫我開門，我坐進前座。他繼續拉著門，示意琪蒂也坐到前座來。他把餐點和兩朵玫瑰花拿給琪蒂時，她咯咯輕笑。我只挪出剛好夠琪蒂爬進座位的空間。我閉著眼把頭往後靠，琪蒂在一口口吃著薯條和漢堡間的空檔漫不經心地閒聊。凋萎中的玫瑰花香和速食的油膩都令我想吐。琪蒂完全忘了分我吃薯條，但是後來用帶著歉意的姿態拿了漢堡給我。我搖搖頭，她就把漢堡傳給喬丹。他一面隨興地開車一面吃，我往前坐，在手機上找歌，沒入耳機裡的音樂中。我媽生前應該算是泰勒絲的歌迷，我心裡想著我有多希望我們能一起聽音樂，多希望我能跟她說說話。我們從來算不上「壞到底」，[32]但是這首歌很適合坐在喬丹旁邊聽，要是能大聲播出來就好了。要是我能回家就好了。喬丹把音樂開得很大聲，讓我幾乎聽不到自己耳機裡的歌，但是沒關係，我知道歌詞。

喬丹把車停在冰淇淋小子後面，留在車上。琪蒂和我進去店裡換制服，我們的老闆給我一份待辦清單，是他要我們趁沒有客人時完成的事項。然後他就把我交給琪蒂訓練了。他一走，琪蒂就傳訊息給喬丹叫他進來坐。她把每一種口味都給他免費試吃，根本沒在幫我做培訓，於是我退場，說我應該去後面照老闆要求的整理儲

32 譯註：《壞到底》（Bad Blood），泰勒斯《1989》專輯中的一首曲名。

藏室。不過，我其實是跑進廁所看手機。我稍早關機了，以免萊利又傳訊息給我。在喬丹身邊，叮叮響個不停的手機可能會引發懷疑和嫉妒，可能相當危險。

萊利傳了幾則訊息問我人在哪裡。

工作

可以說話嗎

不

為啥

在、工、作

好

而且男友在外面

噢。

口音呢？

什麼

像是蘇格蘭腔／英格蘭腔／愛爾蘭腔／波士頓腔。有偏好嗎英國？

妳知道這樣講範圍真的很廣

他們殖民過很多地方，所以那些地方都算英式口音

我知道

所以要哪種

¯_(ツ)_/¯

很好因為妳目前為止都挺挑的

把帥氣王子的潛在人數限縮不少

我得閃了

我就選個超時空博士路線的

茱莉傳送了照片

我的手機上頭出現一張棕色頭髮偏長的男生的照片。為什麼都沒有「棕髮美男」這種說法？我心裡納悶著。他的五官鮮明，有著榛果色的眼睛。他應該至少二十五歲了。

他幾歲？

他太老了嗎？

你跟人家說我幾歲

客製化帥氣王子沒在管妳幾歲

他應該年輕一點嗎？

啊妳跟現在那個高中男生處得很好嘛

我聽到有人進了儲藏室來，就把訊息清空。「妳還好嗎？」琪蒂隔著門問。

「還好。」我說。

「我們有客人囉。」她用歌唱般的語調說。

我把訊息刪完。我拿出放在我咖啡色圍裙口袋的遮瑕膏，在眼周的皮膚補了妝。我再次關掉手機，回去前臺挖冰淇淋。喬丹正在吃一份琪蒂給他的聖代。他坐在粉紅配咖啡色的椅子上望著我，帶著審視的眼神。我感覺他的目光流連在我薄薄的粉紅色馬球衫上，我避開視線不看他的眼睛。

賣冰淇淋的工作有一部分就是在販賣快樂。不論狀況好或壞，我都能保持專業態度，能區隔不同角色。我能夠假裝這世上沒有什麼比撒在冰品上的棉花糖更讓我快樂，沒有什麼比賣完石板街口味冰淇淋更讓我難過，而在此同時我對打黑我兩隻眼睛的男生置之不理。不知道這是否就是成年人生活的一環。

我困擾的是琪蒂沒發現任何異狀。我並不是很常化妝，而且我整個下午都沒跟喬丹說一句話。但是，只要客人一走，她就回去跟他聊天調情，這就是新的琪蒂正常模式。

我開始擦拭檯面，還有刮冰淇淋桶。冷凍櫃的背後放著一個溫水盆。不管是要挖出球狀的冰淇淋、或是刮冰淇淋桶壁，你都得先把挖勺泡一下溫水。要刮好冰淇淋桶，你需要先把三加侖桶子裡的冰淇淋表面劃平，然後把桶壁上的冰淇淋刮下來，免得在冷凍櫃裡乾掉。這是一門藝術。如果你的挖勺上水太多，就會讓冰淇淋裡產生霜粒，失去奶油般的滑順口感；如果你不刮，桶壁上的冰淇淋就會變成膠狀、白白浪費掉。乾掉的冰淇淋超難吃的。我感覺到我右臂的二頭肌開始發熱，整個人也流起汗來。溶掉的妝流進我的左眼。我不假思索伸手去揉眼睛，遮瑕膏就糊得我滿手都是，讓發紫的瘀青暴露出來。我抬頭發現琪蒂瞪著我瞧。

「天啊蘿拉，妳怎麼了？妳眼睛都黑青了。」

琪蒂講得好像我自己不知道似的。我把冰淇淋挖勺丟進溫水盆，匆匆跑到後場，把自己鎖在廁所。我用遮瑕膏擦在臉頰和眼皮上，然後緊張地看了一下手機。這次有一張新的帥氣王子照片。至少這個傢伙說是大一生還過得去。我刪了照片，將手機扔回咖啡色圍裙的口袋。

我還沒準備好面對琪蒂和喬丹和陌生的客人，但我也不能整晚在廁所裡。我聽到前面的店門開了又關，發出叮咚聲。

我做了個深呼吸，然後回到櫃臺，店裡只有琪蒂一人。

「妳都沒跟我說妳又回去練自由搏擊了。我是說，看妳兩隻眼睛都被打黑了，狀況肯定不怎麼好，可是為什麼妳不告訴我呢？為什麼我要透過我最好的朋友的男友才能知道她的事呢？妳什麼事都不再跟我說了。」

喬丹已經離開店裡。他在外面坐在他車上看書，我想看的又是同一本他過去六個月都放在車上的史蒂芬·金小說。

我聳聳肩。「我不知道。可能是覺得挺丟臉的吧。」

「而且我還以為妳忙到除了喬丹以外沒空理別的事……」她一面說一面瞪著我。

我回去擦檯面和刮桶子。「如果妳有時間聊天瞎扯……」我如此回應。

那周剩下的時間差不多都是相同的模式。萊利繼續問我他在「客製化帥氣王子.com」上看到的問題，喬丹過度地示好。我偶爾會忘記他把我的眼睛打黑過。星期五我沒有值班，但喬丹和我還是載琪蒂去冰淇淋小子。

我們抵達時，他進店裡領了一份她給的免費聖代當作車資。他出來回車上的時候，我看見他只拿了一支湯匙。

「我可以自己用一支湯匙嗎？」我問。

「沒有要給妳吃，」他說。「冰淇淋會讓妳變肥。」

我不算真的很驚訝，但這是他打過我之後第一次對我惡言相向。

他看看時間說，「看來妳爹地起床前我們還有兩個小時。」

「有鄰居告訴他你放學後一直來家裡。他生氣了。」

「哪個鄰居？」

我愣住了，不知道該說什麼。喬丹會對我的哪個鄰居採取行動以報復子虛烏有的告密嗎？

「呃，我沒問。太尷尬了。他問我需不需要吃避孕藥。」

「笑死，是需要沒錯。」喬丹嗤笑道。他猛催油門，開上高速公路時把冰淇淋丟出車窗。

我在座位上洩氣地縮起來。我怎麼會跟一個亂丟垃圾的人交往？我到底變成了什麼樣子？

「我得回家寫報告。」我喊著壓過敞開的車窗傳來的咆哮風聲。

「什麼報告？」

「英文課的。」

喬丹不理我。

「我得回家。」我大聲說。

「妳還在生我的氣嗎？」喬丹的聲音低沉且語帶威脅。

「氣什麼？」我問。

喬丹沒有回答問題。「我不想吵架。」

「我也不想。」我說。

喬丹繼續開車。這邊的一座湖旁邊有停車場，非假日通常在五點前都挺空的。

喬丹把車停在一個面對湖的車位。有兩個男的在碼頭區釣魚，雖然有警告標示牌禁止捕撈湖中魚類，他們還是把釣到的魚都留著。他們轉頭看我們一眼，但接著就回去繼續盯著湖面。

喬丹靠過來，強行把我的臉轉向他。他把我拉近，然後用力親我。我保持不動。他當初打了我鼻子之後也是立刻這樣做。他的嘴唇濕濕的，動作強硬。他的牙齒跟我的互相碰撞，把我嘴唇撞傷了。

「我以前從來沒打過女生。我絕對不會再那樣了。我跟妳說了，當時讓我回想到我媽是怎麼把我留給我那爛人老爸。如果妳那樣對我，就是不愛我，我沒辦法控制自己。對不起。」

我點頭。

「我會那樣只是因為我愛妳。」

我再度點頭。他的手移開我的臉，我從他身邊縮走，靠著車門。我考慮要下車，但是我討厭把場面鬧得難看。我能去哪裡？我能打電話找誰？琪蒂沒有車。我不想在爸爸要上班的時間之前吵醒他。而如果萊利趕來的時候喬丹還在，我很確定萊利會把他打得很慘。如果釣客報了警，那麼恐怕會被抓或被殺的就是我棕色皮膚的哥哥了。不報警在我們家是不言自明的規矩。已經發生太多次了，來救援的人只讓事情變得更糟。

喬丹靠過來，解開皮帶扣，壓在我身上。我往座位上攤得更平，既希望不要有人走過，又希望有人可以來。要是我有告訴萊利就好了。

我下一次值班時，萊利和爸爸練完自由搏擊之後來看我。那天晚上琪蒂放假，所以我跟一個叫布瑞塔妮．克雷的女生搭班。我們以前也一起值班過。她跟我整晚都在沒客人的時候討論電影和詩。我們計劃等新版的《糖果人》上映，要一起去看，我們都好奇會是誰當導演，也擔心新版可能不會跟原版一樣好。我向這位同事介紹爸爸和萊利。我跟家人講話時，布瑞塔妮告退去後場忙。這就是職場禮儀。我幫爸爸調了一杯咖啡奶昔。

我把奶昔拿給他時，他說，「我們也太少見面了。」

他說的沒錯。我已經想不起來我爸上次跟我一起出門是什麼時候。

「這個嘛，要上學又要打工，我挺忙的。」我說。

「也許做這份工作沒那麼值得。妳一直看起來有點累。」

我聳聳肩。我想要說問題不在於工作，但是我也想自己解決自己的問題就好。

「隔壁的古董店有一些很老的唱片超便宜的，」萊利告訴爸爸。「你真應該去瞧瞧他們的老黑膠唱片攤。」

我對萊利使了個眼色，但爸爸懂得他的暗示。他正想蒐集他高中時代喜歡的唱片。除此之外，他這幾年來都沒有工作以外的事。他說上夜班、維持體能、照顧兩個小孩就是他現在應付得來、做得好的任務了。我哥哥是他生活中最接近朋友的人。我相信萊利之所以去練自由搏擊，就是為了讓他和我爸爸有項可以一起從事的活動，而不是為了他自己。

他一走，萊利就開口問，「妳有多少錢？」

「身上帶的嗎？大概一美元？」

「不是，是存款。」

「大概三百吧。幹嘛？」

「妳什麼時候領薪水？」

「下禮拜。怎麼了？」

「客製化帥氣王子可不是免費的。」

「不好笑。」

「妳到底有沒有看看我給妳的個人檔案？」

「不，沒看。」

「妳什麼時候才要跟那個男的分手？」

我把冰淇淋櫃的門猛力關上。我真的不想哭。我知道我一掉眼淚，就會有客人或同事走進來。但我想不想真的不重要，因為我的眼淚已經在邊緣打轉了。

「對不起，」萊利求和道。「我太兇了。只是看著妳這麼傷心真的很難受。妳頭都不洗，臉上也沒有笑容，我看妳過去一周都是穿同一套衣服上學。如果妳這樣做是因為妳開心，那另當別論，我只是不知道這樣能不能讓他跟妳分手。」

我笑了出來，因為我頗確定這樣能奏效。我越了解喬丹，就越不喜歡他。

「我覺得，難得這一次你太抬舉喬丹了。」我說。我用一根粉紅色的湯匙挖了一口花生醬軟糖口味冰淇淋，然後送進嘴裡。

「妳應該是說對了。」萊利說。他抬頭看著我背後牆上的菜單。我們沉默了幾分鐘，最後他終於說話了。「那，總之，如果妳可以上『客製化帥氣王子.com』上看一下，我們就可以等著看之後的發展如何了。」

「不要。」我說。

他聳了聳肩。「那我可以至少喝杯漂浮可樂嗎？」

「當然。」

回家之後，我看了萊利最新寄給我的個人檔案。根據網站顯示，維克多就讀法學院，出身一個歷史悠久的皇族世家。他有著深棕色長髮和英式口音。我按開音檔，一個宛如男高音的聲音說：「哈囉，蘿拉。我很期待見到妳。」

「萊利！」我大叫道。

我哥沒有應聲。我起身去他房間，他不在。我下樓發現他在書房用爸爸的電腦。

「你在這裡幹嘛？」我問。通常他都在自己房間用他的筆電做作業。

「我把我的筆電當了。」

「什麼？哪時？」

「昨天。我們今天傍晚去店裡的時候，我本來有點希望妳會借我錢讓我把它從當舖贖回來。」

「你在開玩笑嗎？」

萊利繼續打字。

「萊利，你不會是真的為了個帥氣王子就把筆電賣了吧？」

「這個嘛，他們有買一送一特惠耶。」

我跺著腳出了書房，回我房間。我不理萊利傳的訊息，暴跳如雷。我終於在現實生活中用得上這個行銷詞彙了。買一送一的帥氣王子特惠咧。

❁

琪蒂和我周日都放假。我們要跟喬丹去牛仔競技園遊會。前一周還天寒地凍，但那個二月天在德州感覺已經像春季。紫荊樹褐色的枝椏上點綴著新冒出的豔紅色花苞。想到要整天在會場走來走去，花太多錢坐時間太短的遊樂設施，吃著垃圾食物應付喬丹危險的情緒和琪蒂輕快的談笑，讓我還沒起床就累癱了。我受夠了。我打電話給喬丹，要跟他分手。

「嗨，」喬丹聽起來比平常開心。「我開擴音喔。我已經接到琪蒂了。」

「嗨，蘿拉！」琪蒂開朗地說。

「噢，嗨。」我突然間想起來應該要咳嗽。

「我們可以過去接妳了嗎？」

我突然發現挺奇怪的，他們一起出門，卻還沒在來接我的路上。我匆匆說出我的藉口。「我不太舒服。我覺得我可能得了流感。」

「噢，」喬丹說。「好喔。」我聽到背景傳來琪蒂的輕笑聲。

「希望妳早點好起來喔。」琪蒂喊道。

「對啊，希望快點好，」喬丹心不在焉地附和。「之後見。」

這段對話怪得讓我一時之間愣住了，但是放鬆的感覺太強烈，讓我沒認真多想。我漫步下樓，看到萊利在幫爸爸編頭髮。

「怎麼啦？」

爸爸臉紅了，雖然很難看得出來，但他真的有臉紅。他打扮了一番，是真的精心打扮。他穿著帶珍珠釦的黑色西部襯衫、燙得挺直的牛仔褲，配上某年聖誕節媽媽花了太多錢買的黑色牛仔靴。他旁邊還放著成套搭配的黑色牛仔帽。

「爸爸有個超辣的約－會－對－象。」萊利裝作講悄悄話的樣子。

「是喔？」

爸爸聳了聳肩，「只是見個面。」

這下我被勾起了好奇心。「是喔？！」

「我只付得起這樣。」萊利這次是真的跟我說悄悄話。

「你們要去哪？」

「去格蘭伯里品酒。」萊利回答。

「喔啦啦。」我微笑著說。

門鈴恰巧響了。爸爸整個人呆住。

「她來了。你看起來很讚，爸，」萊利說。「我去開門。」

我們聽到門口有個女人，說話帶著法國口音，介紹自己是凡妮莎。我爸用不太肯定的語氣問我說他看起來是否還行。我又說了一次萊利說過的讚美，然後很用力地擁抱他。我不想放開。我害怕未來沒有什麼比得上這充滿企盼的當下，之後的每一刻都只會是失望。我悄聲說，「好好享受。」

門一在他背後關上，我就跑到屋前的窗邊，看著他們倆往車子走去。車子的後座門開著，有個司機在旁等候。爸的約會對象簡直能去演龐德女郎。我開始覺得她搞不好真的演過。

萊利伸出手臂搭著我的肩。「妳知道嗎，我覺得爸爸在跟他陶沙的一個高中同學聯絡，也是喪偶的，叫作亞曼達什麼的。」

我的心臟開始在胸口重重跳著。「我不知道該作何反應。」

萊利聳聳肩，「我有時候看到他一邊傳訊息一邊自顧自地笑。」

我試著回想我上一次自顧自地笑是什麼時候。過去五年來，爸爸給了我們他全心全意的關注。我們需要他時，他永遠都在。但我們不是他的朋友。我們幾乎無法忍受彼此的音樂品味。如果爸想要有人跟他一起聽威豹合唱團，我能理解。我也有自己的歌單，或許未來有一天會與人分享。

當你愛著某個人，就會希望對方多享受一點帶來開心微笑的事物，對吧？

我想著讓我開心的事。萊利站在我旁邊，目送他們的車子駛遠，然後他突然轉向我。「接下來換妳。我們有牛仔競技展的票。去換那件黑裙子和珍珠鈕釦的紅襯衫，已經燙好了掛在洗衣間。還要配上妳的紅靴子！」

「我不能去。我跟喬丹和琪蒂說我得了流感。要是我們撞見他們怎麼辦？」我的心跳在胸口加速。

「不會啦。就搭優步去牛仔展，再搭回來。」

我看著萊利。「我是因為你為爸做的事，我才答應你的喔。」

他聳聳肩。「隨便啦。」

我換衣服時，發覺我的手機整個上午都出奇地安靜。喬丹通常只要無聊就一定會傳訊息來，他害怕他腦海裡延展開來的沉默。琪蒂也沒有分享半張在園遊會上的自拍。這很不尋常。我檢查手機看看是不是關掉了，但沒有，只是清靜得很。

萊利幫我點上唇膏時，門鈴響了。

「萊利。」

「我去開門。別抿嘴唇。不然我的心血就毀了。」

維克多．沃斯通克拉夫特身高超過六呎，戴著一頂黑色紳士帽。萊利用熟練沉著的態度介紹我。我行了個禮，我甚至不知道我這是在哪裡學的。

維克多鞠躬時，帽帶上的鑽石閃閃發亮。他黑色的壓褶牛仔褲、帶珍珠釦的藍襯衫和染藍的鴕鳥皮貼腿靴，都和萊利為我精心搭配的服裝完美對照。

維克多護送我到有司機拉開後座車門的車子邊。我感覺到包包裡的手機震了一下。螢幕上出現琪蒂的一則訊息。

我有事要告訴妳

我遲疑了一下。

然後不再遲疑。

好喔？

喬丹跟我戀愛了

已經有一陣子了

我不敢相信妳都沒發現

我愛妳，但是我跟他再也分不開了

我做了個深呼吸。原來這整個上午的沉默，都是這兩個聲稱愛我的人在我背後說的謊。我再次回想起媽媽。假如我媽媽沒有死掉，我的人生也許就不會這麼可悲；假如她活著，我可能就會遇到比琪蒂更好的朋友。這是個很順理成章的猜想。不過或許我也該跟琪蒂分手了。

我看向正在繫安全帶的維克多。他的身高超乎我的要求，那雙藍綠色眼睛可能會令萊利為之瘋狂，此外他講起話還來帶著俐落的英格蘭口音。但總感覺有哪裡不太對勁，至少我是這樣覺得。恐怖谷效應吧，我想。

「不好意思？」維克多問道。

我稍稍打顫，他彷彿能聽見我腦海裡的思緒。然後我跟他說，「我想你找錯約會對象了。」

維克多對著我挑起他完美的眉毛。他跟著我下車，我解釋了一番。他微笑點頭。我打開家門時，萊利站在門口。「怎麼了？」

「你給我去。」

萊利退了一步。「不要。我想要給妳一個完美的約會，跟王子一起，一個會給妳值得的待遇、好好對妳的人。如果妳能體驗這麼一次——」

「但我也想要給你這樣的體驗。」我們兩個的聲音都在發抖。「再說，他不是我的菜。」

「妳瘋了嗎？他那麼完美。」

「他很可愛。好好享受。」

「我一直想要個理由把我的古著 Nudie 西裝拿出來穿……」他若有所思地說。「跟他說等我幾分鐘。」

他出門之後，我享受獨處的美好感覺。我在房子裡到處遊蕩，彷彿我才剛搬進來。我的腳踏車掛在車庫裡的車架上——無人理會、慘遭遺忘。我不只拿喬丹填補生活中的空虛，還把我喜愛但他沒興趣的事物也捨棄了。為了一個甚至不喜歡我音樂品味、不知道我沉迷於哪種小說的男生，我冷落了我的家人。

我換上騎車的衣服，把閒置已久的單車輪胎充了氣。我在背包裡放了筆記本、筆和水壺。我帶了耳機，把我媽的一份歌單加進播放佇列。我再次想到如果她還在人世，我會不會把喬丹的事處理得更好。我也不知道。

我把腳踏車牽出車庫，看看路上左右兩邊，然後跨上坐墊。然後我開始騎。我騎上公路最高點的山丘，上坡時站在踏板上踩。我雙腿的肌肉發熱。我感覺像是重新住回自己的身體裡。風吹在我赤裸的手臂和臉龐上，像輕柔的撫觸，喚醒了我。下坡時，我做了個深呼吸，好幾年來第一次露出發自真心的笑容。這感覺就像是飛了起來。挑戰越難越刺激，我根本不必思考。太美妙了。

騎到十哩外，我找了個地方停下來，三一河在這裡沖過一座低頂壩。這個時節的風雖然應該仍帶著冬天的寒意，但吹來了海灣溫暖的氣息。大地的呼息親吻著我外露的雙臂。在河對面的步道上，有個騎馬的男人。他看到我盯著那匹金色牝馬，牠的肌肉搏動如漣漪，鬃毛自由飛散。那個男人抬高一下帽子對我致意，我也頷首回應。

我坐在長椅上，將我喜愛的、想做的事列成一張清單。我寫了一封信給萊利，告訴他我有多開心他是我哥哥。我寫了一封信感謝我媽為了照顧我們所做的一切。我給我爸寫信，告訴他我有多感激他是我爸。我甚至寫了一封告訴琪蒂我很抱歉我是個很爛的好朋友，但是我們需要分開一段時間。我沒有補充說「可能是永遠」。我寫完之後考慮要把信丟進河裡，但我不是會亂丟垃圾的人。我把信摺起來放進風衣口袋，可能之後會拿去燒了。但我傳了訊息給琪蒂，跟她說我並不愛喬丹，也告訴她我眼睛黑青的真正原因。然後我把她和喬丹的號碼都封鎖了。我傳訊息跟老闆說我要辭職。我重新戴回耳機，重複播放〈老城路〉這首歌。騎回家的這一趟歡快無比。

到家時，我訝異地發現爸已經回來了。他望著空白的電視螢幕。「呃，爸，你還好嗎？」

「嗯，」他說。「還好。」

「品酒之旅進行得如何？」

爸聳了聳肩。「還行，」他說，「但妳知道，」他俏皮地模仿《德古拉》裡貝拉．盧戈西的臺詞，「我可是滴……酒不沾。」

我笑了。好笑之處在於他說的是真話。突然間，我發覺他在哭，他抬起手抹掉一滴眼淚。

「爸？」

「我好想她。」

我坐到他旁邊。

「真愛、永遠幸福快樂什麼的。」他又抹掉一滴眼淚。「妳媽媽救了我的命。我們認識的時候，我有點不像樣。」我看著他，不太確定自己想不想知道他在說什麼。

「你們兩個孩子出生之前，我過得很瘋狂。但妳媽媽，她……」他打住。「她在我來得及回報她之前就走了。所以我才沒再出去約會過。」

「我知道，爸爸。」

「再說，照顧你們倆就是一份全職工作了。」他笑道。

我們沉默下來。我也開始哭了。

爸伸手把我拉近。「今天早上萊利跟我說喬丹打了妳。」

我倒抽了一口氣。我感到欣慰但又困窘不已。

「不論妳有多愛對方，經營關係都是一門工夫，但我只是不知道像這種事情是否能夠真的放下。」他定定看著我。「妳愛喬丹嗎？」

我搖頭。我現在也感覺快要淚流滿面了。「他打我是因為我想要跟他分手，爸。」

爸摟緊了我，但我聽到他開口說話前深吸了長長的一口氣。「蘿拉，妳需要我做些什麼？」他說，然後鬆開我。

我想了一下這個問題。我需要什麼？我想琪蒂和喬丹搞在一起就已經解決了我最大的問題。

「我需要你弄一些你那款出名的真材實料奶油電影院風爆米花，然後跟我一起看《公主新娘》？」

「如您所願。」他說，使盡渾身解數模仿那部電影裡的凱瑞．艾文斯。

「超老哏的耶，爸。」我一邊擦眼淚一邊大笑著說。

我選好待播的電影，聽到車子開進我們家的車道，便起身去看是誰。是萊利出門時搭的那臺高級豪車。司機下車打開後座車門，萊利迅速從車裡出來，往後越退越遠，眼睛持續盯著後座。他一直點頭，倒退著往房子的方向走來。終於他看到我在從窗邊往外望，用眼神跟我說，「救命！」

我打開前門。萊利快步走向房子。「快點，」他悄聲說，用頭比向門，「進去，進去！」

我們進屋去，但是從窗戶偷看，看見那輛車終於倒車出了車道。

「約會愉快嗎？」我問。

「別問了。我們可能得搬家。」萊利說，明顯在發抖。「妳呢，妳今天做什麼去了？」

我給他看手機上琪蒂傳來的訊息。

「妳知道嗎，」他說，「我從來搞不懂妳是看中他們兩個哪一點。」

我也一直在想這個問題。「近水樓臺吧，」我說。「他們選了我。從此以後我會自己選擇要相處的人。」

萊利坐下來跟爸和我一起看《公主新娘》。我們都在電影裡同樣的橋段發笑，也在同樣的時間點落淚。

網路上的帥氣王子只是昂貴的童話。沒有什麼方法可以買到幸福或是愛。浪漫反派和惡毒朋友隨處埋伏。愛是善意的關注，而非空洞的言語。愛是你的所作所為，是稀鬆平常的舉止。現在我還是先好好一個人過。這世界上還有比寂寞更糟的感受。坐在兩個真心愛我的人中間，我至少有這麼一會兒明白了，永遠過著幸福快樂的日子是什麼樣的感覺。

鹿女

6

莎莉 · 金恩

二〇一九年水果月三十一日

2019/08/31

又一次教室封鎖期間，我躲在桌子下時，發現了那張紙條。尋找掩護之前，我趕緊先抓了我的手機和鹿女（沒有鹿角）的素描，我的美術老師鎖上門、關了燈。我的心跳在耳中怦怦狂響。班上的其他孩子安靜下來，趕忙傳訊息給親友，害怕這就是道別的最後機會。

我媽是學校職員，所以我傳訊息問她這是演習還是來真的。等她回覆的同時，我抬起頭看到我的美術老師蹲在她的桌子後面，臉龐淌下淚水。我最要好的朋友葵娜在我旁邊，她也注意到了。

我們開始互傳訊息。我們很喜歡M老師，但她有時候真是太情緒化了。她容易情緒激動，在意的事情太多了。我們都不知道她還能教書教多久。

「我們是不是該去關心一下她？」我傳訊息問。

「也許喔。」葵娜回傳。

「我上次去過了。」我秒回。

葵娜悄然無聲地爬向我們的老師。儘管M老師投來警告的眼神，葵娜還是靠了過去，我知道她問老師「怎麼了？」M老師把手機螢幕給她看，葵娜點點頭，臉上擔憂的神情並未緩解。這是我們升上高三的頭一個月，我真不知道我們能不能再活過這一年。

我們一年會做好幾次槍擊演習。老師會把門鎖住，我們遠離窗戶，有時候把課桌翻倒躲在後面，等待著門把的搖晃聲洩露線索，希望代表這只是演習，不是門外真的有殺手。

我們學校很大，每過幾年就有至少一座新的紀念碑立在鄰著停車場的欄杆旁，通常是紀念死於自殺或車禍的學生。但在我們高三那年，葵娜的表姊莉莉失蹤了。我們去發傳單，我有空就幫她的家人一起找她。當時我姊姊黛安狀況不好，她在差不多同一陣子住進了安寧病房。有關當局很快就將莉莉列為逃家青少年。我們不相信。她的車從來沒有尋獲，她的家人心目中有幾個嫌疑犯，包括學校裡的一些男生，但警察始終沒有追蹤他們。在這些事件之間還有例行的校園封鎖和龍捲風防災演習，學校不曾讓人感覺是個安全的空間。我們在學期間所發生最好的事，就是他們把學校吉祥物的名字從「紅皮」改成「鹿角兔」。但現在還是很多人為了這件事哎哎叫。

M老師把她放在桌子抽屜的玻璃擊破器拿給葵娜，以備建築物內真正發生槍擊時使用。M老師不只一次在封鎖演習結束後說，「該死，拿槍的壞人要把我們的家轟垮時，我們才不要束手等待拿槍的好人趕來！」M老師喜歡把不同的譬喻混在一起講。以往，等到「危機解除」的公告發出，我們就會回到座位，忘了原本在畫的圖。M老師沒辦法只管教書，她會提醒我們，如果在樓房裡聽到槍響，就要從防碎窗外跳出去。但我修的課之中，只有她這一堂教室在一樓。一天內其他六堂課的時間，我都會被困在二或三樓。她不需要提醒我們桑迪胡克和帕克蘭的校園槍擊事件，所以她也沒多說。我們成長過程中都在擔憂上學會導致我們送命。我媽是學校的家長聯絡員，她回訊息說這次只是演習。要是她能早點通知我一聲就好了，但是她總說那樣一來我就不會認真看待，也許還會告訴哪個朋友、或是跟整群朋友都說了——特別是葵娜和麗莎，我的生死至交。當然，我媽說得沒錯，但那又怎樣？如果我沒有陷入攸關性命的恐懼，就不會用發白的指節握緊削得最尖的鉛筆。我也不想讓我的朋友處在不必要的害怕之中。就是因為這樣她們才是我的朋友啊。

我注意到葵娜伸手搭著M老師的肩膀。我傳訊息給她說這次只是演習。葵娜偷偷看了一下手機，M老師則在用自己的手機傳訊息給某人。然後葵娜湊過去把消息轉告M老師，老師抬起頭看著我，露出微笑。葵娜把玻璃擊破器還給她。葵娜和我都是高三生，我們兩個是切羅基人；葵娜是切羅基人，也是自由民的後裔。[33]她和我幾年前透過美洲印第安教育計畫認識了麗莎。美術課是我們三個唯一能一起上的課。

死亡演習中，妳還好嗎？我傳訊息給我們的朋友麗莎。

她通常都跟我們一起坐，但是她那天沒來學校。我挺擔心的，因為我從前一天下午就跟她失聯。不過她對創作計畫的高度投入往往能夠解釋她的沉默。全班只有我們三個印第安女生，我們那周開始合作一個叫「鹿女」的作品。我媽是切羅基人，在奧克拉荷馬州這裡土生土長，可是她直到二十五歲才聽說鹿女的故事，是她在癩蝦蟆樂團（Toadies）的演唱會上認識的一個夏安族女人跟她說的。根據網路資料，許多個不同部落都有鹿女的起源故事，她可能是生殖力的象徵，也可能是向惡人復仇的女人。原住民女性長久以來都是男性施暴的目標。就像我媽說的，太陽底下沒有新鮮事。或月亮底下也沒有。

上個周末，葵娜、麗莎和我開車去我外祖父母位於奧克拉荷馬州蛇鎮的家。我們徒步穿越森林，尋找鹿留下的蹄印，在裡面倒石膏塑形。雖然我媽是在陶沙長大，但她的父母退休之後搬到了切羅基國，房子蓋在她媽媽、也就是我外婆小時候住的農地上。麗莎把石膏模帶回家，周末剩下的時間都在想辦法增加它們的堅固度。我們打算把石膏模黏在鞋子上，然後用各種多媒體手法來進行這項創作。我們差不多就想到這邊。M老師鼓勵我們大膽發想，做個公共藝術，可以延伸到教室之外、或是網路上。我們在考慮把它擴展成一項紀念失蹤與被謀殺的原住民女性的企畫，鹿女肯定很適合代表那些受害者。

等麗莎回覆訊息的同時，我把我的背包拉過來，靠在上面，並且在課桌底部畫起星星來。桌子下布滿其他次演習留下的口香糖渣和塗鴉，所以我認為我的作品是讓整體水準進步了。我發現角落的木頭桌面和金屬桌腳之間，卡著一張摺成三角形的紙。我伸手把它從縫隙推出來。是一個紙足球造型的紙條，我不管外側用陌生筆跡寫的「敢偷看就等死」，慢慢拉開三角形，把紙鋪平在地板上。紙上有兩個不同人的筆跡，我只認出其中一個是麗莎。這兩人的對話充滿了出自《發條橘子》的

33 譯註：自由民（Freedmen），南北戰爭後被解放的奴隸。

暗語，還畫著許多小小的鹿角圖形，用紅墨水塗色。紙條的最後有個陌生的筆跡提議趁午夜去找鹿女。「你是誰？」麗莎草草寫下回覆。我不喜歡這段對話給我的感覺。我們知道有些學生會用交友APP，在網路上認識之後就約在現實生活中見面。這始終讓我不放心。葵娜、麗莎和我曾經爭論過這個世界上的利弊危險，葵娜和我是寧可偏向謹慎再謹慎的立場。麗莎跟網友見面的行為在大人看來頗危險，我們也擔心她，儘管她保證她會萬萬小心。我猜是莉莉的失蹤讓我們留下創傷，但麗莎比我們小三歲，事發時她跟我們還不熟。

麗莎總是在我們的群組聊天裡穿插納查奇語，那是《發條橘子》的作者安東尼・伯吉斯為該書虛構的語言，一部分是俄語、一部分是英國街頭俗語。有一次她在我家求我們看庫柏力克執導的改編電影，結果葵娜和我都看不太懂。雖然麥坎・邁道爾的化妝是滿酷的。老實說，看了電影裡那些透過強暴和「超級暴力」獲得快感的男孩，我感覺挺噁心的。麗莎讓我們的日常對話中頻頻出現「小姑娘」、「恐怖秀」和「伙伴」，葵娜和我則以對應的切羅基語詞彙回敬：「ageyutsa」、「osda」和「oginalii」。好吧，「osda」不是恐怖秀的意思，比較像是「良善」或「平衡」。但夠接近了。

我環顧四周，看到其他學生緊盯著手機，有幾對則互相緊握著手。我把紙條的兩面都拍了照，然後放回原來藏匿的位置。麗莎最近的行為很怪。她魂不守舍，看手機或是在筆記本寫東西時偶爾會兀自微笑。我們問了她幾次是不是在暗戀誰，但她都猛力搖頭皺眉。她說她只是在寫一個故事。她會寫作，有來自世界各地的網友。葵娜和我只好放手不管。

終於，一段預錄的廣播宣告危機解除，我們可以繼續學習活動。那是不可能的，因為當天上課時間就只剩最後幾分鐘。麗莎還是沒有回我訊息。我問M老師我可不可以去辦公室找我媽。老師心不在焉，只說了一句，「沒問題，莎莉。」葵娜拿了東西跟我一起去。莎莉其實不是我的本名，是切羅基語「柿子」（sali）的意思。這挺酷的，因為葵娜在切羅基語裡則是「桃子」（quanah）。有一次，我在我叔叔伯伯們面前吃了一顆金黃美麗的野柿子。美則美矣，但還沒到可以吃的熟度，未熟的柿子會讓你的嘴巴感覺像要永遠皺成一團。熟成的柿子顏色較深，看起來像瘀傷一般，滋味卻讓人猶如置身天堂。後來他們就都叫我莎莉了。

葵娜和我一離開美術教室，我就說，「我有個東西要給妳看。」然後把那張紙條的照片傳給她。那張紙條和麗莎昨晚起在我們群組裡的無聲無息，開始讓整個情況看起來詭異到危險的程度。

我媽已經離開辦公室去接送校車，但是她的塑膠收件籃裡有一份今天的缺席學生名單。該學期缺席超過三次的學生會用黃色做特別標示。我媽的職務之一就是聯絡那些學生的家長，確認他們是否需要資源或協助，好讓孩子重回學校。麗莎的名字在名單上「無故缺席」的字樣旁邊，但是沒有顏色標示。她沒到校很不尋常，也沒告訴葵娜和我發生了什麼事，就更怪了。我以為我們臨死前都還會躺在床上互傳訊息。我把兩頁的名單翻頁分別拍照。我很肯定，麗莎的神祕筆友也在這份名單上。我要是能跟我媽打聽缺席名單上的學生就好了，她搞不好知道什麼機密，但是她從來不講那些學生和他們的家人的閒話。要從她身上得到情報，只能靠偷偷摸摸刺探了。

葵娜看完紙條。

「妳可以開車載我們去麗莎家嗎？」我會開車，但媽和我是坐同一輛車來學校。我想要一臺車，但是不太想找工作來負擔買車需要的費用，目前還不想。我開我媽的車載我們倆到校，自己需要用車的時候跟她或我爸借，但此外的時間我都是搭朋友的便車。

葵娜同意了，我傳訊息跟我媽說我們要去麗莎家做美術作業。下課鈴一響，我們就上路。真慶幸葵娜的車有冷氣。媽媽說她小時候都把九月當成秋天，但我們現在的氣溫竟然還是華氏九十度（約攝氏三十二度）出頭，而且超級潮濕。在校車全部開出去之前，媽媽都不會有空對我的訊息回覆同意或反對。她會不太高興，但我有一種無法忽視的壞預感。在我們前往麗莎家途中，我傳訊息跟她說我們要過去了，以防萬一，但她還是沒有回應。

到了她家，沒人應門。葵娜在車上等，我走去後門，用藏起來的鑰匙自己開門進屋。屋裡空無一人，比起我以前來的時候更寂靜。謝天謝地，她父母沒有裝門鈴監視錄影、或是採取其他比住家警報系統更嚴密的保全措施，他們家的警報系統密碼我是知道的。我直接往麗莎的房間走，發現她的手機還插著充電線。我解鎖手機，檢視訊息。葵娜和我有一個叫作「假如我失蹤了」的雲端共享資料夾。我們上傳的檔案都很無聊：我們常去的場所地址、親戚家的地址，還有我們去過哪些人的家、新認識了什麼人。麗莎不肯參與。我瀏覽她的訊息時，看到有幾則是來自一個未命名號碼，我截圖了螢幕傳給我自己和葵娜。最後一則訊息是午夜後傳的，問麗莎到底要不要見面。這事情的發展我真是一點也不喜歡。

葵娜傳訊息來，讓我驚嚇到跳了起來：我覺得我知道她去哪了。我們走吧。

我拿了麗莎的手機，跑出去上車。葵娜用最快的速度載我們前往史凱圖克，當然是在合法範圍內。身為棕膚人種，要是被警察攔下，對我們的朋友可是不會有幫助的。

「之前去妳外婆家的時候，她問過我鹿女被人目擊的地點。我跟她說了湖後面森林裡的排水道。妳記得我堂哥丘奇嗎？幾年前他跟我幾個比較大的親戚去過那裡，喝啤酒喝到醉倒。丘奇清醒的時間比其他人久，他看到了一些他一直不肯講的東西，但是他都嚇到長出白頭髮了。」

我看了麗莎的電子信箱和刪除郵件，發現一份前一天晚上八點左右的叫車收據。她在湖邊的一間小餐廳下車。我打開地圖APP，找到步行前往該地的路線指示，排水道就在餐廳對面。

「她一定是走過去的，」我說。「從比利·席姆燒烤餐廳走到那裡大概要兩個小時。我們把車停在湖的那一側的路邊吧。」

「缺席名單上還有誰？」葵娜問。

我開始看。沒有什麼真的讓我警覺的人，直到我看到高三男生的部分。我看見的第一個名字——理察・阿姆斯壯——就讓我起了雞皮疙瘩。

「他就是莉莉失蹤之後躲在家一個禮拜的那個人，」葵娜說。「但我們一直找不出他和莉莉有什麼連結。」我們學校很大，我跟阿姆斯壯沒說過話，但我在走廊上看過他。他身高超過六呎，長得很好看。他的車是學生停車場裡比較新也比較貴的其中一臺。他是老師和學校職員們的寵兒。

❀

我們接近湖邊之後，我開始用手機拍攝沿路停放的幾臺車子。我們經過湖邊停車場時，我把那裡的車錄影下來。在幾臺新卡車和許多較舊的車輛之間，阿姆斯壯的車應該會顯得相當醒目。如果有必要，我之後會重新檢視影片，但希望不必這麼做。我們開上幾條小路，直到找到最接近目標的大排水道的那條路。

葵娜把她的車開出路緣。莉莉失蹤的時候，葵娜和我去跟她的家人一起走遍許多地方，有的是根據線索，有的是純憑感覺。當你關愛的人消失不見，搜索行動就不會停止。一個人就這麼憑空消失，旁人懷抱的一線希望可能要過很久才會熄滅。

我看了看錶。我媽很快就會回家了，她可能會打給麗莎的媽媽，或是直接登門。到了這個時間點，我甚至不知道自己幹嘛要說謊。事情感覺就是不對勁。麗莎有祕密瞞著我們。如果一切平安，那麼我們為了確保她安全而侵犯她隱私的行為，肯定會傷害我們的友誼。但我得先知道她是否安好，再來擔心那回事。

「會不會是因為我們聽太多真實罪案播客了？」我問葵娜。

葵娜聳聳肩，「希望只是這樣。」

我看了一下手機，離天黑還剩兩個小時。

森林裡安靜又陰暗，但還是很熱。湖上的水氣讓空氣又黏又悶。森林裡的部分區塊蔓生著荊棘和毒藤。尚未落葉的樹木之間，某些地方似乎根本照不到陽光，我們的鞋子黏著潮濕的黑土，其他地方則有苔蘚從砂岩間的縫隙長出來。

我們走到樹木比較稀疏的森林邊緣，停下來看著又長又暗的排水道，一路連進湖泊東側的一座矮丘。水道的開口高度足以讓你站在中間，大半籠罩在陰影中，像一張打呵欠的巨嘴。我們與洞口之間有著乾草，長長的泥巴帶，以及水泥地。

「妳想負責拿防身噴霧還是手電筒？」葵娜問道。我開啟手機上的手電筒小工具，然後交給她。我們肩並著肩走向入口。褐色乾草和水泥地中間濕軟的紅黏土足足有五呎長。有一組頗大的腳印往水道裡走，但是沒有走出來的腳印。

我們互看一眼，然後葵娜朝其他腳印比了個手勢。濕土區幾塊較大的草地上印著一頭或好幾頭鹿走進水道的證據。我後頸寒毛倒豎，彷彿有人用冷冰冰的指甲搔我癢。我往葵娜靠得更近。

「我們不要進去吧。」我說，並且把防身噴霧拿成準備噴灑的架勢。葵娜將手電筒舉向黑暗的地道，但是只勉強照亮了我們從入口處就看到的塗鴉。我們數到三，一起大喊朋友的名字。

兩頭幼鹿從黑暗中跑了出來。牠們還很小，瘦長的腿疾奔得差點撞上我們，在最後關頭才從我們兩邊閃過，然後又一起跑回森林裡。我們短暫感受到牠們幼小溫暖的身體散發出的熱度和氣味。我們都想到了我們讀過的鹿女故事——幼鹿陪著遭到攻擊的女人一起躺下，在她們臨終的時刻予以撫慰。我們吃驚得叫不出聲，只能緊抓著對方。麗莎走出地道時，我們就是這種站姿。

「嘿，」她用沙啞的聲音說。「別再靠近了。」

她轉身消失在黑暗中，移動的樣子彆扭吃力，好像全身都在痛。

她很快帶著她的背包回來。我們看著她走向我們，腳上的馬丁大夫靴下踩出的不是靴印，而是蹄痕。最先踩出的幾個足跡邊緣帶著深褐色。

「發生什麼事了？」我在麗莎走近我們時抓住她說。

「我只想回家。」她只說了這麼一句。

我們跋涉穿過森林。我稍早沒注意到有蚊子，但現在我的皮膚癢了起來。我的衣服下面肯定有跳蚤在爬，想找地方咬我。我猜牠們會被我的汗給淹死吧。我試圖繞開我們早先奔跑穿過的毒藤。我們更接近森林邊緣的小路時，麗莎脫下了馬丁靴塞進背包，然後脫到身上只剩一件稍髒的背心和四角短褲，把黑色牛仔褲和長袖T恤也往背包裡塞。衣著單薄的她突然間發抖起來，無聲地哭泣。我伸出雙臂抱住她。她身上有汗水、泥巴和血液的味道。

我叫葵娜去發動車子。「好了就按喇叭。」

等待的期間，我抱著麗莎，輕拍她顫抖的肩膀。我聽到路上傳來的車流聲比稍早增多，他們正開車回家，或是下班趕來湖邊待幾個小時。在一段短暫的靜默中，喇叭聲響了。我抓著麗莎的手跑向車子。麗莎爬進後座，儘管夏末的氣溫炎熱，她還是拿了葵娜放在車上的黑白兩色舊毛衣套上。我坐到前座。

「我們要往哪去？」葵娜問。

「去音速快餐店。」我說。之後許久都沒有人說話。我轉頭去看麗莎。她沉默地望著窗外。

我納悶她是不是處於震驚狀態。葵娜幫我們所有人在得來速車道點了餐。葵娜和我已經是十年的朋友，我們也和麗莎認識了一陣子，但是她年紀比較小，在兩年前的切羅基夏令營才開始跟我們走得比較近。我們能精準預測彼此在速食店最愛的餐點。在那天之前，我想也想不到我們會有瞞著彼此的危險祕密。

麗莎沒再開口說話，直到她手上拿著一盒起司球和一罐胡椒博士汽水。她把起司球遞回給我，「這給妳。」她說。她大喝了幾口汽水才再次說話。她說：「他要殺我。」

他們之間的通信始於一個月前，利用美術教室的課桌和我發現的那種紙條作為媒介。有時候他們也會用某個通訊APP聊天。理察．阿姆斯壯是第一節上美術課，他會坐在我們當天最後一節課共坐的同一張課桌。他是《發條橘子》的狂粉，納查奇語很流利。一切就是這麼開始的：麗莎在桌子上畫了一張鹿女的小圖，他表示讚賞。「貨真價實的恐怖秀，我的伙伴。」就這樣，由於兩人共通的怪癖，她全心投入地與這位匿名筆友通信起來。最後，他們同意要在第一次見面的同時蹲點觀察鹿女。麗莎告訴父母說她要來我家，把手機留在家裡是為防她媽媽追蹤她的位置。然後麗莎叫了車去湖邊，比他們午夜的約定見面時間早了四個小時，她並非毫無警覺。

她穿著裝了石膏鹿蹄的馬丁靴。黃昏時分，她踏著靴子邁進排水道，背包裡放著磨尖的鹿角，手裡拿著手電筒。她躲在排水道裡她膽量所允許的最深處。阿姆斯壯提前約定時間一個小時出現，帶著鎚子和塑膠布。她從黑暗中的藏身地看著他把綠色塑膠布鋪開。然後，他用我們在罪案節目裡看過不只一次的方式練習揮鎚。他來回踱步，看著排水道的入口，把手機拿出來幾次。他狂傳訊息，手機螢幕的藍白色微光照出他英俊但扭曲的五官。她很高興她把手機留在家裡。她默默祈禱他會放棄然後離開，她不知道如果他把手電筒轉到她的方向，她要怎麼辦。然而終究，他的手電筒轉向了她。

「然後母鹿帶著牠的寶寶走了進來，」她喘著氣說。她的眼淚滑下臉頰，我和葵娜互看了一眼。「就算牠沒有角，那種鹿媽媽你也惹不起。」

麗莎再也不肯說話了。

葵娜給她再點了一杯汽水。我們沉默地坐著。

「妳拿到他的手機了？」葵娜小聲說。

麗莎點點頭，從背包裡拿出了被摔得無法開機的手機。

我把最後一點起司球吃了；畢竟油炸食物放久會難吃到不行。我們把車窗關上，空調開到最強，開始討論接下來該怎麼做。「妳說的鹿女的故事，沒有人會相信的。」我說。

葵娜和我都沒有說出我們其他的疑慮。「我想他要妳保密一切，就是為了讓妳就這麼消失。」葵娜情緒激動起來。「像我表姊一樣……」她打住，然後做了個深呼吸完才繼續說。「也許按他的計畫，只要妳不主動揭發，妳就不會有事。」

我們倆都從後照鏡看著麗莎。

「如果妳說出去，我們也會有麻煩。妳懂嗎?妳現在就得決定妳辦不辦得到。如果不行，麗莎，現在就說出來。」我說。

麗莎馬上點頭。

「這是行的意思嗎？」葵娜問。

「行。」麗莎回答。

我伸手打開音響，我們有一份三個人一起建立的歌單。我聽到莉佐的〈殘酷真相〉旋律，這首歌問對了問題也給對了答案。我把音量開大，葵娜和我一起跟著唱。

⊛

我一個叔叔在史凱圖克附近有座小農場。燒垃圾的行為在陶沙郡以外仍是非法的。點燃焚化桶這件事順理成章得在周六晚上進行，定案之後，我就從置物箱拿出麗莎的手機。「麗莎，打給妳媽，跟她說我們要在我家過夜，做美術作業。」

麗莎照我說的做。「沒啦，媽媽，我很好。只是累了。」停頓一下。「我不知道學校幹嘛打電話，我有去上課。」她很順利騙過去了。然後又一次停頓。「我們昨晚熬太晚了，但我今天會早點上床。」再停頓了一下。「我保證，媽媽。我也愛妳。」她掛斷電話，眼神空洞地看著手機。我再次看向她時，她別開頭，望著窗外。

我打給我媽，讓她知道葵娜和麗莎要到家裡過夜。我用葵娜的手機傳給她媽媽相同的訊息。

「明天我們會照常去上學。」我說。

葵娜和我互看對方。現在腎上腺素消退了，我感覺全身發抖，葵娜看起來也很累。這不是展開夜晚的理想方式。我們停在一間家多樂大賣場，給麗莎買衣服穿。我們駛往我叔叔的農場時，太陽正在下山。我們把換掉的衣服丟進焚化桶深處，將手機放在音速快餐的袋子裡，用水泥塊敲成碎片，然後同樣小心翼翼放進桶裡。接著，我們開車回我家。

我爸媽都還醒著，在客廳裡看電視。我們走進去時，我爸把一盒吃剩的披薩拿給葵娜。真好笑，我爸媽只在我出門的時候吃垃圾食物。平常的晚上我們都要在餐桌好好吃飯，蔬菜往往多到超過我喜好的分量。

「妳們聽說那個男生的事了嗎？」我媽在我們轉往走廊的時候說。我停下腳步，但葵娜和麗莎繼續往前走，躲到我房間裡。我面帶無辜的困惑表情看著我媽。

「就是殺了那個女生的人。」她說。

我耳朵裡因為心跳劇烈而開始隆隆作響。

「媽，妳說哪個女生？」

「奧瓦索的高中那個？我們就是因為那件事今天才封校演習。」

我想起來M老師在演習期間給葵娜看她的手機。我想起桌子底下的紙條。

「噢，」我說。「沒，我不知道。我們剛只是一起晃晃，聽音樂。我沒怎麼看手機。」

「家長會明天要請全校吃甜甜圈。妳們幾個要幫我分送到教室，我們得提早到。」

「好，沒問題，媽。我們就提早去學校吧。」

我進去房間，葵娜和麗莎在房裡等我，我把我的計畫告訴她們。明天早上我會用我媽的萬能鑰匙，拿甜甜圈去放在美術教室裡M老師的座位。我到時也會順便清理一下那間的課桌。

我想到M老師又一次在演習期間哭泣，為了一個在別所高中遇害的女孩，為了一個不將安全學習環境視為人權或可能目標的世界。M老師在為她心中所有那些尚未真正開始的生命害怕，也擔憂著她自己的安危。她光是教書還不夠，她還必須在一個不以兒少安全為優先的世界裡保護她的學生。這年頭身為老師真是太難了。

幾乎就跟身為青少女一樣難。

我從水中來

瓦蕾拉・金恩・普瑞斯頓

二〇二九年風月三日

2029/03/03

瓦蕾拉

爸出車禍的前一天晚上，我被那一群烏鴉（Koga）的叫聲吵醒。牠們的切羅基名字在我聽來就像是牠們的叫聲。大部分切羅基人不喜歡晚上聽到貓頭鷹叫聲，不過烏鴉在黑暗中的鳴叫也是不祥之兆。我過了很久才又再入睡。由於當時下著雨，這件事顯得加倍奇怪。雨絲交織成幕，天際閃電四起。我在自家院子裡的樹上聽見烏鴉聲，為此難以成眠了好久，久到彷彿永恆。

沙空妮吉，海洋異種生物

當時我們都沉睡中，突然我們的飛行器隨著一陣碎裂聲像迴力鏢般迴旋撞上這個星球的大氣層內，之後只餘一片寂靜。什麼地方出了錯。在我們的家、大洋洲的海底深處，我們的人會接收到訊號，錯誤訊息會解釋剛才發生了什麼事，為什麼飛行器會在地球上空爆炸、墜毀在一座城市邊緣的草原。他們會知道逃生艙為何啟動，以滾動的方式遠離主船殘骸。他們會比我們更早知道，為什麼我們從閃電和暴雨大作的天空墜落。

長老醒過來應對異常狀況。我會知道這一點，是因為我還活著。我重新檢查回聲。如果他們沒有醒來、拉動正確的緊急開關，飛行船就會在你們的房子和無線電塔上方爆炸。他們救了我，但因此不幸慘死，其他難民也是。我被藏身在逃生艙裡而存活下來，活著將他們的遺體火化，並殺掉被死亡吸引而來的野狗和郊狼。

烏鴉

風暴來臨、閃電綻現的時候，我們大多數都在沉睡。一個著火的飛行物從天而降，擊中了地面。四周寂靜了片刻，然後一顆閃亮的小球滾了出來。這個玻璃球體滾動著遠離燃燒中的金屬物，等到滾得夠遠了，飛行船就像喘了口氣，接著爆炸成百萬片鋒利的碎屑。我們在松樹上，有足夠的距離保護我們不受那些幾乎細如粉塵的碎片傷害。若是此刻的風暴弱一點，草原上的野牛草可能就會燒起來。那個較小的銀色球體滾進了一棵傾倒的橡樹下的縫隙中，驚動了藏身其中的兔子家族。依然風雨交加之際，那個濕漉漉的生物從通道裡爬了出來。我們其中幾隻飛下去探查。

牠的身體有海洋的氣味，在黑暗中閃著粼粼水光。我們在旁監看，有幾隻跟了過去，但是我們保持安靜。雨勢開始減弱時，郊狼來了。牠們緊跟在那個生物後頭上，接著膽子大了起來，把牠包圍住。我們等著，不知道這場衝突中該在站哪一邊。

最後，其中一隻郊狼對那個生物展開攻擊，牠往前格擋。牠纏住那隻郊狼，狼哀鳴一聲，然後像是癱瘓般地僵住了，開始從內到外萎縮。那就好像看著為時數周的腐敗過程在幾分鐘內發生。整顆星球似乎都還沒轉動多少，牠就拋下那頭狼空空的皮囊和死不瞑目的眼睛。但郊狼群仍然圍著那個生物。牠靠向另一頭狼。那頭狼也愚蠢地嘗試攻擊牠，結果完全不是對手。剩餘的狼群默默退開了，把屍體留在原地。我們有幾隻去把屍體的眼睛快速解決了，其他有些則跟著那個生物。

瓦蕾拉

我爸遭遇致命車禍的那一刻，我們在家裡熟睡。他不是印第安人，但是媽、安娜和我都是。前一天晚上颳了暴風雨，隔天早晨，所有的電子鐘都在閃爍，告訴我們昨晚某個時間點家裡停電過。

黎明前，媽手機上的門鈴ＡＰＰ大聲響了起來。她查看監視器影像，有個警察站在門口。

之後的部分我就不清楚了。我在床上翻來覆去，聽著壓低聲音的含糊對話，音量小到幾乎等同靜默無聲。然後我聽到我媽在屋裡跑來跑去，把許多東西開了又關：烘衣機、她放鑰匙的櫃子。她的腳步奔上樓梯到臥室裡。

「姊姊，起床，」她一面開門一面說。「我們得出門。」

我的名字是瓦蕾拉．金恩．普瑞斯頓。金恩是我媽的娘家姓氏，她從來沒改掉過。現在只有我爸會叫我瓦蕾拉，其他人都叫我姊姊。

更正，過去只有我爸會叫我瓦蕾拉。

我站起來，腳步踉蹌搖晃，心裡納悶著發生什麼事了。我去衣櫃拿了條短褲穿上。媽帶著我妹妹安娜回到我房門前。安娜只有六歲，身上一直穿著狗狗睡衣。

「我們走吧，」我媽輕聲說。「帶件外套。醫院都很冷。」然後她轉身往樓下走。

沙空妮吉

有時候你非得殺掉幾個掠食者，他們才會放過你。牠們攻擊時，我刺穿牠們的皮膚，在牠們體內注滿酸液，融化牠們的骨骼和組織，讓你可以將牠們全身飲下。這些犬類太遲鈍了，所以我不得不示範給牠們看第二次。最後，剩下的狼群總算被嚇跑了，從灌木叢裡監看我。牠們等著要在我蹣跚前往下一個藏匿地點時跟上來。也許牠們會在我爬走時，把同類的空皮囊拖去爭奪一番。

我在乾燥的平原上尋找鹽水，在長著草與杉木的陸地上尋找大海。

烏鴉

那個生物有目標地移動，朝著某種東西接近，也許是循著氣味？我們往下飛過去靠近牠。牠對我們毫無反應，聞起來有鹽和海草的味道。牠肯定離家很遠。

牠停了下來。牠的皮膚上張開一連串的凹洞，彷彿偵測到些微的水分或鹽分，是真正的水，而不是久遠前曾淹沒這片草原的海洋留下的殘跡。牠偵側到山丘更高處的人造水池，那位會餵食我們的爸爸家裡。牠又停了一次，在身上抹滿油脂，那股魚一般的味道令我們飢腸轆轆。但我們已經見識過牠能怎樣對付外來威脅，我們可不是又笨又餓的郊狼。牠在黑暗中似乎能看見最粗礪的岩石，像蛇一樣蜿蜒爬行，避開突刺和荊棘。牠爬向那戶人家的後門柵欄，滑溜地穿過帶刺的鐵絲。牠穿過金屬柵欄和砂岩步道，留下一塊一塊的油漬。那位爸爸的車開出車道時，那個生物潛進了鹽水池。我們窩到池子上方屬於我們的樹上。

我們其中的七隻暫棲在圓形水池的正上方。一隻冠藍鴉從那生物爬上坡的途中就開始跟隨其後，但在我們抵達的同時就飛走了。那生物繞圈游動，摸索熟悉著池壁和砂岩交界的邊緣。這就像看著一條魚游著玩，牠游得越來越快，一圈繞著一圈，不斷加快，彷彿牠想單靠著這股速度飛出池水。我們看著、等著，同時牠的速度加快到不可思議，然後突然就消失了。

沙空妮吉

雖然昨晚下過雨，地上還是又乾又刺。正在風乾的泥土之下，半掩著遠古海床的輪廓。細小的薄蝸牛殼四處散落，這些水中生物莫名其妙地竟然生活在陸地上。這裡有形似珊瑚的綠色植物，從砂質土壤裡向上突出，布滿了針般的細刺。地面上有些地方覆蓋著厚厚的褐色枯葉，邊緣鋒利，尖端變得薄脆而捲曲。圓形的岩石散布各處，被久遠前的海浪打磨得光滑。頁岩、燧石和樹枝讓路途崎嶇難行，對我的皮膚相當危險。在我走動時不得不接觸地面的部位，皮膚上抹來防止陽光和其他自然環境因子傷害的油脂，很快就磨掉了。

空氣中有鹽的味道，就在逃生艙降落地點的一千五百公尺外。要是我們離海洋近一點就好了，或就算是人造水池也行。我浸入一條散布著塑膠漂流物的小溪。溪裡有較深的區塊，長著綠色的水藻，浮著白的水沫，是從倒滿化學物質的草地上流進水裡的。能保持濕潤很好，但是濃縮的毒素不久就開始讓我灼痛，酸性刺激著我的皮膚。

在我們居住的海洋深處，水中汙染物的比例可以稀釋緩解，我們的有機生活圈是個人類看不見的泡泡，可以過濾塑膠微粒。但是如今人類也威脅到那個空間，導致我們必須離開，必須去尋找另一片海洋，遠離穿越我們家園的管線。我們不知道這次離開會是永久或暫時的，但當潛水艇和機器正在為人類建造工作站和住宿艙的時候，我們無法繼續在那裡生活。

我爬上小溪另一岸隆起的山丘，那裡有一道老舊的金屬柵欄，用兩條生鏽的鐵絲和一根凹凸不平的栓子鎖住，但是我可以從路障下方的某些位置滑過去。我緩緩爬行，直到抵達丘頂，那裡出現了一道更嚴密的障礙。我搖晃著柵門上的鎖頭，在那裡等待，同時希望不要有更多郊狼過來。四周只有一隻跟著我的冠藍鴉發出尖嘯，向任何在場的人警告我的到來。

我從一塊方形石頭和金屬門之間溜了進去。柵門另一側的水池蔚藍而平靜。我迅速移動，滑進水中。池底稀落地散布著從池壁上碎落的砂岩塊。鹽水讓我滿懷感恩，我邊游邊哭、邊哭邊游。我不想孤零零死在這裡。我想永遠游下去。我不想哭，但又止不住哭泣。我不斷繞圈游泳，轉身往另一個方向游。我一下往左繞圈，換一個方向又往右繞。兩個圓圈在水池的中央相交。我一面游一面哭，直到累得再也游不動、也哭不出來。然後我睡著了，靜靜等待。

瓦蕾拉

我拿了件外套，帶上正在讀的書，然後往樓下跑。

她車開得很快。她小聲告訴我，出了一場車禍。她看了一眼正在後座睡覺的我妹妹。媽媽說我爸在動手術時，她顫抖的聲音嚇著了我。我望出窗外，熱淚盈眶。我爸星期六那天很早就出門了。他要去跟一個工作上認識的朋友釣魚。我狀況不佳的奶奶有時候會在半夜打電話來，醉醺醺地對著接電話的任何人吼叫，所以我爸媽晚上都會把鈴聲關掉。我媽的手機從沒響過。

昨晚，爸想找我、媽和安娜四人一起看個電影。可我只想看書。我跟他們說我傍晚游完泳太累了。我上樓躲在房間看卡門．瑪麗亞．馬查多的《她的身體與其它派對》。我突然想到昨天是克蘿伊的生日，她是我永遠的好朋友，卻在去年把我給甩了。我當時愚蠢地告訴她，我有點暗戀上她了。所謂的「永遠」不過如此。高一這年我過得相當辛苦。

停紅燈的時候，媽叫我從她包包把手機拿出來。有好多通未接來電，還有兩則爸爸的語音留言。我把第二則開了擴音播放。

他的聲音含糊虛弱。「丹妮，我出了車禍。我肯定得進醫院了。」然後是一段漫長而混亂的停頓。「我愛妳。也告訴女兒們我愛她們。」又一段聲音模糊的停頓。「對不起。」他如此作結。擴音孔傳出的混亂噪音充斥車內。我們直到燈號變成綠燈還坐在那裡，聽著無人說話的線路上的雜音，有人對著我爸講話的聲音中斷了那段空白，他對某人喊叫著說我爸失去意識了。然後通話就此結束。

「媽媽？」安娜從後座發問。

後面一輛車對我們按喇叭，我們全都嚇了一跳。我媽小心地左轉。她迅速開往醫院，但不管怎麼加速都不夠快。夠快的話，她就能倒轉時間，開回凌晨四點我爸離家的時候。如果她開得夠快，我們可以回到過去，回到昨晚，我會留在沙發上，夾在我爸媽中間，就只是陪著他們。如果她開得夠快，安娜和我就還會有爸爸，媽也仍會擁有她最好的朋友。

烏鴉

那個男人再也沒來院子裡放花生給我們吃了。現在有個不明生物住在池子裡，還有一個年輕女孩會出來把食物丟在奄奄一息的後花園旁的堆肥處，丟完就回房子裡去。丟出來的食物比以前還要多，所以即使沒有花生，我們仍繼續拜訪那家人的院子。

偶爾，那隻水生獸會爬出池子，獵捕小型動物，將牠們被掏空的屍骸留在柵門後。我們把大部分的殘骸都帶走了，還會爭搶眼睛的部分。透過這種方式，我們跟那個生物成了朋友。與牠為友的益處似乎大過於與牠為敵。

飛行物墜毀後的隔天，兩個人類乘著黑卡車，穿戴黑衣服和黑眼鏡，來到這片空地搜查。他們找到了飛行船撞出的凹坑，但是沒發現那隻水生獸。不過，他們還在繼續找。

沙空妮吉

偶爾，我必須離開水中。緊急逃生艙是有機體，只要給予正確的刺激原，它就能夠自我修復。所需的一部分資訊和材料我能提供，但其他的必須求助於我們遠在大洋洲的科學家。水池後面的公園有一條路，由碎石、岩塊和泥土鋪成，一端圍了鐵鏈上鎖，禁止通行。墜毀後隔天，我回去檢查，求救訊號還在運作。我看到房子後面的路上有一輛車闖進擋路的柵門。有一個成年人類走在路上，帶著一臺小型機器。我潛進被毒物汙染的小溪深處。第二個人類踢著深色車輛圓形的腳，嘴裡嘀咕著。

「『及早調頭，以免溺水』的標示也就只有這麼點用。」

另一個人類抬起頭。「我們沒溺水。你只是車被卡住了。」

那個人類的反應是塞了一塊木頭到車子腳下。他回到車裡，車子發出怒吼。

「你最好後退。」他對著那個沿溪而行的人類大喊，蓋過車子的吼聲。我飛快躲回陰影中。

車子的黑腳轉動起來然後停住，把整臺機械抬出它自己挖的坑。

「我們走吧。」駕駛喊道。

另一個人類皺著眉頭，轉身往我藏起來的逃生艙所在方向看去。

「雨應該會繼續下吧。」他說。

「我們等雨停再回來。」駕駛大喊。

另一個人類往回走向車子。

我在水裡待到他們離開，重新鎖上柵門。

❁

今日天氣乾燥。不知道他們有沒有回來過。如果他們找到逃生艙，我一定會曉得。如果逃生艙被發現了，這裡會出現不只一輛黑色車子。被活捉絕對不是個選項。要是被活捉，我們就完了。人類的好奇和貪婪已經迅速地消滅過個體數量比我們更多的物種。過去四百年來，持續有動物和人類自己的部族被獵殺行為、汙染和疾病所毀滅。

我不能被他們發現。

對我而言，只有死亡和回歸深海這兩個選項。

瓦蕾拉

兩周前我們開車去醫院時是心懷希望的。我們當時還不知道我爸爸已經在垂死邊緣，因為一位熱心的路人把他從並未起火的車子裡拖出來，加劇了他脊椎的損傷。沒有好友陪伴的我獨自承受這份重擔，相當吃力。我有些希望克蘿伊和她的家人會出面支持我們。他們送了花來；我猜他們是覺得一個小同性戀不值得他們親自到場。

艾蜜莉．狄金生曾說，「『希望』是帶著羽毛之物。」其實希望更像是帶著重石。人生就像買樂透，而且是你不會想中獎的那種。

「姊姊！」

我正躺在沙發上，看《神臍小捲毛》其中我爸最喜歡的一集。樓上傳來我媽媽的呼喚聲，不耐煩得彷彿已經喊了無數次。太遲了，我這才發覺我妹妹入侵了她的聖地。我六歲的妹妹安娜原本保證讓我媽媽好好睡一覺、給我機會看個電視配冰淇淋，但她又食言了。我爸爸死了，媽媽精神崩潰，所以我再也不能當個普通小孩。也許這在動畫電影裡很普通吧，嗯，但我猜在那些電影裡，死掉的都是媽媽。現在我可以告訴你，那些電影都是脫離現實的垃圾。喪親這回事根本和兒童電影裡演的完全不一樣，沒有任何事物能幫你做好面對的準備。可能只有《小飛象》除外吧，那部電影裡面的媽媽沒死，我知道，但這很複雜。

「這就來，媽！」我關掉電視。我到了樓上，停在她的房門外，等待下一個或許能告訴我該怎麼做的聲響。最後我敲了敲門。安娜把門打開，然後回到房裡，爬回床上，跟我們抑鬱嚴重的媽媽躺在一起。

「姊姊？」我媽說話的樣子像是半睡半醒。

「怎樣，媽？」

「親愛的，妳今天清過泳池的過濾器嗎？」

我開口前先停頓了一下。沒有，我沒去清過濾器。我以前看過我爸爸清理過濾器，但我沒想到這會成為又一件我必須接手的工作。在我爸死後，我們其實沒人使用過泳池。我想那會讓我媽太難過；安娜則不會游泳，所以不准在沒有我們陪同時下水。

我爸死後，我以一種新的角度注意到我媽的說話模式轉換。在她幾乎停擺一切之前，她是高中生物老師。她作為老師和作為媽媽的聲音必定有所不同。

現在，當她使用「親愛的」或是「甜心」這類親暱的稱呼，她一定就是要我去做一些她以往預期我爸爸負責的工作。所以，她問我過濾器有沒有清理時，當然是明知我沒有清過。

爸在家的最後那天晚上，他嘗試教安娜游泳的同時也做了泳池的例行保養工作。我們的泳池水深不超過五呎，但你也知道人家都說，小孩子在不到兩吋深的水裡都可能溺水。這世界是很危險的。

「妳要我先去處理泳池還是先弄晚餐？」我用平板的語調說。我媽媽對我話中隱約的惱怒免疫了。

她的聲音提高成虛假的歡快語調：「我今天早上在布倫姆速食店買了千層麵，在勞氏五金行買了泳池消毒鹽，還有冷凍奶油菠菜和做聖代的材料……」她的話聲漸弱，彷彿講話令她筋疲力盡。我在想她是不是吃了太多醫生因為她哭泣不止而開的藥。

最後我催問道，「怎樣呢，媽？」音量有點太大。

「妳可以把千層麵和蔬菜放烤箱，然後把消毒鹽加進泳池、清一下過濾器嗎？」

千層麵。千層麵用烤箱烤要超過八十分鐘。安娜再八十分鐘就應該上床睡覺了。不行，那份千層麵得分塊送進微波爐。你要是派人做事，有時候就是不能用微觀管理的標準來要求。

「來吧，安娜。」我對六歲的妹妹伸出手。

「別走！」我媽突然間好像醒了過來。

「我們要看《史酷比》！」安娜一面高呼，一面跳下床拿我爸爸放在床頭櫃上充電的平板電腦。平板放在他的皮夾、手錶和婚戒之間，彷彿他只是睡前去個浴室。

至少《史酷比》是她們可以放心收看的節目，滿足了安娜目前對狗狗的狂熱，而且不像她一直愛看的許多兒童電影一樣有爸爸媽媽死掉的情節。我把一口氣忍到走廊上才嘆出來。

但嘆氣又要嘆給誰聽？大部分的感歎表現都是用來與他人溝通，但是嘆氣呢？雖說連狗也會嘆氣，而且你完全能理解牠們的意思。我又嘆氣了一次，更大聲也更用力。感覺很棒。

我爸死前，安娜花了兩年時間練習睡在自己的床上。現在他的死讓她比以前更徹底地移居到我父母的房間。這在我看來是個糟糕透頂的主意，但是我又懂什麼？我媽媽單獨在房裡的時候，我常會聽到她在哭，而當安娜和她一起待在房間，她就不哭了，至少不會哭得太大聲。有時候，在黑暗中獨處也讓我難以承受。但是我一旦醒著，就是忙個不停，多虧我媽媽的哀悼狀態費心促成——或該說是無心；也許那正是抑鬱的定義。

我這輩子從不曾如此希望有其他負責的大人來關照我和安娜。一直以來我們都是有爸媽就夠了。以前我看到住在切羅基國的親戚在臉書上分享大團圓、喪禮和聚會的照片時，只會有一點點羨慕。我媽提過要帶我們去參加帕瓦儀式或野洋蔥晚宴，[34]但是從來沒有成行。我父母總是忙於工作。現在突然少了我爸，我們整個家庭再也運作不了。至少對我而言是運作不下去了。我想到我的阿姨阿瑪，她是我媽那邊的親戚，以長途卡車司機為業。她是個嬌小的女子，卻開著大型貨車來往於北美各地，身型和她的強大氣場截然相反。我猜她還不知道我們家出了什麼事，我懷疑我媽沒打電話告訴她。我媽甚至沒有打給她服務的美洲印第安人協會的女負責人，儘管我們每年夏天都會共度整整兩周。葬禮上出席的絕大多數是爸的同事。我媽真不是普通的注重隱私和自立自強，她不懂得如何求助，雖然她總是在看到別人有需求時試圖給予幫助。「說到底，」當別人令她失望時她就會這樣講，「除了自

34 譯註：野洋蔥晚宴（Wild Onion dinner），奧克拉荷馬州的美洲原住民部落於春季舉辦的節慶聚餐。

己，你不能仰賴任何人。」

我開始理解她的感受了。

沙空妮吉

公園裡籠罩著巨大的一片黑暗。茂盛草原中沒有樹木遮蔽天空之處，周圍幾公尺內沒有光源之下，你可以看見星星，像是一座座島嶼和一道道流進天際的溪水。我們的傳說故事說我們從天上而來，離開一顆垂死的星球，來到太空中的一座藍色綠洲。在我們正要逃往的深海裡，也有其他像我們一樣的同類嗎？別的星辰或是行星上有我們的親族嗎？我們在大洋洲停止了所有非必要的建設工作，以免招來注意。我們有水源、食物和棲身之所。我們的生活幸福，有豐富的故事、家人和親友。我們的長老組建了一隊疏散用飛行器，配置有機逃生艙。使用、維護和駕駛這些載運工具所需的知識一代一代流傳下來。

在黑暗中，我利用星光引路回到逃生艙。我特別留意金星。我們傳送的訊息會經由太空中的行星反射而回到海洋中。我的族人不會忘記我們，我只需要幫助他們找到我們的位置。我只需要對他們歌唱，他們會留意聆聽我們的歌聲。

瓦蕾拉

我下樓開始弄千層麵。出門去泳池之前，我在皮膚上噴滿防蚊液。

今天是兩周以來首度沒有下雨。我爸死掉的前一晚開始接連下雨，還有強烈的暴風、不斷的閃電和打雷。當天我們屋子後的公園裡還突然傳出一聲巨大的爆炸聲響，震動了牆壁，而且強光一時之間讓人能看得像在白天一樣清楚。

昨晚，在沃思堡南邊，發生了氣象播報員稱為「五百年一遇」的洪水。這已經是德州該區域三年內第二次出現的「五百年一遇」洪水了。

泳池底部覆蓋著一層落葉。

我打開泳池幫浦的開關，也同時啟動了池底專用的掃地機器人。然而，今天掃地機器人端坐池底，水管沒有連接池壁，什麼也沒在掃。管子沒有連接在池壁上挺奇怪的。我想到可能是我爸在教安娜游泳時把它拔掉了。安娜很怕機器人會掃到她。她非常戲劇化地發誓，說機器人追著她跑，追得身穿救生衣浮在水上的她，一路瘋狂逃跑濺起水花。

我用一根長竿把機器人的水管往我這邊拉，然後重新連接到池壁上的插孔。我清空了機器人的落葉收集袋，然後把它放回泳池深處。

我打開過濾盒的蓋子，然後內心天人交戰，考慮是否要回屋裡拿魚網來清除汙物。我用樹枝戳了一下裝滿的過濾器，沒有發現任何活物，所以我徒手開始清理。我挖到的第一團東西是腐爛的落葉，清除後露出的下一層是腫脹的毛毛蟲屍體、蜈蚣和一隻溺死的老鼠，牠的屍體浮腫，看上去像一條濕掉的毛皮披肩，粉紅色蠕蟲狀的尾巴在枯葉下捲起來，眼睛緊閉著彷彿沉睡中。

想到我的手指剛才刮過那具變形的鼠屍，我不禁作嘔了一會兒。覺得反胃，我決定先回到屋裡，檢查千層麵加熱的狀況之後從水槽下拿出洗碗用的長手套。我像外科醫生一樣，姿勢滿分地戴上手套，然後重重踏步走回屋外。

機器人的水管又脫落池底，而機器人本身一動也不動。「這可奇怪了。」我大聲地說。

我清完第一個過濾器，然後把動物屍體丟到柵欄外，草地後方地勢較低的院子。草地的面積有一百六十英畝。有個地方團體試圖將公園復育成野生草原，但是裡面很大一部分都是茂密的灌木叢，還有屬於外來入侵種的松樹和牧豆樹。而那些高大的橡樹們聳立著斜向柵欄，總像是隨時要倒下，並因為高溫和頻繁的乾旱而枯死。

第二個過濾器也一樣滿，我把它倒空。接著我把機器人的水管重新接到池壁，再次打開幫浦。

我回到廚房，把安娜的晚餐裝盤。我在菠菜上加了奶油、鹽和起司，如果它變得夠不像菠菜，安娜可能就會至少吃個一口。我把菜放進微波爐，然後再次走出戶外。

水管又脫離了池壁任意漂浮。

「一定是我做的方法不對。」我咕噥道。

我突然間不知道該怎麼做一件先前看著我爸爸做了好幾年的事情，這好像挺奇怪的。不知道是不是水管或插孔哪裡壞掉了。我不想走進灌滿冷雨的池子，所以我抓著撈葉網的長桿，沿著池底推動。網子鏟起了泳池較淺一端底部的黏稠物。然後我用網子邊緣把較小的飄落物推向位於泳池中段對側的排水孔，這樣雜質就會被吸進排水孔過濾掉。接著我往較深的一端移動。我幾乎立刻就感覺到桿子碰到某個堅硬的物體，讓我驚訝的是這東西這麼堅硬，但我竟然在桿子打住的地方看不到任何東西。我把撈葉網用力向前推，結果它以同樣的力道彈回我胸前。我的手臂接收到一陣像輕微電擊的震顫。

「停。」這個聲音彷彿從我自己腦袋裡頭傳來。我放下撈葉網，它沉到池底。

我心想，是幻聽，這可新鮮了。

「停，拜託。」那個聲音重複一次。

哇，我心想，我的幻聽真有禮貌。我的耳中清晰可聞我的心臟重重地怦跳。我開始感覺腦袋輕飄飄的。我彎腰深呼吸。根據漸漸黯淡的陽光，我估計現在快要八點了，一如往常，我當天甚至還沒吃午餐。我自忖，妳只是餓了。我快步走回屋裡，確認身後的門鎖上。我怕得不敢回頭隔著玻璃往後院看。

沙空妮吉

我逐漸長壯，從墜毀事故中恢復。乾淨的鹽水增強了我的體力。池邊有許多樹木，多到足以遮蔽水面，避免水溫在白天變得太熱。人類沒有再接近此地，這一點算是我非常好運。

我懷疑今天就是好運結束的時候了。有個女孩過來，她用一根金屬桿打我。

我還敢留下來，再度對她說話嗎？我感覺到她的意念，憤怒、哀傷、寂寞。如果我能讓她理解，我也有那樣的情緒和感覺，她會幫助我嗎？我不想死在這裡，遠離故鄉、遠離熟悉的親友。我一點也不想死。

瓦蕾拉

我把千層麵和菠菜擺上桌，叫安娜下樓吃飯。過了幾分鐘，安娜拿著我們媽媽的車鑰匙下來。

「媽說消毒鹽還在她的後車廂裡。」

「靠。」我說。

安娜看了我一眼，就像在說：「若是一個月前，我會去告狀說妳當著我的面罵髒話，但現在告狀有什麼意義？」我們的父母一個不在了，一個抓著安娜當安全毯，於是我們之間再也沒有競爭關係。安娜得到溫情照顧和淚眼模糊的關注。我則維繫著基本生活機能，是個表現欠佳的代理家長。

我們坐下來吃飯。我們聊到了義大利麵、奶油菠菜、養狗，以及安娜有沒有做閱讀作業，答案當然是沒有，但我還是在她的閱讀紀錄簿上簽了名。我讓安娜在紀

35 編註：《愛心樹》（*The Giving Tree*）是美國作家謝爾．希爾弗斯坦（Shel Silverstein）創作的兒童繪本，於一九六四年在美國首度出版，繁體中文版由水滴文化出版。這本書被描述為「兒童文學中最具爭議性的書籍之一」。

錄簿上寫了《愛心樹》這個書名，因為那是我所能想到最黑暗的童書。[35]我真不曉得怎麼會有人期待一個幾周前喪父的一年級生還要寫閱讀紀錄簿。我真的很懷疑。我也知道，我這樣做不是為了應付安娜的老師，而是為了安娜的媽媽。

晚餐後，我陪安娜走上樓，監督她刷牙，然後擁抱她道晚安。她走進我們媽媽的房間。

「晚安，親愛的！」我媽在安娜關上房門時叫道。

「晚安！」我喊回去，然後加上一句，「愛妳。」那句話彷彿被關上的房門反彈回來。

我下樓，把屋後所有的燈打開。然後我打開後露臺上的燈，還有唯一那盞泳池燈。要是我們後院有裝監視器就好了。我解鎖了車門，開始把六包五十磅重的消毒鹽拖向泳池。這回事沒有你想的那麼容易。

我坐在椅子上休息了幾分鐘，雨後的整個世界仍然潮濕。我專注地聆聽。這裡的烏鴉聒噪極了。

「烏鴉！」我大喊回應牠們。我想這就像你在鄉間開車時看到牛會大喊「牛！」。真希望我能講流利的烏鴉語。話說回來，我也希望我能講流利的切羅基語。

我把第一包鹽推向泳池邊，撕開包裝。結晶狀的鹽傾倒進泳池深處。我再打開一包，觀察著鹽直直墜入池底。突然間，鹽不再直入池底，而是沿著一個巨大橢圓形狀的洞兩端往下流。我目瞪口呆。然後我停止了往水裡倒鹽的動作。我跑去關掉幫浦，懷疑是被吸往過濾器或排水孔的池水製造出了那個奇怪的形狀。

水流平靜下來之後，我再撕開一包鹽，倒進水中。大量的白色結晶物仍從巨大橢圓形的兩邊滾落。這形狀讓我想到我多次看見我媽媽蓋著薄被、睡在她床上或沙發上的模樣。我丟下包裝袋，開始往後退。當鹽粒不再下沉，我腦袋裡那個輕柔溫暖的聲音又說話了。

「還要。」它悄聲說。

那個聲音使我震撼，它的音調和我媽媽是如此相似。過了片刻，我又聽到它在我腦中響起：

「還要。」

我開了剩下的三包鹽，倒進泳池。我倒完最後一包的時候，萬籟俱寂。我關掉泳池燈，重新打開幫浦，沒再費事啟動池底清掃機器人。

我走開之前喊了一聲，「你是誰？」我看向屋子，確保我家人沒聽到。

「沙空妮吉。」我聽見我腦中某處傳來的聲音。我懷疑我有沒有聽錯，這不可能。我一定是發瘋了。我知道沙空妮吉（sakonige）這個字。

「真奇怪，」我大聲說。「沙空妮吉是切羅基語裡的『藍』。」沒有回應，最後我回到屋內，確認後門鎖上了，並且啟動保全系統。

沙空妮吉

迪季汐（Digitsi）是我最好的朋友，她名字的涵義可以翻譯成「迅捷的泳者」。迪季汐在更早之前的一波疏散中離開了。我們啟程前，我接到她的訊息，描述了新到的水域。迪季汐的媽媽經常問我聽到了什麼訊息。家人在疏散時會分開，如果家族裡的所有人都坐上同一個逃生艙，恐怕會有全體滅族的危險。

顯然這個考量並非不切實際。

瓦蕾拉

我輾轉難眠了好幾個小時，在手機裡隨便打了些關鍵字進谷歌搜尋，像是「隱形海生物」。跑出來的唯一搜尋結果是一種叫作海洋藍寶石的甲殼動物。我下床到走廊對面，靠在我媽房門邊聽動靜。我聽出她在房裡用我爸爸的手機，從聲音判斷，她在重播裡面的影片，用他的說話聲當背景音，用他的眼光看我們一家人，回顧他拍的照片和自拍。儘管我很不想獨自一個人，我也同樣不想打擾我沉浸悲傷中的媽媽。

我警戒地回到樓下的廚房，往後院裡泳池的方向看。池面上月亮的倒影泛著漣漪，但我不覺得漣漪的樣子有何不尋常。我看看時鐘，午夜了，於是我做好我們三人份的午餐，然後爬回床上哭著入睡。

我隔天早上想到的第一件事就是泳池。我比平常早一個小時醒來，下樓給我媽媽煮了咖啡。我站在後門旁，看著天色逐漸轉亮，覺得自己也越來越有勇氣。我穿著睡衣到戶外，坐在泳池較深一側的岸邊。

幫浦開著，但是掃地機器人不管用地被棄置於池底原地。然而，沒有雜亂無章散落的雜質、沙子和小片的枯葉，池裡被反覆畫了「8」字形的線條，兩組一圈繞著一圈的同心圓，形成無限符號中的無限符號。

我檢查過濾盒，平常大量濾出的綠葉和薄瓣的桃金孃花幾乎都沒了，泳池水面相當乾淨。所以說，我心想，你是吃素的囉？

「有時候。」我腦裡的一個聲音輕柔地說。

我愣住了。我聽到院子後面樹上的冠藍鴉，然後聽到烏鴉的鳴叫。最後，我往池邊踏近一步。「哈囉？」

這次沒有聲音回答我。屋子樓上的燈亮了，倒映在池水上。我回到室內，再度被嚇得毛骨悚然。

有時候？我心想：那是什麼意思？

德州九月的天氣變化莫測。開學之後，你就無從得知今年還有沒有機會游泳。老實說，以前泳池都是我們爸爸在用。他每天早上出門上班前都會下水。即使家裡其他人都看著烏雲或溫度計搖頭時，他還是會下去游。

現在，泳池裡住了某種東西，要下水游泳我是想都不敢想。要是能找個人聊聊該有多好。自從我的同志身分在學校被迫曝光，我其實就沒有朋友了。原本只把我當成邊緣人的老師們，現在把我當成喪父不久的女孩，還有個不再工作——也不知道自己女兒出櫃了——的媽媽。

在班上，我感覺得到他們的眼神避開我，彷彿我是厄運的化身，彷彿無意間對著我看得太久就會引發棘手的對話，讓他們必須向上通報或是告知輔導員，也許還得做後續追蹤，好像他們真有這閒工夫似的。多數情況下，我也閃避他們，算是幫大家一個忙。

沙空妮吉

那個女孩盡力保持池水乾淨，但是我沒辦法繼續在這裡住太久。我的思考速度變慢，醒來的時候情緒憂傷。也許我會自己往那些野狗走去。

每當我開始這樣想，我就會說故事給自己聽，有新的故事也有古老的故事。我們是善於敘事的民族，由繁星與故事構成。在大洋洲，到處都有海星，它的形狀是最完美、最漂亮的。這也是為什麼我們認為人同樣由星星構成。人有四肢和一顆頭。當我如此告訴自己，我就相信我們可能是遠親，相信那個女孩也許會拯救我。

然後我開始在心中列表整理有哪些方法可以把逃生艙送向海洋，雖然我太過疲憊，無法每天造訪逃生艙。炎熱的氣溫只有稍微下降，水溫還是太高了。

知道我朋友的逃生艙順利抵達終點，給我帶來寬慰。在死亡之中，我就將再次與先我而去的親愛之人重逢。

在逃脫或死亡來臨前，我都將孑然一身。

瓦蕾拉

那天自然課下課之後，我發現自己直盯著水族箱看，無法離開座位。我的老師盯著電腦，他顯然一直在看時間：看壁鐘、看手機、看手錶。我知道我占用了他整整四十分鐘、無憂無慮的午餐時間。最後，他把口袋裡的鑰匙弄出啷噹響。

我沒有朝他看，而是說：「你覺得世界上有隱形的海洋生物嗎？」

奧路迪佩博士表現得非常困惑。「在海中最深處，可能有我們前所未見的生物。妳指的是像水母一樣透明的、很難看見的那種嗎？」

我想起撈葉網碰到那個生物的身體時我接收到的電擊。沃思堡泳池裡的心電感應水母？我想大笑，但是我不知道這樣回答會不會讓我又得到另一個免費諮商？

於是我改而說道，「沒錯，深海的奧妙。」

奧路佩迪博士換了個話題。「妳媽媽才是我們這個科目的海洋生物專家。」他停頓一下。「妳覺得她最近就會回來工作嗎？」奧路佩迪博士是我們學校的自然科主任，我頗確定我媽一定沒回他電話。我了解她在哀悼的過程中也質疑著她的人生抉擇。我覺得她會想回來繼續教十四歲的學生生物學嗎？回來接受專業審查和州政府評鑑？我覺得她會想繼續設法讓（只求及格的）學生像她一樣熱愛地球和生物嗎？他們可是把生物耗材公司賣來作為解剖教具的可憐野貓當成手偶玩呢。不，坦白說，我相當確定我媽媽已經再也找不到起床接受工作折磨的意義。但當然，我已經學到慘痛教訓，誠實很少是最上策。

「對，當然。我是說，她熱愛教學。她現在只是太難過了。」我誠實了一半，我能做到的極限就是這樣了。

沙空妮吉

為什麼壞事經常接踵而來，好事卻很少接二連三？逃生艙大致上維修完成了，原來大洋洲和新大洋洲傳來的訊息積存了一堆，雖然我聽不到訊息內容，但是他們的維修指示引導了逃生艙進行自我修復。所有的活物、每個活著的生命體都有靈魂。能夠跨越物種溝通是一件美妙的事。

不幸的是，穿黑衣的人類也回來了。他們在墜毀的凹坑那裡紮了營。整個公園裡都設了錄影機和陷阱。逃生艙終於看起來像是準備妥當，但我卻怕現在已經太遲。

瓦蕾拉

這天的最低溫到達華氏一百零一度（約攝氏三十八度），我做了沙拉、切了烤雞肉當晚餐，以免讓廚房過熱。我們的冷氣似乎運轉得很吃力。之後，我在客廳裡看居家樂活頻道的《迷你屋大夢想》，邊看邊睡著了。我真想跳進泳池裡，但是池底的那個生物讓我不可能這樣做。我到戶外盯著泳池底部，沙子畫出的無限符號在水底形成了一道路徑，讓我想到豪華教堂和學校裡闢建的冥想花園。

泳池以前看起來從不曾如此漂亮。我往較淺的一端倒了更多消毒鹽，有個東西泅游著穿過鹽堆，將鹽往四面八方揮開。

「還要？」我大聲說。

「還要。」我聽見自己腦裡的聲音。我繼續倒鹽，然後等待。四周除了靜默，只有幫浦的運轉聲。

我正要走開時，聽到的不再是「還要」，而是「餓」。我聽了不寒而慄。我等了等。過了幾分鐘，我又聽到一次「餓」。

「什麼意思？」我說。

「好餓。」

「我不知道該怎麼辦。」我回答。

那個聲音又咕噥了一句，「好餓。」然後聲音就消失了。

我忐忑不安。這片靜默顯得不祥。人類飢餓的時候做得出可怕的事。海中怪物餓了又會怎樣做呢？

我環顧院子。在九月中旬的德州，如果我是個有時候吃素的海中怪物，我會吃什麼？

我信步上樓，打算和我媽媽一起腦力激盪。媽媽和安娜搬了一臺電扇到房間裡。我告訴媽媽說我在做的一份課堂作業是要假想一種大型海洋生物。

「磷蝦，」她說，目光完全沒有離開安娜拿著的平板。「絕對是的。」換成以前，如果我對海洋生物學表現出任何一點興趣，我媽媽一定會大為振奮。「鯨魚是吃磷蝦的。不過海豚會吃魚。」

我想到我妹妹養在樓下的五條金魚，但趕緊否決了這個想法。寵物的死亡理應是用來讓小孩練習面對人類、家人的死亡。我妹妹不需要練習了。

我突然想到，附近有幾家雜貨店會賣活的吳郭魚。我只要去一趟雜貨店就好了，也許那樣就可以滿足池裡的生物。同時，我下樓拿出冰庫裡所有的冷凍魚肉，有兩大盒魚柳、六份魚排、兩包鮭魚、兩條小鱒魚，和一整條大鱸魚。媽媽一定是趁打折買了，但在爸爸死後就一直沒機會煮。我不知道該不該把這些東西拿出來解凍。我只留下鱒魚和鱸魚，放在流動的溫水下，其他的東西都冰回去。希望我媽媽不會晃到樓下來。

魚差不多解凍之後，我走到池邊。我在水池較深的那端把其中一條鱒魚放進水裡。魚開始往下沉，但是沉到池底上方約莫一兩吋處突然就停住了，浮在那兒。整條魚看起來正在萎縮，兩面被吸了進去，那雙眼毫無生氣地瞪著我並融化了。魚被掏空之後，沉入池底。我拿起長柄網子，把剩下空殼的鱒魚從水中撈出。我搖晃網子，魚只剩下一層皮，沒了骨頭，幾乎不再有重量。我取出之後丟到後院柵欄外。我幾乎還沒起步走回池邊，我腦中的聲音就悄悄說，「還要。」

我把第二條鱒魚放進池裡，同樣的程序重走一次。我等到「還要」的請求聲響起，才將鱸魚放入池水。鱸魚比較重，我不慎讓我的手往水裡探得比預期更深。頓時，我感覺到一股暖意透過我的手指往上擴散，彷彿我冷了很久、不知道自己需要熱源。那股感受遍及我的全身。我幾乎沒有發覺鱸魚從我手中消失了。這樣說起來很老套，但我感覺到一股平靜，截然不同於我記憶中的任何感受。不再悲傷、無所匱乏的感覺就是這樣嗎？我走回屋子的時候整個人輕飄飄的。

好長一段時間以來，我第一次無憂地沉入平靜的夢鄉。那天晚上冷氣故障的時候，我就下樓睡沙發，路過我媽媽房間時順便帶上安娜。樓上在明早前就會升溫到超過華氏九十度（約攝氏三十二度）了。我媽媽醒著，說她睡在自己床上沒問題，儘管身上裹的被子都汗濕了。安娜倒是沒有抗議，讓我把她帶到涼爽許多的客廳沙發上。

沙空妮吉

逃生艙傳送了訊息給我，轉達大洋洲和新大洋洲的來訊，警告我說人類逐漸包圍逼近我們的藏身處。要把逃生艙帶到通往新大洋洲的海灣邊，是一項艱鉅得令我喪氣的任務。我只能全心放在被愛、被想念、被珍視的感受上。在我的親族與朋友的擁抱中，我能夠再背負這份重擔一會兒……

瓦蕾拉

隔天早上，媽送我上學時，她向我保證回家後就會打電話找人來檢修冷氣。我突然想起從內而外被掏空的魚，趕緊在她開走前提醒，「今天晚上別讓安娜去游泳，就算屋裡很熱也不行。泳池的化學藥劑比例不對，她耳朵會感染的。」

我媽媽嘆了口氣，然後開車走了。

下午三點鐘，氣溫已飆到華氏一百零五度（約攝氏四十度），是九月裡的歷史最高溫。

爸爸過世後，這是我第一次留在學校參加課後交響樂團練習。有個名叫荷普的女生很友善，送我回家。我進房子時，室內還是熱得淒慘。爸爸死後第一次，我們廚房裡的收音機放送出國家廣播頻道的聲音。在廣播聲之下，我的腦子裡有個聲音急切地說，「快來！」

「媽！」我喊道。「安娜？」我往後門去。

我一踏上屋後露臺，就看到安娜的頭和肩膀以彆扭的姿勢在池中載浮載沉、手臂亂揮，身上沒有救生衣的蹤影。

「快來！」我腦子裡的聲音現在尖叫了起來。

我跑向泳池、跳了進去，用雙臂環抱住我妹妹，同時尖聲叫道，「媽！」安娜奮力掙扎，差點把我也拖下水，在此同時，池底的生物支撐著她的腿。

我媽媽跌跌撞撞地從屋裡出來，身上穿著泳衣，不斷喃喃自語，「我的天啊，我的天啊。」

我蹣跚爬上池邊階梯，安娜緊抓著我。

「怎麼會發生這種事？」我大吼道，不是對著安娜，而是對我媽媽。我媽媽對安娜伸出手，但她緊緊抱住我。

「我以為我可以不穿救生衣游泳。」安娜哭著說。

我媽媽支支吾吾，「房子裡太熱了。她想去游泳。我叫她等我一下。」她邊說邊哭了起來。

「妳有什麼毛病？」我嘶吼道。「她差點死掉！妳是她媽媽耶！妳不能因為妳痛苦就夢遊般地過日子。妳不能因為妳難過就毀了我們的生活！」

我媽媽現在說的話裡面只有這一句我聽得懂，「我換上泳衣之後就睡著了。」她開始哭泣。「我的天啊，我真的真的很抱歉。」

我吃力地抱住安娜，她不肯讓我把她放下，也不肯讓我媽媽接手。她瘦長的雙腿緊緊纏住我的軀幹。我轉身走進屋裡，媽跑到前面幫我開門，在我進門之後立刻擠進來向安娜說對不起。我暗自決定該打電話給阿瑪阿姨的時候到了。我們需要的幫助絕對多過我能提供的範圍。我打了通電話給她，向她解釋目前的情況。

那天晚上，阿瑪打給我媽。我聽到媽媽進了房間、關上門。我隔著門偷聽，但是通話內容在她這一邊只是一連串漫長的沉默，每一段都以「我們之後見」作結。

突然間，房門打開了。

「阿瑪想跟妳說話。」媽媽說著把她的手機遞給我。

「噢。」

媽媽走進安娜的房間，幫她準備上床睡覺。

「阿瑪？」

「妳有聯絡我真是太好了，瓦蕾拉。妳應該早點說的。」

「我想也是。」我說。

「妳媽是愛妳的。她只是忘了。」阿瑪等著我回應。

「忘了她愛我嗎？」我最後這麼說道，聲音哽了一下。

「她只是忘了我們離開世間時，會去到一個無所匱缺的境界，等輪到她的時候，妳爸爸也會在那裡。她忘了該怎麼哀悼，她這樣不是對的方法。她需要放手讓他走。她需要待在有其他人照顧的地方。」

我不知道該說什麼。

「我明天就過去。妳媽該搬家了。我會看看我能幫什麼忙。妳們身邊不該沒有半個其他切羅基人。」

媽媽在安娜的房間裡跟她說話、讀書給她聽，直到她入睡。最後，我聽到她下樓，出了後門。我筋疲力盡，試圖判斷我該跟著她出去、還是去刷牙。結果我在自己的床上迷迷糊糊睡著了。我聽到我媽打開我房門的聲音才驚醒。她全身浸濕，在米色地毯上到處滴水。

「姊姊，那個東西在我們游泳池底下待多久了？」我媽問道。

我遲疑了。她的語氣聽起來不像在指控。最後我只說，「什麼東西？」

我媽慢慢地、深深地吸了一口氣。「安娜告訴我說我們游泳池底下有個怪物，救了她的命。她說牠快要死掉了。」

我什麼也沒說。

「安娜跟我說，她開始往下沉的時候，牠抱住它、把她抬到空氣中，讓她可以呼吸。她說牠抱著她的時候，她可以看見牠的記憶。她說有一艘太空船在牠們要去另一片海的時候墜毀在草原上。」

我瞪大眼睛看著我媽。「哇，」我說。「除了『哇』無話可說。」

「瓦蕾拉，我下水檢查過。我本來不相信，但是我得到證實了。」

「噢，」我說。「好吧，那麼……」我等了一會兒。「好吧，我是叫牠沙空妮吉。」

我媽媽閉上雙眼，將頭微微後仰，陷入深思。

「沙空妮吉救了她的命，瓦蕾拉。安娜在池裡至少有十五分鐘。」我媽媽現在雙眼流淚。「安娜本來可能會死掉，都是我的錯。」

她現在無聲地哭泣著。我討厭自己突然產生的罪惡感。這樣好像太不公平了。媽才是大人，我不是。我才十五歲，而的確，我的父母多半沒有缺席，我有幸在他們照顧下成長到半自立狀態，但安娜才六歲，她還需要媽媽。

「拜託別報警。」我最後這麼說道。

這下輪到我媽媽張口結舌了。「妳以為我想要看到兒童福利機構上門嗎？想被送走嗎？」過了片刻，她繼續說，「別人不可能會相信或是理解。妳不會覺得這聽起來很瘋狂，是因為妳已經知道了——多久？」

「一陣子了，」我終於承認。「但我不知道牠是異種生物。」

我們四目相對。

她走進我房間，在背後關上門，說道：「安娜說牠快死掉了，如果我們不把牠送進海裡的話。」

「什麼？」

「牠快要死掉了。牠無法活在侷限的環境中。我們得把牠帶去海裡。」

我聽進去了，但我毫無頭緒。「不過妳知道該怎麼做，對吧？妳在海洋世界工作過。我記得妳那時候幫忙搬移過海豚。」

我媽媽大笑起來。「妳不知道那個過程有多難、花費多昂貴。而且有時候牠們還是會死掉。」

「噢。」我只說得出這麼一個字。

安娜突然衝進我房間。「我們不能讓牠死掉。」她伸出雙臂抱住媽媽。「牠明明可以不用救我，卻還是那麼做了，儘管那樣很危險。」

「是啊，媽。」我表示贊同。

我媽彎下腰，抱起我妹妹，儘管她的個子已經大到不適合再被抱來抱去。

「妳說得對，」她抱著安娜說。「嗯，妳的阿瑪阿姨大概晚餐時間就會過來了。也許我們可以一起想出個辦法。」

我靈光一閃。「阿瑪是開卡車的。」

我媽點了點頭。安娜緊抱著她。

我出門走到池邊，用力以思緒對沙空妮吉說話。「你可以回家了，」我說。「我們會設法幫你回家。」

家，我在腦中聽見聲音。家是有人愛我們的地方。家是永遠有人在等我們的地方。

我在失去爸爸的同時也失去了家。我媽媽和我從那之後就一直苦苦思念著家。

❁

天正要開始黑的時候，阿瑪到了。她的連結車車頭的窗戶用的是深色玻璃，所以從車窗看過去是看不見開車的是什麼人。她身高大約五呎五吋，總是戴著雷朋墨鏡，蓋在臉龐周圍的黑髮讓人很難看清她的五官。她看起來比較像我媽的妹妹，而不是她的阿姨、表姨或其他不知道什麼稱謂的親戚。阿瑪把卡車停在通往公園的其中一條私關道路旁。其他鄰居也是把連結車和露營車等不能沿街停放的車子停在那個位置。媽媽已經跟她說明過情況。媽媽說她的反應很從容。我們開車載她回我們家，然後我們一起去泳池邊。

阿瑪潛入水中。她在水底游了幾圈「8」字形。她能夠在水底待那麼久，令我驚嘆。

終於，她踏出池外。

「『宇宙間無奇不有，何瑞修，不是你的哲學全能夢想得到的。』」她說。[36]

「所以？」媽媽說。

「看樣子我們得開車去一趟蓋維斯敦了。」

沙空妮吉

我告訴她們逃生艙藏在土裡。我解釋說逃生艙是活體，可以震動前進，接受我們的召喚滾動過來。那個名叫阿瑪的女人和其他人不同。她像我一樣能在黑暗中視

36 譯註：這段台詞出自莎士比亞劇作《哈姆雷特》。

物。我們一起合作，引導逃生艙繞過守在附近的人類。她走進樹林裡，告訴我該如何避開他們。那對母女在一輛大卡車的輪子旁等候，卡車的貨櫃沒熄火，上貨的斜坡放下來等待著。阿瑪動作很快，但逃生艙的速度更快。在阿瑪的指引之下逃生艙避開了人類和監視器。那一晚就連鳥兒也安安靜靜，雖然透明球體的逃生艙循著迂迴的路線滾動過草原時，牠們都警戒地看著。它從一個凹谷穿梭出來，然後加速上坡，飛向空中，對準她們在旁等待的那輛卡車後方。我也在黑暗中摸進貨櫃。瓦蕾拉把門重重關緊。

安娜全心信任我，但她還沒有看過我進食的樣子。瓦蕾拉和她的媽媽對我抱有合理的尊重和恐懼，我對她們也有同感。阿瑪和我則能夠了解對方。

那位媽媽了解水質、pH值和海洋生物。我們準備好去海灣一遊了。

當然，我見識過這個物種能夠做出什麼事，所以仍然保持警戒。他們之中有些人潛進深海，為了取得燃料推動他們的世界運轉，不惜毒害我的家人以及他們未曾見過的其他生物。他們傷害了這個同樣也是他們家園的世界。現在，我們成了難民，但還是在無處可去時能夠放手一搏的難民。

烏鴉

黑衣人困惑不已。他們瞪著手邊的設備，如今上頭空無一物。他們追著螢幕上的點，卻看不見任何東西。他們用無線電互相呼叫，詢問彼此看到什麼，但就是啥也沒看見。只有知道自己在找什麼的人，那些跡象和標誌才管用。你看不見自己不了解的事物。

瓦蕾拉

去年六月我爸爸過世前，我在印第安夏令營用小珠子做了幾串彩虹手環。媽也在那裡教課，但她整天大部分時間都在戶外協助學生做水質檢測，教他們濁度之類的概念，帶他們認識水中生態、認識三一河裡那些靠水質定生死的微生物。有些地區的河流和生物得到權利，被接納為與這個星球共存的生命體之一。但在這裡還沒有。

印第安夏令營很好玩，我因此有機會和其他住都市的印第安小孩相處，他們多半無法在自己的家鄉長大。在那一周的期間，我有朋友相伴，不再是被議論紛紛卻沒有人可以說話的酷兒怪胎。對於我選擇的珠子顏色，沒有人挑眉，也沒有人找我麻煩。還有兩個人問我能不能幫他們也做一串。

阿琳老師不會容忍我們欺侮對方的行為。如果有暗中霸凌的現象，她一定會留意。有些小孩自己就有兩個媽媽或兩個爸爸，他們二話不說幫我找出所需的珠子，讓我重複做出跟手腕上那串相同的彩虹。我把自己的那串手環放在背包裡帶回家，但是再也沒有戴上。我就是無法想像要跟我媽媽或是爸爸談論這麼私人的事情。

當初媽媽嘗試要跟我談月經這回事的時候，我覺得我就要尷尬死了。我說，「我會上網，媽。談這個沒有必要。而且超尬。」

我媽當時抿起嘴，然後做了個深呼吸。她之後轉身走開時說，「好吧，那雖然妳已經知道了，但衛生用品都在浴室裡。」她聽起來很受傷，但我就是沒辦法跟她談。

我們在為海洋之旅準備時，我把手環從書桌抽屜拿出來戴上。我再也不會隱藏這一部分的自己了。

沙空妮吉

我要回家了，回到我們的新家。我的親族和朋友在那裡等待——我最好的朋友、我的老師、長老和手足。那是個新的家，然而是我的家人所在的地方，那就是使之成為家的條件。

瓦蕾拉

安娜坐在卡車前座，跟阿瑪阿姨一起。媽開著她的車和我跟隨在後，她開車的同時，我看著窗外跟我們跟得太緊的黑色車子。媽讓我選音樂，她專心穿行在陰暗的道路上。最後我關掉了音響。

「所以說，媽，妳支持同志人權嗎？」

我媽轉過頭來，帶著疑問的眼神看我，但很快將焦點轉回路上。

「我當然支持。我做了什麼讓妳覺得我不支持嗎？」她看起來一臉困擾。

這我得回想一下。她有嗎？我從不曾見過她取笑或是嘲弄同性戀者。但身處一個透過新聞和電視告訴你同性戀傾向是錯誤或不自然的世界裡，你永遠無法預設誰是盟友。我的高中校園經驗確切證實，如果有人不曾提起這個話題，那他們一定是對此有意見。

我無視她的問題。

「我在網路上做了很多研究。」

「研究？」我媽開始出現了警戒的語調。

「對啊，我做了一些測驗，然後我滿確定我是同志的。」

我媽表情凝結。

我等待著。

她做了個深呼吸。「所以說妳靠網路上的測驗發現自己是同志？」

「嗯，那個，還有就是我之前喜歡上克蘿伊了。」

「噢。」

有時候你可以看出你的父母或老師正在思考。因為你們共有的過往，你可以看得出他們正在記憶的儲存庫裡掃瞄，並且即時處理結果。我看到她匆匆抹掉一滴還來不及流下臉頰的眼淚。這反應真是糟糕透頂。我意識到我根本不應該開啟這段對話。

但我還是繼續追問。「妳之所以哭，是因為我是女同志嗎？」

我媽搖了搖頭。她看著路面。「我得停一下，」她說。「傳訊息跟妳阿姨說。」

我照做了，彷彿身負重擔，我快要哭了。她打算做什麼？媽把車暫停在一間布倫姆速食店的停車場，關掉車子引擎，轉過來對著我。

「我之所以哭，是因為我記得失去一個喜歡的朋友是什麼感覺。而我很心痛我的女兒也要經歷這種事。」

我不假思索地說，「對，但妳的朋友也是跟妳同班的女生，本來應該要跟妳當永遠的好朋友嗎？她也拒絕了妳，然後大肆宣揚嗎？」

媽現在是真的哭了。然後她點了點頭。這下完全超展開。

「所以妳是在告訴我妳也不是異性戀嗎？」我問。

我媽聳肩又點頭，差不多是同時做出這兩個動作。「我想是吧。我是說，我在妳這個年紀，沒有見過什麼健康的感情關係可以當作模範，我身邊的環境沒有，其實甚至書裡也沒有。我只是壓抑下那一切，好讓我的生活過得輕鬆一點，讓我不會因為愛上的對象而被人議論或毆打。在我高中的時候，出櫃的小孩很容易遭受那種待遇。」

我點點頭，「現在也還是。」

她再度點頭。「我不像妳那麼勇敢。」

我們同時沉默了幾分鐘。等到她好像哭夠了，我從置物箱裡拿了張紙巾給她。

有件事緊咬著我不放。我想要在我們反正都已經很不自在的此刻問她，不然我想我永遠問不出口了。

「嗯，那麼爸呢？」我小聲說。

我媽笑了出來，「這個嘛，我好像總是會愛上我最好的朋友。妳爸就是我最後一個最好的朋友。」現在她臉上淚如雨下。

我探出身子過去抱住她。我的右肩很快就沾滿她的淚水。我鬆開她，從置物箱又拿了一張紙巾。

「謝謝，」她吸了吸鼻子，然後說，「妳還是要小心，知道嗎？」她挑起眉毛，這下我清楚知道她指的是在性方面要小心。我窘縮起來。

「天啊，媽。妳看這就是為什麼我不能跟妳講事情。」

「對不起。」她用手臂擦過淚濕的臉龐。

「沒關係。」我聳著肩說。

「我想吃點覆盆子巧克力冰淇淋，」她一面說一面比向商店。「妳要吃什麼嗎？」

「好啊。我們也需要給沙空妮吉補充一些蛋白質。」我看著她。「妳哭得亂七八糟，我進去買吧。」

媽給了我一些現金，我進去店裡。我買了一些給沙空妮吉的魚，並點了肉醬薯條，因為那是我媽最愛的療癒美食。我幫她買了她要的覆盆子巧克力甜筒，給自己買了一杯彩虹聖代，原因很明顯囉。

我給她看那杯聖代時，我們一起笑了出來。我們邊吃邊笑。

我就是這麼發現我媽是酷兒的。

沙空妮吉

阿瑪將卡車停在一條與海岸平行的廢棄道路上，打開貨櫃門。她伸出手觸碰透明球體，說：「你在外頭要小心。如果看到烏帖納，叫牠留著別走。」

月光下，逃生艙滾動到海灘上，變得幾乎隱形。那個家的其他人站在海邊。

我心中可以感覺到我的家人正等著我，唱著能夠幫助我找到方向的歌曲。安娜已經在海浪的邊緣跑了起來，赤裸的雙腳在沙子上舞動。瓦蕾拉和丹妮看起來比先前輕盈許多，悲傷的重擔卸下了。

我的同族不說「再見」或「愛」或「謝謝」。這些情感顯而易見地流動在彼此的互動之中，沒有必要說出來。你會直接感覺到，就像你感覺到電流、風、水和陽光一樣。永遠不會被誤解，這是一件既美好又困難的事。

安娜、瓦蕾拉、丹妮和阿瑪可以感覺到我的如釋重負、我的深深感激。言詞只是拙劣的替代品。我的球體滾向海水，那家人的媽媽坐在海灘上。她看著我的逃生艙展開，似乎恰好漂浮在波浪上。

「歡迎回家。」我聽見我族人的呼喚。

「家是有人愛你的地方。」我回應。

逃生艙潛入海浪下方之前，我再次回望了一眼那些救了我的人們。如果有更多人關心和重視所有生物的權利，也許這個星球還能得救。那家人的媽媽讓她的兩個女兒坐在她身邊，阿瑪站在她們後方，溫柔地將一隻手放在那位媽媽肩上。我的逃生艙沉入深海時，她們依然緊緊相依著向我揮別。

喪屍入侵
汽車電影院！

夏洛特・亨利

二〇三九年玉米熟成月四日

2039/07/04

「妳的父母永遠會讓妳失望，夏洛特，」媽媽一面放下她找到的一張泛黃的復活節卡片，一面這麼說道。然後她看向我妹妹，她才剛一陣哮喘發作，好不容易睡著，接著補上一句，「而疼愛孩子則會讓妳心碎。」

媽媽坐在黃色美耐板桌面和鉻質桌腳的餐桌邊，讀著她之前從沒看過的信函與卡片，寄件人是僅僅在出生證明上掛名的爸爸。她的媽媽在加州過世之後，有人把她的東西裝箱寄回來，箱裡有一堆信件。信在桌上排開，郵戳日期橫跨了他缺席的這十二年，寄出的地址分別在東西兩岸。收件人寫的都是我媽媽，信封全部沒拆開過。媽媽小心翼翼地將信封連同每張卡片保存好，試圖拼湊出她素不相識的爸爸的生涯。幾年前，我們開始躲在她兒時的舊家避難。她的奧黛莉阿姨幫忙史畢爾斯家的外公和外婆一起把她拉拔到大。她嫁給我們的爸爸時冠了道森這個姓，但是在我們的世界天翻地覆之後，我們的姓氏就改成了媽媽的娘家姓。

「我想我媽媽把我爸寄給我的錢都收走了。」媽媽表示。

前門突然響起砰的一聲，嚇得我們雙雙驚跳起來。黃昏趁我們不注意時偷偷摸摸降臨，現在我們的前門門把搖晃起來。媽媽從窺孔往外看。

「是老鮑伯。」她說。她伸手去拿擺在門邊的複合弓。

我妹妹在沙發上翻了個身。媽媽用嘴唇撇向她，對我示個意，同時抓起了一個掛在前門旁邊的口罩。我們從逃離我爸爸之後練習了一年的防禦計畫，現在該派上用場了。若是由我爸爸作主，露絲和我就會躲在食品儲藏室，從陰暗的室內鎖上門。

我在趕去妹妹身邊之前，從貓眼往外瞧了一眼。老鮑伯拖著腳步穿過了一片狹長的田地，跨越了隔開我們兩家土地的道路。他看起來像剛死沒多久，發濁的藍眼珠在頭顱裡轉動，搜尋四周有無動態。在電網癱瘓之後，老鮑伯是第一個晃到我們家門口的喪屍。

我到沙發旁，跪在我妹妹身邊。露絲的眼球在眼瞼下微微顫動。我拍拍她流汗的手臂。老鮑伯在門框邊用力地嗅來嗅去。

我正要大聲從一數到七，讓媽有時間從後門溜出去，這時我妹驚醒了。我將手按在她身上，安撫她冷靜下來。

「一、二、三、四、五、六、七。」然後我高聲大喊，「是誰？」

老鮑伯用全身猛力撞門。門板在門框裡狂抖，門把開始前後扯動。雖然我努力保持冷靜，內心還是爆發一陣驚恐，同時我聽見我媽大吼，老鮑伯擠出一聲低沉的呻吟。箭矢安靜而致命。我屏住氣息，直到我媽終於喊了我的名字。我彎下身，親了一下妹妹的臉頰，然後抓起斧頭和皮革手套，並從儲藏室拿了另一副口罩。我解開門栓的時候，媽已經把鮑伯的屍體拖向路對面的水溝。路上留下一道血肉模糊的猩紅，堪稱是後末日版的《糖果屋》情節。

媽媽先從鮑伯的口袋撈出他的卡車鑰匙，然後接過斧頭，亂七八糟地把他給斬首了。

「我們晚點再把他移到幾呎外，」她說。「我們先去取卡車吧。」我們自己的車沒油了，而且在瘟疫爆發前性能就已不太可靠。

我去接露絲的時候，她已經在屋裡把鞋子和口罩都穿戴好。

我們在老鮑伯的房子外面把能拿的東西都給搜刮了。就算戴了口罩和手套，在天氣轉冷之前，我們也不敢冒險進屋。這不是我們經歷的第一場瘟疫。由於與外界隔絕，我們仍不知道這種病毒能夠生存多久，以及我們感染的機率有多高。我們迅速把那輛藍色福特卡車的貨斗裝滿工具：一捲帶刺鐵絲、另一把斧頭，還有一些新的木合板。然後我們把車開回家。

媽抬頭望向天空，咕噥了一句，「該死。」

一群禿鷹已經繞著鮑伯的屍體在空中盤旋。牠們聞到疾病的氣味，不會降落，但是可能會引來非必要且危險的關注。

媽媽跟我負責移開鮑伯的屍體，她叫露絲待在卡車上。蒼蠅爬滿了他的雙眼，還一直停在他左手腕和手肘之間染了褐色和黃色汙漬的自製繃帶上。他之前不相信喪屍流感會波及我們這裡，還大力抱怨尚無法供應的疫苗。

「你等著瞧，」正常世界崩潰之前他曾這麼說。「你只要咳嗽一聲，就會有人去舉報你，疾病管制局就會上門把你拖走。」他說這種話的時候，態度激動尖酸到你都看得見他口沫橫飛。電網癱瘓前，部落裡送來口罩、消毒劑和補給品。鮑伯到我們家門前來時，這些東西我們全用上了。

幾周前電視還沒斷訊的時候，我們從螢幕上看過城市裡的街道上出現喪屍的景象。但親眼看到鄰居死於這種疫病又是另一回事。

媽媽發覺了我的恐懼。她確認了塑膠手套沒有破損，然後走到鮑伯旁邊，謹慎地拉開他的繃帶。前臂的中央有個血淋淋的新月形咬痕，又紅又腫，發黃的皮膚和乾掉的血跡旁還有消退中的瘀傷。

「他是被咬的，」她這麼說是要讓我放心。「但是妳口罩還是要戴好，我們回家的時候也得先把身上洗乾淨。」我們很幸運，後院有個泉水房。

媽媽攤開一張油布，把布的一角蓋住老鮑伯，然後像處理一張不要的地毯似的將他捲起來。我幫她把他搬到卡車後面。然後，開到廢棄的石子路盡頭時，我再幫她把他搬下來。我們把油布捲放到地上時，媽媽對造物主念了一段禱詞。

露絲唱起了《奇異恩典》的頭兩句，「造主之子，為我償罪——」媽和我也跟著她唱。基本上，喪屍流感使得舉辦葬禮再也不可能，但聖歌和禱詞仍然是很重要的。

❁

回到家，我拿起那張復活節卡片，卡通兔子圖樣的紙卡散發出香菸和灰塵的味道，尾巴是蓬蓬的棉球，會動的立體眼睛有點被壓裂了。卡片上手寫著：「復活節兔兔叫我寄五塊錢給妳，讓妳買彩蛋。」

媽媽從我手中拿走卡片，丟回箱子裡。「看樣子我爸爸以為是我媽媽在照顧我。他把錢電匯給她。她從沒跟他說過她把我丟給史畢爾斯家外公外婆和奧黛莉阿姨。」

兩年前，我爸爸打斷了我媽媽的手臂，並威脅要殺了我和露絲。我想起她說父母會讓你失望的那段話。「妳沒有讓我失望。」我說。

我媽媽聳聳肩，把箱子拿回她外婆的衣櫃。

發生家暴後、末日來臨前的生活為時將近兩年，我們進入求生模式，住在我外公外婆位於切羅基郡森林裡的房子。我們再也沒有回去過陶沙的家。我們在門邊擺著斧頭，窗臺上放著手槍。我們還有一把來福槍，但槍身是為右撇子設計的，所以我用起來很吃力。媽媽買了一臺攜帶式的古董ＤＶＤ播放機，並且開始從二手商店和當舖蒐集便宜的經典電影和音樂劇。

將近一年的時間，她不敢讓我們去上學，所以我們都在家看電影和阿肯色州電視臺的教育節目。我的性知識是從《火爆浪子》裡學來的，我還會在洗碗時哼〈還有更糟糕的事情我可以做〉這首歌，把我媽惹得很煩。我們跟老鮑伯借了左手用的來福槍，她教我怎麼用。我們聽說爸有了新對象並訴請離婚之後，媽媽和奧黛莉阿姨就判斷我們可以安全回去上學了。文件辦理程序由律師處理，這樣我們就完全不必跟他見到面。我們申請了新的出生證明，打了第二輪疫苗，因為爸把我們留下的東西全部銷毀了。我試著不要去想我們的寵物兔子可能遭逢了怎樣的命運。遺忘是一門藝術，可以反覆練習、臻於完美。

媽媽在二手商店買了一本日記本給我，沒發現裡面已經被寫了大半。我讀到一個名叫喬伊的女孩有多麼受不了她弟弟迪倫，還有她多麼愛她的石東奶奶，石東奶奶是位高明的串珠藝術家。我在那些日記內容後頭我列出一份我們逃跑時的失物清單：

1. 我們的寵物兔子哈維。
2. 住在歐洲的阿瑪阿姨寄來的信和明信片。
3. 我媽還沒有掃描的舊家庭生活照。

我媽的手機裡有一堆比較近期的照片，當然其中不乏我爸爸的身影。我爸爸有著迷人的笑容和閃亮的藍眼睛，讓他外在看起來比內心善良。他也是左撇子。每張照片裡的他都穿著縫滿美洲印第安運動布章的機車皮衣，那是我媽在二手慈善商店挖寶來的。我爸爸不曾是美洲印第安協會的成員。不過他因為外表不夠像切羅基人而有一些心結，也許那就是他一直穿那件外套的原因吧。

在喪屍流感爆發前的大事就是這些。

對喪屍來襲的恐懼和那一年間我們對爸爸的恐懼並沒有那麼不同。只不過現在我們不用繳電費，沒辦法看老電影，門邊的掛勾上多了口罩。電網癱瘓時，老鮑伯給了我們那把複合弓。

「噪音會吸引他們，」他當時站在我們的門廊上說，沒戴口罩。「我從收音機聽到的。」

疫情開始之後，我媽、露絲和我再度幾乎如影隨形。這樣感覺很安全，但是十五歲的我很快因為如此緊密共室而感到煩躁。我們出外蒐集補給品、用複合弓打獵，以及種植或採集作物。我們懷念著我們和切羅基族社區共度的幾個月，那段時光太短暫了。

在那段期間，我們見到了金恩表姨和其他親戚。我們在學校開始交到朋友。我們跟奧黛莉阿姨一起上切羅基衛理公會教堂，那裡的聖歌是用切羅基語唱的。奧黛莉阿姨生病時，教會的年長女性都帶了食物來我們家。我媽媽有一位被我們叫作

「烏龜叔叔」的好友，他帶了他的孫女艾莉莎來為奧黛莉阿姨的葬禮煮飯供餐。我們在學校上了初級切羅基語課，跳了重踏舞，參加了爐炸豬肉和野洋蔥的晚宴。

聖誕節時，烏龜叔叔邀請了媽媽幫他在公園丘（Park Hill）的聖誕帕瓦儀式煮飯。媽媽花了好幾個小時負責幫熱油裡的金黃麵包翻面，以餵飽在場兩百個以上的人。他們提供的餐點有炸豬肉、炸雞、炸麵包、炸馬鈴薯和種類繁多的蛋糕。露絲和我坐在壓著潘德頓地毯的椅子上，看著其他人跳舞。烏龜叔叔帶了他女兒的披巾借給我們用。他的孫女、切羅基和塞米諾人混血的艾莉莎為我們示範如何在跨部落集會上列隊跳舞。晚些時候，帕瓦儀式的協辦會請烏龜叔叔和媽媽出列，用一首廚師之歌予以表揚。他們在烏龜叔叔和媽媽面前鋪了一條毯子，公園丘雷鼓樂團做了演奏和歌唱表演，社區成員則跳舞表達讚揚。最後，毯子上放滿了一美元紙鈔，烏龜叔叔把錢給我媽媽拿去數。然後，他叫她留下一半的金額，說要讓露絲和我好好過聖誕節。媽媽訝異並感激。部落社區裡的生活並非總是完美，就像其他任何地方，也有嫉妒、內鬥和政治角力。但是那場聖誕帕瓦儀式非常完美。我們有手機裡的照片為證，以前還有社群媒體上的貼文。我不知道相簿轉移到線上是好是壞，有那麼多回憶可以記錄，現在卻也有那麼多記憶被遺忘。

晚上，我們會用木板蓋住窗戶，吃飯聊天時點蠟燭或是油燈。有時候我媽媽會讓我們挑一片經典電影DVD，然後輪流講那部片的故事給彼此聽。輪到露絲和媽媽的時候，她們講的故事每次都跟我記得的不一樣。

媽媽嘗試過繼續教我們切羅基語，用我們外曾祖母瑪莉・史畢爾斯買給她的書當教材，儘管她們都不是從小說母語長大的。

「ah、ay、ee、oh、oo、uhn。」她會指著發音表上的第一行念。露絲和我在學校已經學過這個了，但我們還是配合。

「ah、ay、ee、oh、oo、uhn。」我們會重複跟著念。

媽媽試著讓我們的日子過得有架構可循。她存下了威爾・查維茲寫的一篇關於切羅基曆十三個月份的文章。[37]那些月份的名稱很酷，例如骨月和綠色玉米月，代表的都是自然時節，一套以大地和季節為骨幹的計時方法。我們會在春天採集沿溪生長的野洋蔥，跟蛋一起煮，盛在炸麵包上，配一碗豆子吃，加上蜂蜜增添甜味，宛如置身幸運草田。那是我們有生以來吃過最棒的一餐。我們跳過慶祝暴力的節日。畢竟，在了解歷史背景之後，媽媽一直都覺得某些節日是悲喜參半。她喜歡冬天的大餐，也喜歡煙火，但是她說她覺得慶祝這個國家的誕生感覺很奇怪，從一七七六年建國開始，這個國家就逐步嘗試消滅和同化國內的原住民人口。

但我們不得不承認，我們曾經對任何能放假休息一天的國定假日都心懷感激。從前，我們的國慶日多半在一家很酷的電影院度過。我們會吃爆米花和杏仁巧克力當晚餐，不斷續杯共飲的冰沙。我們會在電影院待到煙火表演開始前不久。我妹妹曾經是個精力充沛的孩子，會在裙子裡穿短褲，以免倒吊在攀爬架上或爬樹時露出內褲。但喪屍流感帶來的壓力磨耗了她，她的氣喘也越來越嚴重了。晚上，露絲開始睡在我媽媽身邊。她們一起擠在沙發上時，我努力不要感覺自己被排除在外。為了表示我不在意，我在房間另一側的地上鋪了睡墊。可是偶爾，當四周太安靜的時候，我會醒來，爬過去將手放在我妹妹嬌小的身體上，等待她一起一伏的呼吸，好確定她還有氣息。

我們很幸運，房子周圍大部分都被整為平地了。只要我們保持警醒，就沒有人能偷襲我們，除非他們越過一片接一片的廢田。我想養條狗，但是媽媽說狗吠可能引來危險。我不知道在末日來臨時找一條不會吠的狗有多難。

37 威爾．查維茲（Will Chavez），《切羅基鳳凰報》和《切羅基倡議報》現任記者與攝影師。

房子旁邊有一大棵核桃樹，我們總會記得替它澆水。核桃敲開之後的果肉十足美味，殼還可以煮來當作天然染料。我找了一條繩子在樹上綁了個輪胎。我爬上去，拚命把自己盪高，接近地面時雙腿並用蹬地。輪胎的重量回應了我的施力，我往後仰、閉上眼睛，努力記得不要尖叫，雖然我的肚子不肯配合。我累了之後就讓繩子自己轉動，看著世界在我周圍旋轉。

然後我進屋去找露絲。我要她保證別發出太大聲音。你永遠不知道尖叫聲可能會引來什麼。媽媽也出來坐在後門門階上看。我推了又推，用盡全身的力氣。最後，繩子被拉低到露絲的雙腳拖地。媽媽問我們能不能改良一下設計。我說當然可以。繩子綁得太低了，我本來就得調整。媽媽回屋裡去拿工具。她拿著一把美工刀和一把老式的手動鑽子出來。

我們把輪胎從繩子上解下來。我們把一張舊的戶外桌放在輪胎下繩子垂落的位置。媽媽和我鑽了三個間距相等的洞，然後她把兩條額外的繩子綁到主繩索上，我再幫她把整個鞦韆調整成水平垂掛。我們完工之後，三個人就可以一起盪鞦韆了。有時候，我們晚上會一起到戶外看星星。無雲的夜晚，星星閃亮耀眼，你看得到星座，可以明白為什麼有人相信星星是發光的生物，或是一心想玩的切羅基男孩，他們跑出家裡、跑出玉米田，住到天上去，成了所謂的昴宿星團。你也會看出銀河多像飢餓的狗兒撒在天上的玉米。這個關於狗的故事總會讓露絲接著向媽媽問起外婆以前養的杜賓犬，牠會咬輪胎鞦韆的繩子，還會把小孩拉到另一棵樹下。

偶爾，我媽會在露絲睡著之後試圖跟我談話。她的聲音帶著一種讓我驚恐的寂寞，一股對友伴的渴望。我認得自己心中也有同樣的渴求，並因而感到困擾。我怕我一旦開口，就會告訴她太多，坦承一些我說出來之後會困窘的事情，尤其傾訴的對象是我媽媽。我想，有時候還是別把一個人探究得太深比較好。我不想知道她有多害怕。我想要她告訴我一切都會平安無事，不論發生什麼狀況她都能搞定。我時不時會裝睡。她會輕聲喊我的名字幾次，然後嘆氣。我覺得她知道我醒著。我常會想，我究竟能不能原諒自己竟然拒絕當我媽媽的朋友。

❁

露絲夜間的症狀越來越頻繁，她會哮喘，而且更常需要使用吸入器。有一天晚上，我醒來發現她呼吸困難。

「媽。」我在她們旁邊站著說道，手裡已經拿了露絲的吸入器。

媽媽醒過來，對於我叫醒她的原因毫不困惑。這種事經常發生，她大概連睡著都會夢到。露絲昏沉無力，我用手電筒照她的手，看到她的指甲發黑。

「我胸口好痛。」露絲困難地說。她已經吸了兩口吸入器，但似乎沒有效果。媽媽外出時第一時間做的事之一，就是去搜刮氣喘吸入器。但上一次她出去掃物尋人，回來時深受驚嚇，全身都是血跡和瘀傷。從此之後她就只待在家附近，說現在離家外出還不值得。我們以為我們需要的東西都已經有了。

我想藥品上標示保存期限是有理由的。

我意識到自己哭了起來。我不想讓露絲看到我多害怕。媽媽派我去儲藏室拿我們放在那裡的其他吸入器。

無濟於事。露絲就在我們的懷中死在沙發上了。

媽媽把露絲抱到外婆的臥室。她緊閉房門，但是我仍聽得見她的哭嚎。我在沙發上縮成一團哭泣。這太不公平了。我們從來不應該為了逃開我爸爸而躲在一間遠離藥物和醫生的房子。如果我們住得離其他人、其他盡心保護我們共同社區的人近一點，而不是在這個離鎮上四十五分鐘路程、最近的鄰居也守著自己家一百六十畝田的地方，那麼又會如何？我們甚至不曉得外面的世界發生了什麼事。我們渾然無知地禁閉於此，這全是我爸爸的錯。而且我知道，不管我爸爸在哪裡，他必定還活著，他就是這種人。他不是那種英勇高貴的倖存者，而是會犧牲身邊所有人來救他一文不值的小命。

突然間，我發覺我媽的哭聲停了。

我起身走去臥室門前，發現門鎖住了。

「媽？」

「不要進來！」媽媽尖叫道。

「媽，怎麼了？拜託把門打開。」我哭喊道。

「不要進來！」媽媽大喊。「對不起。我不知道為什麼會這樣。我愛妳，小夏。」

我聽到咆哮聲，一陣低沉而兇猛的聲音，然後是我媽媽痛苦的尖叫。

「不要進來，小夏！絕對不要進來。」在一陣拖行聲之後，某樣笨重的東西撞上門的另一側。

「小夏，我要把門堵住。但是妳該走了，寶貝——」我媽的話聲被打斷。暴烈的噪音越來越大聲，壓在門上的體重讓整扇門搖晃不已。

「媽！」我大叫。

「快跑，寶貝——」我聽到沉重的家具滑過木地板，然後發出悶悶的撞擊聲。

「媽媽！」我啜泣道。我哭得好大聲，對其他一切都渾然不覺。我終於停下來喘氣時，耳邊傳來的聲音實在太恐怖了。我跑去拿了斧頭，奔向後門，那是我們的緊急出口，是逃生通道。我在身後把門關緊鎖上。我媽媽的哭聲沒了。我在黑暗中朝著老鮑伯的福特卡車踉蹌前進。我不知道還能怎麼辦，於是爬上車鎖了門。我想到我媽媽從外面回來時滿身血跡和瘀傷的模樣。我坐在副駕座的地板上，大半個夜晚都在哭泣。

我停止哭泣時，愚蠢地猜測我媽媽是否為了逃離這一切而放任自己被殺掉。就像《蘇菲的抉擇》，她拋下了我，我比我以為的更不被愛，更加孤獨。「為人父母時，你只有一項任務，就是保住你小孩的命。」現在媽媽走了，誰來確保我不至於死掉？

到了早上，我帶著卡車鑰匙，從車內地板上拿了一個空水壺，到泉水房裝滿。然後回到車上把自己鎖在裡面。我們的園子維護得不錯，有幾次我小心翼翼地溜下車，特別留意房子的方向，然後抓幾顆蕃茄或是甜瓜回卡車上。我打開車子的電源，讓我能把車窗降下來一點，但還是很熱。我努力思考該怎麼辦，但一整天下來除了基本所需之外什麼也沒做。我把車窗幾乎全關上，小睡片刻，所幸車停在陰影處。我深怕我醒來時會看到我妹妹的臉，看到她試圖伸手進來抓我。我被噩夢驚醒的時間比睡眠時數還長。

在那之後，我對喪屍有了不少了解。喪屍偏好黑暗，他們會從黃昏前不久到黎明之間笨拙地到處行動，聲音很大，但聽力不好。他們在天色漸黑時就會騷動著從森林裡出來。他們動作緩慢，卻相當危險。他們是跟著鼻子走。如果你在黑暗中碰上喪屍，你就死定了。喪屍不外乎是嗅覺、尖牙和飢餓所組成，如果你想獵殺喪屍，就要帶著一把很亮的手電筒和複合弓在黑暗裡追趕他們。問題在於那些不是喪屍、卻也不是善類的人。他們白天和晚上都會出沒。

第二天的黃昏，我看到一個騎在馬背上的人影沿路走來。我握住斧頭，暗自想著要是現在手中握有一項遠程武器就好了。為什麼我不去拿複合弓？噢，對，因為我害怕我的家人還在那間已經不是家的房子裡晃蕩徘徊。

那匹馬和騎士旁邊有一條狗跟著跑，有時會領先，跑在前頭，但沒出聲吠叫，然後又轉回去跟在騎士身邊。我不敢動，不敢出聲，不敢關窗。他們接近時，我看到那條狗跑向卡車。我躲得更低。

「滾開，你這笨狗。」我無聲地祈求。

那條狗始終沒有吠。馬匹走到卡車旁時，我聞到牠的氣味。從我躲在地板的位置，我從馬背上看見了我媽媽的臉，一時之間心情放鬆下來。

「阿姨？」我悄聲喚道。

阿瑪從馬背上爬下來。我伸手打開卡車門鎖。

「小夏？」她伸手進來，把我從車內地板上扶起來。我的雙腿僵硬、動作笨拙。她從我手中拿走斧頭，放在長排座位上。我顫抖地站著，雙手垂在側邊，不知所措。我很慶幸她伸出手把我拉向她。我開始大哭特哭。我粗聲吸氣時，吸入的是馬匹的氣味，和阿瑪身上異常乾淨的味道。她讓我哭到筋疲力竭為止，緊緊抱著我，手時不時從我的後腦撫到背上，用我過去多次安慰露絲的方式來安慰我。

阿瑪阿姨就站在我們家院子裡，這彷彿是不可能的事。她緊緊抱著我。「真令人遺憾。」她靠在我的黑髮上悄聲說。

「真的。」我一面啜泣一面說。最後，她輕聲細語地說，「告訴我發生了什麼事。」於是我說了。我從我爸爸打斷我媽媽的手臂（因為她不肯再聽他找藉口）開始說起，最終說到在那間房子裡媽媽死於變成活死人的妹妹手下。

我阿姨的眼中燃燒著怒火。「妳知道妳爸爸在哪裡嗎？」

我搖搖頭。我恨他。如果他還沒死，我也想要他死掉。我再也不想看到他。

阿瑪看向房子。

「回車上去，把門鎖好，」她說。「去把車窗降下來。如果附近有人，海兒會讓妳知道。」她用嘴唇撇向那匹馬示意。「別擔心。我可能得去一下子。」阿瑪伸手從卡車上拿起斧頭。我回車上等。她把馬匹的韁繩綁在車子後照鏡上。「來吧，狗狗。」她對那條狗說。

天上的月亮正圓，前面飄著一朵雲，四周的亮度足以讓我看到阿瑪和那條狗的身影消失進陰暗的房子裡。我打了個盹。阿瑪回來時，我醒了，她的臉龐和頭髮都被泉水沾濕。

「我們進去吧，」她說，指的是我們所有人。我迷惑地看著她。「沒問題的，」她安撫著我說。「別進去客廳就行了。海兒是很乾淨的一匹馬，但牠會待在廚房。」

進屋之後，阿瑪弄了些東西給我吃。我們很幸運，在世界的運作停擺前，家裡的油箱已經加滿。我不怎麼想吃她煮的義大利麵瓜，但還是撥弄著食物。

「我今晚幹活，明天再睡覺。到時候就交給妳站哨囉。」她在我躺下睡墊時這麼說。她找到儲藏室裡那把好用的鏟子，拿著出了後門。

我很感激她準備把屍體拿去埋的同時讓我好好睡個覺。她只挖了一座墳。黎明時分，鳥兒開始對唱，宣告牠們又活過了一夜。阿瑪和我出門去家族的舊墓園。

我們為媽媽和露絲祈禱。我們沒有在棺材上撒土的儀式，軟軟的土堆只鋪撒在史畢爾斯家外曾祖母縫製的被子上。我還記得以前葬儀社舉辦的開棺葬禮，還有典禮後的大型聚餐。我想念那種場合，但我不認為那會讓現在驚魂未定的我獲得安慰，只會變成過場形式，食物也會索然無味。我不需要看到她們躺在棺材裡的樣子，就知道她們已經不在了。我麻木地想，也許我們都不在了。

我們禱告完之後，阿瑪說，「今晚我們要去鎮上。我們開卡車去。」

日落時，阿瑪讓我把海兒帶進廚房，那裡很安全，油氈地板也最好清理。阿瑪先警告我說，「妳知道，人類和動物不應該在房子裡共居，疾病就是這麼產生的。所以妳要非常小心，照料完牠以後一定要洗手。」

我們坐在卡車的長型座椅上，中間夾著狗狗、複合弓、來福槍和手槍。開車前往塔勒闊途中，我們經過老鮑伯家，阿瑪進去拿了鮑伯的另一把複合弓。她從鮑伯的戶外棚屋倉庫裝了一桶汽油，加進卡車裡。

切羅基國首府的街道上空空蕩蕩。阿瑪直接開往藥局。媽媽之前每天早上都會陪我們練習拼音，所以我讀得出來那些月光照亮的英語和切羅基語夾雜的路標和招牌。大部分我都不知道意思，但是知道怎樣發音。

「妳知道嗎，」阿瑪說，「這棟建築物一直都是藥局。」

我環顧四周，找她是在哪裡看到這項訊息，然後才想起來她就是在這個地區長大的。關於這個城鎮，她可能知道很多我不曉得的事。她拿給我一把手電筒，叫我一直往地上照。我不知道她自己為什麼不需要手電筒。我們下了車，走進磚造樓房，去看看裡面還剩下什麼。我們打開門之前，我調整好口罩和面罩。

門沒鎖，我跟著阿瑪進去。藥局已經被洗劫過，貨架幾乎都空了。我懷疑這是否就是我媽最後一次來的地方，想著背後就汗毛倒豎。阿瑪把複合弓舉到預備位置，然後去查看店鋪後方。她很快就回來了。

「我們走吧。」她小聲說。但她開門之前停下腳步。前門貼著一張電影海報，是紅、黑、白三色組成的設計。

阿瑪將海報撕下來看看，然後遞給我。上膜的海報是宣傳一個叫「失落之城露天汽車電影院」的地方正在限期放映電影《鬼店》。我十二歲的時候，我媽曾經求我陪她一起看那部電影。還沒播完，我就逃出房間，跟她說我再也不想看了，再也不想看到傑克·尼克遜。

「那傢伙是個怪物。」我哭道。我猜是因為情節太切身了。

海報上用尖叫般的字體寫道：**八月份每周五放映，標準三十五釐米膠捲。入場費用：切羅基語言教材、DVD、子彈、罐頭食品、底片、藥物。招募人才：切羅基語言及文化專家、醫療、太陽能及水力技術人員、電氣工程師、園藝家、放映師。持標準收藏系列DVD入場者，每片贈送一罐汽水；持韋斯·斯塔蒂電影作品者，贈送汽水加爆米花。**[38]另一張紙上有周六晚間的放映時間表，最早是家庭電影，再往後是適合成人觀眾的片子。如此嘗試恢復正常生活是否挺可愛的？或者這是把笨蛋騙去汽車電影院的幌子？

儘管如此，這一年來第一次，我體內像火焰般燃起一股希望。那是一種倘若破滅就可能害死你（或別人）的希望。我媽媽收藏的經典電影DVD在斷電之後一度顯得毫無價值，現在竟是炙手可熱的珍寶。

我把那張海報還回去，雖然我有點想把它留下來。阿瑪將海報貼回門上。走回卡車途中，我努力放輕腳步，努力不要犯下那種恐怖電影裡的角色會讓觀眾大叫「別進去！」的愚蠢錯誤。我們所要分享出去的，是我媽媽留給我的遺物。從《姊妹情仇》到小朗．錢尼的《狼人》，這些電影象徵了一個美好的時代，一個共享的文化，就像我們現在仍然傳述的古老故事，永不褪色。我好奇還有哪些演員、導演和編劇存活下來，見證了洪水沖走世上的渣滓。

「我們明天晚上去，」阿瑪說。「回去之後，我們收拾點東西。我需要弄一輛運馬拖車，還有些其他事要做。我們明天白天睡覺，晚上過去。」

「拜託妳留下來，阿瑪，或是讓我跟妳去。」我懇求道。我知道自己是在懇求。「外面很危險。」露絲死的時候，她離我們那麼近。當時如果有她在，我想事情的發展或許會不同。要是她之後沒有回來怎麼辦？

「他們動不了我，」她搖著頭說。「我會待在附近。妳在房子裡等著我回

38 譯註：韋斯．斯塔蒂（Wes Studi, 1947-），切羅基族男演員，演出許多電影中的印第安人角色。

來。」

眼淚刺痛著我的眼角，但我答應了。

我們回家時，她確認了我手邊有手電筒，檢查儲藏室的門是否堅固，以防我在她外出期間需要躲在裡面。她給了我幾樣武器，包括一把據她說是來自第一次世界大戰時期的刺刀。然後她要我最後從內將門反鎖。在一片死寂中，我只聽到阿瑪在檢查著房子。聽到她發動卡車時，我幾乎哭了出來。她又沒有開頭燈了，但我聽到車子遠離的聲音。我覺得我沒辦法像阿瑪那樣在黑暗中開車。

我拿了幾個袋子和箱子把有用的東西打包，有DVD、切羅基語教材、罐頭食品、睡袋，以及所有的槍和弓箭，跟抓魚和抓青蛙的魚叉。我把東西全都搬到後門，中間時不時停下來哄哄海兒。牠是個溫柔的巨人。幫馬取名為「海」挺有趣的。阿瑪在接近黎明時回來，我看到她的白T恤上有血跡。我感覺我的胸口揪緊起來。

「阿瑪？妳被咬了嗎？」

阿瑪對我投以奇怪的眼神，我用下巴指指她衣服上濺的血。

「沒有，」她說。「我跟妳說過了，那些東西動不了我。」

我們在儲藏室鋪了睡墊，但我難以入眠。我發現自己又在跟阿瑪訴說我最後一次見到爸爸的情景。那是在克萊摩爾印第安醫院外頭，我媽媽被打斷的手臂剛接好，並且應該再留院幾個小時觀察頭部傷勢。他搖晃著我大吼，「妳不准掛我電話！」最後他坐上了警車後座。他怒瞪著我媽媽，臉貼著車窗，警告她要是敢離開，他就會找到她，把我們全都殺光。他在監獄過了一晚，而我們趕忙連夜打包只塞得進親戚車上的少少行李。

我試著不要羨慕離開了這個殘破世界的露絲和媽媽，我多麼希望她們還在。我的祖先們被迫離開了喬治亞州，來到這片土地，然後將這塊地傳給媽媽和阿瑪。當我們逃離我爸爸時，這裡成為了我們的堡壘。我想，這道門邊一直以來都擺放著一把來福槍。喪屍和貪圖我們土地的士兵與拓墾者之間，又有多少不同？當你看出歷史的螺旋進程，總會感到心累。

阿瑪開車載我們前往失落之城露天汽車電影院。她在兩哩外把車停在一條泥巴路邊。狗狗從卡車後面跳出來。阿瑪從運馬拖車裡放出海兒，幫我騎上馬背，再爬上來坐在我後面。我們各帶著一把複合弓，我的脖子上還掛了一副雙筒望遠鏡。露天電影院還沒進入視線範圍，我們就先聽到了聲音。好幾個喇叭播著〈移民之歌〉，我們沿路往那個方向走，到了附近之後再穿過一片田野，爬上一座廢棄的基地臺。我聽見一把來福槍往我們的反方向發射，傳出奇怪的回聲。我在基地臺內部，把望遠鏡對向一座由鷹架、鐵絲和木板搭起的高牆上的人，牆圍起的區域範圍遠大於汽車電影院。他們配備了來福槍，並且時常將瞄準鏡對向電影院周邊森林與草叢的邊緣。

從我們所在的制高點可以看到電影的畫面，聲音也聽得很清楚。第一部電影開始放映時，我就哭了起來。阿瑪把我拉過去靠著她，我邊哭邊看一個老人的故事，他和他的卡通人物妻子終生努力工作，不曾去任何地方遊歷，也無法生兒育女，之後他才領悟到人比身外之物重要。中場休息時，我用哭腫的眼睛透過望遠鏡掃視觀眾，心裡想著其中是否有人——有善良的人——是會讓媽媽開心的。

「他們在看我們。」阿瑪說。

牆上的一個瞭望員正拿著望遠鏡對著我們看。他一看到我們在看他，就笑著揮了揮手。他的長髮在腦後綁成辮子。

我再次坐回基地臺裡，呼吸急促。

「我們該怎麼做？」我問阿瑪。

中場休息結束了。

「我認為我們應該去看看。」

「妳要留下來嗎？」

阿瑪沒有回答。她拿了望遠鏡掃視電影院。「我想念電影。」她說。

「爆米花很香。」我再推一把。

「是嗎？」那裡有人，創造藝術、熱愛電影的人，而且他們想要說切羅基語，還弄了電影院奶油口味的爆米花。我們爬下來，騎著海兒回到裝了行李的卡車。

「我們不一定要離開，」阿瑪說。「我可以留下來跟妳住在那間房子。我們會好好的。」

「我躲得好累。」我吸著鼻子說。我想起我媽，還有她多愛看《鬼店》。突然間，我想要在雪莉．杜瓦完全瘋掉之前趕到汽車電影院。

失落之城露天汽車電影院原來是一個由大學生、藝術家、切羅基族及其他族印第安人，還有海斯亭斯印第安醫院員工所組成的社群。喪屍流感爆發前，那些大學生原本就在設法重新開張汽車電影院。

「當造物主關上一扇門，必定也為你打開一扇窗。」其中一名藝術家笑著告訴我。空地的邊緣散布著小型住屋和帳篷。跑來跑去的小孩用切羅基語向彼此喊話。沒有人發號施令，大家各自做著擅長的事。有些人不喜歡這樣，自行離開了；有些人無法適應，被要求離開。有些人討論主權的問題，抛出「後殖民」和「後部落」之類的詞彙。疏通河流是當務之急，也有人在討論要派出使節到其他部落。阿瑪說納瓦荷國也已經組織起來，另外黑腳聯盟也重新拓展到曾經是加拿大與美國間人造邊界的地區。據她所說，比起喪屍，第一民族更擔心白人入侵者。[39]在我們的社群裡，有人提議要選舉酋長，但也有夠多人表示我們像古代一樣需要七個酋長，所以至今尚未舉辦投票。其他人堅持認為，我們該做的不是重現舊日，我們應該謹慎，以免意外創造出同樣問題重重以至於自我毀滅的世界。我們告訴自己，要有意識，要認可土地和水源的權利。重新造就世界的同時，也要創造一種我的媽媽會喜愛的生活，一個她會想要在其中養育我們的園地。我不再因為她無法看到這一切而難過，而是努力依照她希望的方式生活，彷彿她伴隨在我左右。我的人生變成一首獻給媽媽和妹妹的頌歌。

阿瑪其實不太跟人交朋友，其他人都與她保持距離。負責語言相關工作的人有時候會在傍晚過來，找她談談他們想不起來的詞彙。很多次她都搖頭，說她自己很久沒說了，不記得了。稍後，也許會在講別的什麼事時，她突然間想了起來。她會把想到的詞寫下來，我隔天早上再轉交給那些切羅基語教師。

我負責狩獵和採集的工作，阿瑪晚間在圍牆上值夜時，我就跟她一起站崗。我想要有能力守護我的新家庭，那是過去的我因為活在對我爸的恐懼之中所做不到的。我不想要再害怕了。部落裡有警察，大家稱他們為「光馬」，阿瑪雖然參與值夜，但並沒有加入他們。光馬在一八〇〇年代就出現了，他們現在巡邏附近地區，掃蕩喪屍，尋找生還者。如果有人必須接受驅逐或處罰，也由光馬執行。根據切羅基傳統法律，以前謀殺或強暴罪的復仇權在於受害者的家屬，但現在光馬也接管了

39 編註：加拿大境內的北美原住民族普遍接受自稱「第一民族」（First Nation）代替具歧視色彩的「印第安人」。

這項工作。有些家族開枝散葉，但大部分都跟我家一樣，規模很小，人數銳減。

成熟玉米月四日，我自願和阿瑪一起守牆。那其實不是一座真正的牆，而是當時學生為露天電影院銀幕毀損的下半部重新上漆時用的鷹架，之後再拓建而成。它的高度讓你凌駕於十二呎高的木製柵欄，也高於包圍露天電影院的十六呎帶刺鐵絲網和鐵網圍籬。每天晚上，當陽光漸弱，電影的聲音和配樂就會將活死人從森林裡引誘出來。

日落之際，他們開始播放〈女武神的飛行〉，就像在對著宇宙乞求一捲賽璐珞膠捲版的《現代啟示錄》，用音效的轉經輪哀悼著一個自我毀滅的不完美世界中的完美之物。天色暗到可以在銀幕上投影時，他們就播放當夜電影的第一首配樂曲目。當音響啟動、《火爆浪子》的音樂重拍奏起，我掃視尋找從森林暗處晃出來的喪屍。我注意到烏鴉在森林邊緣飛動，叫喚彼此示警。我也看到阿瑪在專心監視某種巨大的東西正在移動。

一個喪屍從胡桃樹叢裡蹣跚走到草地上。他的感官鎖定在爆米花的味道，還有奧莉維亞·紐頓－強與約翰·屈伏塔唱著的〈你是我想要的〉。

「我的興奮之情不斷高漲……」我唱道。阿瑪讓我來瞄準喪屍。我對準他的鼻子。汗水流進我的左眼，讓我短暫失去視力。我眨了幾次眼。這個高度有一陣輕輕的微風吹來，我移動肩膀時感覺到，我汗濕的連帽衫輕輕擦過剛理過髮的後頸。我的手指放在扳機上，登時就聽到一聲槍響，看見喪屍爆頭。喪屍再走了三步之後就倒下了。我看向森林。

一個男人從林木間慢慢走出，來福槍還靠在左肩。他放下槍，一個女人跟上來走在他旁邊，抱著一個小小孩。她把孩子交給他，然後拿了他腰帶上掛的砍刀。她的樣子堪稱是年輕版的我媽媽，甚至有一隻眼睛也被打黑了。她走向喪屍，把他了結。男人轉身看往森林裡。他還是穿著我媽媽送給他的機車皮衣，肩上有美洲印第安運動的布章。他抱著的小女娃看起來就像去年在我眼前死掉的妹妹幼兒時期的模樣。

女人把砍刀掛在自己的腰帶上，然後將孩子抱過來。我猛然理解到，那個小女孩可能也是我的妹妹。我爸爸再次扛起來福槍。我看著他掃視四周，然後看見了我和阿瑪，長相與我媽媽相似的阿瑪。我掀開兜帽，心中好奇他是否還認得出我。不知怎麼地，我並不驚訝他會拿槍指著我的頭。我想我一直在擔心自己的結局可能就是如此。認識我媽媽的人都說我長得像她，我們有一模一樣的黑髮，右頰上一模一樣的單邊酒窩。我把我的來福槍放低一會兒，讓他能看清楚我的臉。

他看到了，然後馬上放下武器。

他從來福槍的扳機上移開手指，彷彿表示他不構成威脅，真是個大騙子。他的臉亮了起來，露出那副迷人的笑容，唯有藍眼睛周圍比我記憶中多了幾道細紋。他舉起手揮了揮。我把準星重新對到眼前。

史托克德．錢寧唱起了〈還有更糟糕的事情我可以做〉，我也輕聲跟唱。我照著媽媽教過我的方式，緩緩吐氣再吸氣。我回想我爸爸抓著我搖晃，對我大吼永遠永遠不准再掛他電話，因為斷了手臂而無法保護我的媽媽尖叫著要他住手。我回想我們總是在門口擺著來福槍的家。我屏住呼吸，直直瞄準他那完美笑容。

阿瑪的手臂抬起揮開我的槍，把來福槍撞飛到空中。我的手指壓到扳機，槍響驚動了我爸爸和他身邊的女人，那個被打黑一隻眼睛的漂亮女孩。他們都壓低身子躲避，然後轉身跑回森林裡。

我轉過頭瞪著阿瑪。她抓住我的頭，把我拉過去到她面前。又長又尖的牙齒映著月光。「永遠不要為男人放棄妳所愛的一切！」她怒道。「如果妳殺了他，妳就得離開妳的族人！」

她把我推開，我跌到木板上。她把她的來福槍交給我，臉上帶著警告的表情，然後她站起來，跳下高牆。

我驚跳起來，查看她是否從十幾呎的高度摔落到地面。但她避開了圍繞柵欄的鐵絲，已經跑了起來。她像一道疾飛的黑影，跑過那個女人和小孩身邊。她領先在我爸爸前頭，然後轉過來站在他面前說話。他停下來，她往他靠近一步，張開手臂像是要擁抱他。我再一次用顫抖的手臂舉起來福槍。她將他抱進懷中時，我既反感又困惑。他的手埋進她的髮間，彷彿要將她拉過來親吻。我搭在扳機上的手指又蠢蠢欲動起來。突然間，阿瑪的嘴貼在我爸爸的脖子上，他的手臂瘋狂亂揮。他掙扎著，想擺脫並逃開她。他往後跌倒，他們滾到長長的雜草間，除了她穿著黑衣的身影之外，一切都被遮住了。那個帶著孩子的女人一面張大雙眼盯著，一面慢慢退開。過了一會兒，阿瑪坐起身來，對那女人說了些話。那女人轉身跑向我們的柵門，懷裡的小女孩哭泣著。柵門敞開了。

阿瑪阿姨站起來，頭也不回地走向森林。太陽逐漸隱沒，她就要消失在黑暗中了。我拿起夜視鏡，按下開關。

「阿瑪！」我大叫道。

阿瑪繼續往前走。

「阿姨！」

阿瑪停了下來。

我再喊了一次，「阿姨！」

阿瑪迅速轉身。她看向我站的位置，抬起左手臂抹過臉，擦掉唇邊的血跡。然後，她將手放到唇前，給了我一個越過黑暗的飛吻。我的雙臂舉到空中，不是要揮手，而是想抓住她，想從牆邊把她拉回我的世界。阿瑪緩緩搖了搖頭。然後她轉身往森林裡跑去。

「阿瑪！」我高聲大叫。電影配樂遠比我的哭喊大聲，我的絕望無法與之匹敵。奧莉維亞．紐頓－強與約翰．屈伏塔的聲音從黑暗中向我迴響而來。

我雙膝跪地，眼神空洞地瞪視前方。只要我認為我爸爸還活著，我就會繼續害怕，我就會繼續憤怒。他承諾過多少次要洗心革面，利用我媽的愛和憐憫作為最殘酷的武器吸引她回頭？我永遠無法不感到怨毒和恐懼。他是那種其實只愛自己的男人，是個怪物，摧毀他周遭的人、也摧毀愛他的人們的人生。我的阿瑪阿姨用她唯一能做到的方式為這一切畫下句點——她拯救了我，為我們的世界帶來平衡，報復了他害死我媽媽和我妹妹。

如同在我之前的許許多多祖先，我的父母與祖父母現在只能在內心引導我了。但是我有歸屬的社群，我在學習我們的語言、我們的歷史，那些我的眾多祖先曾被剝奪的事物。這是一趟我媽媽生前展開的旅程，她享受了一段短短的旅程時光，懷抱著深深的渴望。

這世上有人了解，切羅基人團結共處比各自分立更加意義遠大。我的眼前還有一輩子都需要不斷做出的一個個選擇，會讓我和這個世界的關係恢復平衡，或是讓我威脅到我們這個社群的平衡。我的媽媽已經不能在身邊告訴我該做什麼事、該成為什麼模樣，再也不能指派我們的語言作業給我了。

此後的人生，由我掌握。

致謝

ᏩᏙ, ᎤᏁᎳᏅᎯ. 感謝造物主。

ᏩᏙ, ᏂᎦᏛ. ᎠᎱᎵᎱᎦ. 感謝每個人，我深深感恩。我很感激。若沒有讀者，作家就會苦無說話的對象。我感謝你們撥出時間給這個家族、還有這些我編織出來且久久難忘的故事。

我出生於克萊摩爾印第安醫院，和我爸爸一樣，但我在陶沙長大。〈瑪莉亞的無限可能〉是這本短篇集裡我第一篇寫出的故事，當時是二〇〇一年，我仍住在陶沙。我們搬家到達拉斯時，〈瑪莉亞〉參加達拉斯公共圖書館舉辦的一項比賽，並且贏得獎項。從那之後，我便很感激那些讓我的某些版本的故事登場的機會。感謝《跨界動態》（*Transmotion*）雙月刊在二〇一八年刊登了〈我和我的怪物〉，以及《奎利雜誌》（*Kweli Journal*）在二〇一八年刊登我獻給瑪麗·雪萊的情書〈人造怪物〉，《麻州評論》（*The Massachusetts Review*）在二〇二〇年刊登了〈水晶體〉，《冥河》（*River Styx*）在二〇二〇年刊登〈歸鄉〉，《連雀文學雜誌》（*Waxwing Literary Journal*）在二〇二〇年刊登〈幽靈貓〉，《聖塔菲文學評論》（*Santa Fe Literary Review*）在二〇一九年刊登〈喬伊的顯化〉，《黃藥評論》（*Yellow Medicine Review*）在二〇一九年刊登〈美國掠食者〉。〈無人區的地獄犬〉的漫畫版本收錄於原生現實出版社（Native Realities Press）的伊莉莎白·拉朋西（Elizabeth LaPensée）與李·法蘭西斯四世（Lee Francis IV）編著的《狼嚎》（*A Howl*）。

我搬到德州時，對該州的歷史以及曾以此地為家的印第安人幾乎一無所知。我讀到蓋瑞·克萊頓·安德森（Gary Clayton Anderson）的《德州征服史，應許之地的種族清洗》（*Conquest of Texas, Ethnic Cleansing in the Promised Land*, 1820-1875）時，阿瑪·威爾森這個角色就誕生了。

你要怎麼感謝使你成為現在的你、啟發你的故事、愛著你的所有人呢？

我好想你，爸。辛西亞·貝寇·霍金斯（Cynthia Bechold Hawkins），妳說得沒錯，我們應該有更多時間的。沒有了你們兩個，有很多事我都不知道自己是怎麼辦到的。

若不是有我的女兒艾蓮娜、安娜和安琪，我就不會成為如今的我。妳們選擇了我，是我的幸運。我感謝我在沃斯堡公立女子學校所教導的年輕女孩們，這些孩子好得不能再好。我的媽媽（孩子們的外婆）和姊妹安琪拉（Angela）堪稱我認識的人之中最慷慨也最勤奮的兩位女性。我真開心我們是一家人。我的弟弟傑斯（Jesse）是我第一個視如己出地疼愛的孩子。我感謝他與妻子珍妮佛（Jennifer）的一片好心。希斯・亨利（Heath Henry）一直是我忠實的朋友、伴侶，也是我們女兒的好爸爸，我深深感謝他。米莉・金柏德（Millie Kingbird），感謝妳的傾聽。

感謝藝術家傑夫・艾德華茲。你真是個搖滾明星。如果這本書受人喜愛，你的畫作一定是一大因素。感謝亞瑟・列文（Arthur Levine）和他在LQ出版社的優秀團隊。你們給予了包括我在內的眾多作者一個充滿愛與支持的家。尼克・湯瑪斯（Nick Thomas），謝謝你相信這份稿件的潛力，也謝謝你寄的那些電子信。強納森・山上（Jonathan Yamakami），謝謝你美麗的設計作品。謝謝艾琳・瓦奎茲（Irene Vázquez）。謝謝我的經紀人，展望代理公司（Prospect Agency）的艾蜜莉・席凡・金（Emily Sylvan Kim）以及愛倫・布瑞西亞（Ellen Brescia）。謝謝克莉絲汀・普拉特（Christine Platt）的介紹、友誼與《阿威提的真相》（*Awiti*）。謝謝蘿拉・佩格藍（Laura Pegram）與奎利雜誌。謝謝梅蘭妮（Melanie）當我的朋友、叫我檢查垃圾信件匣。

謝謝湯米・奧蘭治（Tommy Orange）作為我的導師。你是第一個讀到我的草稿的人。我當時驚恐至極，但這一切全都值得。謝謝你對萬事萬物的疑問。謝謝你修改掉我在句點後面多留的第二個空格。謝謝辛西亞・萊提・史密斯（Cynthia Leitich Smith）的敏銳眼光與支持；妳的努力讓圖書世界更進步。史蒂芬・格拉罕・瓊斯，謝謝你所做的種種。

我只見過露薏絲・鄂萃曲（Louise Erdrich）與伊丹・羅賓森（Eden Robinson）一次，但我毫不懷疑，若是沒有她們，就沒有這本書。謝謝莫娜・蘇珊・鮑爾（Mona Susan Power）的作品。謝謝泰瑞絲・梅賀給了那些需要命名的事物名字。

我感激切羅基國提供的資源。感謝羅伊・波尼（Roy Boney）與切羅基國語言部。謝謝艾德・費爾茲的專業，並謝謝你在隔離期間教我切羅基語。感謝阿肯色大學的第一位切羅基語教師勞倫斯・潘瑟。感謝我的切羅基兄弟奇杜瓦・奈特回答我關於語言的問題。你爸說得沒錯，若少了我們的語言，還有什麼能讓我們成為切羅基人？伊娃・加魯特和梅莉（ᎣᏍ），謝謝妳們陪我克服難關。非常感激德賓・費林與他對切羅基語的貢獻。我還在學習這門語言，若有錯誤，都是我一人之責；寫對的部分，則要歸功於我提到的所有人。感謝馬修・安德森（Matthew Anderson）與蜘蛛藝廊（Spider Art Gallery），要是沒有你們，我家的牆就要光禿禿了。謝謝翠西・索瑞（Traci Sorell）寫出了我們孩提時代需要的那些書。凱莉・喬・佛德（Kelli Jo Ford）和布蘭登・霍布森（Brandon Hobson），謝謝你們的努力與支持。下次再會，ᏙᏙᏓᎪᎲᎢ.

感謝美國印第安藝術學院（IAIA）的遠距學程。謝謝拜倫・阿斯帕斯（Byron Aspaas）。謝謝童妮・詹森（Toni Jensen）總是樂於聆聽。謝謝聖塔菲每一個支持美國印第安藝術學院的人。要不是有蘭南基金會（Lannan Foundation）的部分獎學金，這份書稿可能要再多花幾年才能完成。幸會，路安・查利佛（Luann Chalifoux）。

謝謝妮卡・賽威－史密斯（Nicka Sewell-Smith）、布萊恩・赫特（Bryan Hurt）與麥肯琪・奇拉（Mackenzie Kiera）看過我的部分作品。謝謝瓦桑薩（Vasantha）和莉莉（Lily）讓我讀書給你們聽。謝謝大衛・孔席克（David Cornsilk）建議的讀者人選。謝謝艾瑞克・拉慕森（Eric Rasmussen）帶來的喜劇、悲劇與推薦信。

謝謝羅伯茲博士（Dr. Roberts）對超自然與流行文化的認真看待。謝謝言戴爾博士（Dr. Yandell）教授關於原住民女性的課程。謝謝茱莉亞・納爾（Julia Nall）、喬書亞・拜倫・史密斯博士（Dr. Joshua Byron Smith）、圖頓博士（Dr. Teuton）、詹森博士（Dr. Jensen）、琳達・卡羅・瓊斯博士（Dr. Linda Carol Jones）、夏茉・威爾基（Summer Wilkie）、柯琳・瑟斯頓博士（Dr. Colleen Thurston）、瑪提・梅洛克（Marty Matlock）與所有協助讓阿肯色大學開始教授切羅基語的人。謝謝羅柏・霍爾（Robert Hall）回覆我關於語言的提問。

謝謝特薇拉・巴恩斯（Twila Barnes）檢查我的虛構人物族譜。謝謝我同為教師的朋友們：朵麗絲・華倫（Dorice Warren）、米亞・霍爾博士（Dr. Mia Hall）、瓊斯（Jones）、姬諾・貝利桑（Gaynell Bellizan）、查帕（Chapa）、安柏・貝利（Amber Bailey）、達克・馬汀涅茲（Doc Martinez）、泰勒・哈里斯（Tyler Harris）、尚恩・佛羅倫斯（Sean Florence）、布魯斯教練（Coach Bruce）、弗羅斯（Flores）、柯比・艾倫（Colby Allen）、德恩（Dehn）、史密德（Schmid）、克拉克（Clark）、邁爾斯護士（Nurse Miles）、史奇普（Skipper）、史崔奇（Strange）與蒙托亞（Montoya）。感謝梅蘭妮・埃丘列塔（Melanie Archuleta）、潔莎敏・

路易斯（Jessamine Lewis）、莎莉妮・拉納（Shalini Rana）與亞卡許・崔帕提（Aakash Tripathi）的友誼。維納斯・蒙羅（Venus Monroe），我真希望艾琳・歐文斯（Irene Owens）和珠兒（Jewell）還在，這樣我們就可以討論山羊人了。特別感謝NATVs Write評論小組。露比・韓森・莫瑞（Ruby Hansen Murray），謝謝妳每一次在最後關頭幫我看過我力求完善的內容。瑪西・蘭頓（Marcie Rendon），當妳跟我說妳想更了解這些故事時，那正是我需要聽到的話。金姆・羅傑斯（Kim Rogers）人實在太好，讀得非常深入。真希望我們在那場威豹樂團的演唱會上就認識了。史黛西・威爾斯（Stacy Wells），謝謝妳準備好在我做出計畫時跟我一起上路。感謝布魯・塔帕列奇（Blue Tarpalechee）的對話與回饋，總是對我意義深遠。妲西・小獾（Darcie Little Badger），我會永遠感謝妳的作品。布萊恩・楊（Brian Young）和堂恩・奎格利（Dawn Quigley），你們太讚了！

請相信，我感謝你們所有人。如果你們有想要說出的故事，就去寫下來吧。我們是由星星和故事造就的。ᏙᏛᏓᎪᎲᎢ. 再會。感激不盡（ᎠᏗᏢᏢᏕ.）。

安卓雅・L・羅傑斯

大大感謝安卓雅・L・羅傑斯對我如此有信心，給我機會為《人造怪物》繪製插畫。我永遠不會忘記她造訪我辦公室的那一天。她做了自我介紹，告訴我她是做什麼工作的，然後經過一番閒聊，她問我會不會有興趣幫一些夜晚出沒的瘋狂東西畫插圖？這讓我離開了舒適圈，因為我從來沒接過類似的工作，要說我對自己感到不確定，那還算是輕描淡寫。但她持續鼓勵我，寄給我書的草稿，請我讀幾篇故事之後再下決定。於是我就開始讀了，讀到故事結尾時，就像我創作所有作品時一樣，我在心裡構成了將要繪出的圖像。我繼續讀，每一篇都讓我創造出內心圖像。當我讀完整本書，那些圖像就已成形，而且盤據在我的腦海，所以我得給它們一個出口。我告訴她這案子我接了，開始頭也不回地創作。

感謝親愛列文（Levine Querido）出版社的尼可・湯瑪斯，謝謝你讓我對畫作完整且徹底的自由發揮。我讀完故事、創作插畫、交稿，然後就往下一幅前進。切羅基拼音表在我的個人生活跟藝術職涯中都非常重要，所以能夠透過藝術作品展現它、讓所有人沒有隔閡地看見，實在是我的幸運。

謝謝小羅伊・波尼，謝謝你的耐心與無數個小時的訓練。我的藝術事業全要歸功於你，我的朋友。你給了我非常特別的技能組合，我在從業的十年中持續磨練精進，這些技能也在必要時讓我在藝術方面成為一股不可忽視的力量。

以下簡短呼籲：

親愛的美國道斯委員會（United States Dawes Commission），

切羅基人的身分不是取決於觀察一個人的膚色有多深、猜測這個人的血統濃度，然後為此人判定一個幾分之幾的分數。分數只是一個微小的部分、數量或比例，不是整體。

切羅基人的身分是基於理解並實踐你的文化、傳統和語言，以及在你此生的每一天對切羅基社群整體做出貢獻。所以，很遺憾要向您各位大人報告，我不是一個分數，我就是一個切羅基人。

誠摯的，

傑夫・艾德華茲

切羅基視覺藝術家

切羅基語音標（與英語發音之對照）簡列如下：

a = ah　e = ay　i = ee　o = oh　u = oo　v = uhn

月份

Unolvtana	一月（冷月）	ᎤᏃᎸᏔᏅ
Kagali	二月（骨月）	ᎧᎦᎵ
Anvhyi	三月（風月）	ᎠᏅᏱ
Kawohni	四月（花月）	ᎧᏬᏂ
Ansgvti	五月（種植月）	ᎠᏂᏍᎬᏘ
Dehaluyi	六月（綠色玉米月）	ᏕᎭᎷᏱ
Kuyegwona	七月（玉米熟成月）	ᎫᏰᏉᏅ
Galohni	八月（水果月）	ᎦᎶᏂ
Dulisdi	九月（堅果月）	ᏚᎵᏍᏗ
Duninhdi	十月（豐收月）	ᏚᏂᏂᏗ
Nvdadegwa	十一月（狩獵月）	ᏅᏓᏕᏆ
Vsgihyi	十二月（雪月）	ᎥᏍᎩᏱ

切羅基詞語對照表

我仍在學習切羅基語，整理這份對照表時，我使用了 https://cherokeedictionary.net/about（感謝提姆·納托〔Tim Nuttle〕等人）。通常，我參照的是切羅基語學家及使用者德賓·費林博士（Dr. Durbin Feeling）著作（《切羅基語暨英語雙語辭典》〔*Cherokee English Dictionary*〕，一九七五年）中的條目、切羅基國語言計畫（Cherokee Nation Language program）提供的線上資源，以及露絲·布萊德利·荷姆斯（Ruth Bradley Holmes）與貝蒂·夏普·史密斯（Betty Sharp Smith）所著的《初級切羅基語》（*Beginning Cherokee*）；同時也請教了我的指導老師安迪·勞倫斯·潘瑟（Andy Lawrence Panther），與艾德·菲爾茲（Ed Fields）、梅莉·雷伊（Meli Ray）、伊娃·加魯特（Eva Garroute）三位，還有我的朋友奇杜瓦·奈特（Keetoowah Knight）。

anitsgili	鬼、幽靈	ᎠᏂᏥᎩᎵ
dagsi	烏龜	ᏓᎦᏏ
digitsi	蝌蚪	ᏗᎩᏥ
Dododagohvi.	我們下次再會（對複數人）。	ᏙᏙᏓᎪᎲᎢ.
Donadagohvi.	我們下次再會（對單數人）。	ᏙᎾᏓᎪᎲᎢ.
dosvdali	螞蟻	ᏙᏒᏓᎵ
gigage	紅色	ᎩᎦᎨ
gogi	夏天	ᎪᎩ
Gutiha.	下雪了	ᎫᏘᎭ
Gvgeyui.	我愛你。（字面意思：我吝惜將你分享出去。）	ᎬᎨᏳᎢ.
Hadita.	喝吧。	ᎭᏗᏔ
Hawa.	好的、沒問題	ᎭᏩ.
Hlesdi!	停！	ᏞᏍᏗ
jisdu	兔子	ᏥᏍᏚ
nigadv	每個人	ᏂᎦᏛ
oginalii	朋友（單數）	ᎣᎩᎾᎵᎢ
osda	良好	ᎣᏍᏓ

親屬稱謂

Achuja	男孩（常簡化為 Chooch，作為暱稱）	ᎠᏧᏣ
Ageyutsa	女孩	ᎠᎨᏳᏣ
Edoda	爸爸	ᎡᏙᏓ
Edudu	爺爺	ᎡᏚᏚ
Edutsi	叔叔、舅舅	ᎡᏚᏥ
Elisi	奶奶	ᎡᎵᏏ
Elisi Agayvli	曾祖母	ᎡᎵᏏ ᎠᎦᏴᎵ
Etlogi	阿姨、姑姑	ᎡᏝᎩ
Etsi	媽媽	ᎡᏥ

單字與片語

adalonige	橘色	ᎠᏓᎶᏂᎨ
Agasga.	下雨了。	ᎠᎦᏍᎦ
Aliheliga.	我很感激。	ᎠᎵᎮᎵᎦ
ama	水；鹽	ᎠᎹ
amegwoi	海	ᎠᎺᏉᎢ

sagwu	1	ᏌᏊ
tali	2	ᏔᎵ
tsoi	3	ᏦᎢ
nvgi	4	ᏅᎩ
hisgi	5	ᎯᏍᎩ
sudali	6	ᏑᏓᎵ
gahlgwogi	7	ᎦᎵᏉᎩ
chanela	8	ᏣᏁᎳ
sonela	9	ᏐᏁᎳ
sgohi	10	ᏍᎪᎯ

osiyo/siyo	哈囉／嗨	ᎣᏏᏲ/ᏏᏲ
Otsitsalagi.	我們（兩個）是切羅基人。	ᎣᏥᏣᎳᎩ.
sakonige	藍色	ᏌᎪᏂᎨ
sedi	核桃	ᏎᏗ
Tsalagi	切羅基語；切羅基人	ᏣᎳᎩ
Tsitsalagi.	我是切羅基人	ᏥᏣᎳᎩ.
tsunalii	朋友（複數）	ᏧᎾᎵᎢ
ujetsdi	負鼠	ᎤᏤᏥᏍᏗ
Uktena	水怪	ᎤᎧᏖᎾ
Unelanvhi	造物主、創造萬物者	ᎤᏁᎳᏅᎯ
Uyvdla.	好冷。	ᎤᏴᏜ
Wado.	謝謝。	ᏩᏙ
walela	蜂鳥	ᏩᎴᎳ
yona	熊	ᏲᎾ

	敘事者與主人物	關鍵字
	阿瑪・威爾森	吸血鬼
	蘇珊娜・菲許	書信體 《科學怪人》
	艾德加・史畢爾斯	時空穿越 《愛麗絲夢遊仙境》
	韋伯爾・史畢爾斯 傑斯・金恩	狼人 偽新聞報導
	瑞比・威爾森	二戰結束哥哥深夜返鄉
	瑪莉亞・史畢爾斯	記憶刪除機器 生命政治
	吉娜・威爾森	人獸戀 羊男
	吉米・金恩 娟妮・金恩	吸血鬼 狼人滿月變身
	奧黛莉・亨利 莎拉・亨利	鬼屋 鬼魂救人
	阿瑪・威爾森	150 年後吸血鬼自敘 百年血后
	達菈・金恩 潔米・蕭爾	印第安部落主題遊客中心
	喬伊・史東 迪倫・史東	魔法
	黛安・金恩	科幻 醫學實驗
	史蒂芬妮・金恩	幽靈貓的陪伴
	萊利・威爾森 蘿拉・威爾森	約會暴力 溫馨家庭喜劇
	莎莉・金恩	校園性別暴力
	瓦蕾拉・金恩・普瑞斯頓 沙空妮吉	科幻／隱形海底生物 多重敘事
	夏洛特・亨利	末日災難瘟疫橫行 喪屍入侵

附錄　《人造怪物》故事一覽表

編號	年分：重大歷史事件	篇名
1	1839：重建切羅基國 建立首都塔勒闊	老派女孩
2	1856：美國南北戰爭前夕	人造怪物
3	1866：《1866 年民權法案》	一則非童話故事
4	1919：第一次世界大戰	無人區的地獄犬
5	1945：第二次世界大戰	歸鄉
6	1968：馬丁・路德・金遇刺 《1968 年民權法案》 布拉格之春	瑪莉亞的無限可能
7	1968	我和我的怪物
8	1969：阿波羅號登陸月球 首屆胡士托音樂節	是月亮的錯
9	1979：美國經濟衰退的轉折點	下雪天
10	1990：冷戰結束 經濟復甦 多元文化的討論興起	阿瑪的男孩
11	1997：《京都議定書》 《數位千禧年著作權法》	美國掠食者
12	2000：《哈利波特》成為全球現象	喬伊的顯化
13	2014：史丹佛大學幹細胞研究事件	水晶體
14	2016：川普當選美國第 45 任總統	幽靈貓
15	2019：#MeToo 運動 COVID-19 爆發	永遠幸福快樂
16	2019	鹿女
17	2029	我從水中來
18	2039	喪屍入侵露天汽車電影院！

資料整理：梁一萍教授與燈籠出版編輯曹依婷共同編整

關於繪者

傑夫・艾德華茲是奧克拉荷馬州威安鎮人，亦是一位得獎藝術家，服務切羅基國超過二十年。他是母語運動人士，曾進行多項將切羅基語帶上世界舞臺的創作計畫。他曾就讀堪薩斯州勞倫斯市的哈斯凱印第安民族大學，取得人文副學士學位，並於塔勒闊的東北州立大學視覺設計學系完成藝術學士學位。他的作品幾乎全以切羅基文化為主體，相對於英文，更偏好使用切羅基拼音，以推廣切羅基語。他喜歡應用古老的文化概念，但是以現代數位工具來表現。

關於作者

安卓雅·L·羅傑斯是切羅基國公民。她在奧克拉荷馬州陶沙市長大，於美國印第安藝術學院取得藝術碩士學位。她的短篇小說曾刊登於諸多文學期刊。合頂石出版社（Capstone）於二〇二〇年出版了《瑪莉與血淚之徑》（*Mary and the Trail of Tears*）。她的作品亦收錄於墨院出版社（Inkyard Press）的《你也是嗎？二十五個分享 #METoo 故事的聲音》（*You Too? 25 Voices Share Their #METoo stories*）、心鼓出版社（Heartdrum）的《祖先認證：給孩子的跨部落故事》（*Ancestor Approved: Intertribal Stories for Kids*），以及 DK 出版社的選集《同盟》（*Allies*）。她的繪本《當我們齊聚一堂》（*When We Gather*）即將由心鼓出版社推出。

國家圖書館出版品預行編目資料

人造怪物／安卓雅．L．羅傑斯（Andrea L. Rogers）著；
葉旻臻譯 . -- 初版 . -- 新北市：數位共和國股份有限公
司燈籠出版：遠足文化事業股份有限公司發行 , 2024.07
面；　公分 . --（Torch 系列；1）
譯自：Man made monsters
ISBN 978-626-97926-5-8（平裝）

874.57　　113006718

Torch 系列 01

人造怪物

Man Made Monsters

作者	Andrea L. Rogers 安卓雅．L．羅傑斯
書封與內頁插圖	Jeff Edwards 傑夫．艾德華茲
譯者	葉旻臻
編輯	曹依婷
封面設計	木木 Lin
內頁排版	張靜怡
出版	燈籠出版／數位共和國股份有限公司
發行	遠足文化事業股份有限公司（讀書共和國出版集團）
地址	231 新北市新店區民權路 108-4 號 5 樓
電話	(02) 2218-1417
傳真	(02) 2218-0727
客服專線	0800-221-029
信箱	service@bookrep.com.tw
法律顧問	華洋法律事務所　蘇文生律師
印製	博創印藝文化事業有限公司
出版日期	2024 年 7 月初版一刷
定價	新臺幣 500 元
ISBN	978-626-97926-5-8（紙書）
EISBN	978-626-97926-6-5（PDF）
EISBN	978-626-97926-7-2（EPUB）

Printed in Taiwan